传奇不远

一代真才一世师

魏邦良 著

山西出版传媒集团 北岳文艺出版社

·太原·

图书在版编目(CIP)数据

传奇不远:一代真才一世师 / 魏邦良著. —太原:北岳文艺出版社,2023.4
(香雪文丛 / 向继东主编)
ISBN 978-7-5378-6690-3

Ⅰ.①传… Ⅱ.①魏… Ⅲ.①散文集—中国—当代 Ⅳ.①I267

中国版本图书馆CIP数据核字(2023)第042828号

传奇不远:一代真才一世师
魏邦良 著

//

出 品 人
郭文礼

选题策划
谢 放

责任编辑
关志英

书籍设计
张永文

篆 刻
李渊涛

印装监制
郭 勇

出版发行:山西出版传媒集团·北岳文艺出版社
地址:山西省太原市并州南路57号
邮编:030012
电话:0351-5628696(发行部)　0351-5628688(总编室)
传真:0351-5628680
经销商:新华书店
印刷装订:山西人民印刷有限责任公司

开本:787 mm×1092mm　1/32
字数:199千字　印张:9.25
版次:2023年4月第1版
印次:2023年4月山西第1次印刷
书号:ISBN 978-7-5378-6690-3
定价:72.00元

本书版权为本社独家所有,未经本社同意不得转载、摘编或复制

雪本无香，有谁真见过香雪？苦苦追寻只是因为它难以寻着。不惟知其不可而为之，这便成了向君他们的归宿

题赠《香雪文丛》 壬寅 钟叔河

锺叔河先生为"香雪文丛"题词

总序

香雪是广州地铁6号线的一个终点站名。近几年，常往返于6号线上，每每听到这个报站，总觉得有味。有时拿起一张地铁线路示意图，一个个站名过一遍，唯觉得香雪这名儿富有内涵，让人遐想。

记得还是二十世纪八十年代，曾参加一次文学讲座。一位诗人教导我们如何作诗，他顺口溜出几句写雪的诗："江山一笼统，井上黑窟窿。黄狗身上白，白狗身上肿。我就去打酒，一脚一个洞……"显然，前四句是唐人张打油的《雪诗》，后面恐怕是他随意发挥的。他说这首诗，好就好在全诗没有一个"雪"字，却把"雪"惟妙惟肖写了出来。作为一个客住之人，我对粤文化所知有限，不知当地是否有咏雪的诗篇遗存；如果有，也不会太多吧。

广州是个无雪之城。每年冬天，要看雪，只有北上远行。市郊有广州海拔最高的白云山，冬天偶尔也会飘几粒雪花，但落地即融化。香雪之名缘何而来？后来才知道是萝岗有一香雪公园。旧时，广州也有"羊城八景"之说，香雪自然名列其中。

羊城人喜欢雪，就因为无雪吧。

由广州人好雪，我联想到一个有趣的问题：凡生活中没有的东西，人们总是越想得到。譬如一个美好的愿望，其实就是一种精神诱导，或叫一种心理慰安剂，尽管如镜花水月，而有，总比无好。画饼还是要的。未来是美好的，现在吃苦受累，就是为了将来。天堂并不是虚妄的。然而，经验却告诉人们，越是根本不存在的事儿，越是大张旗鼓，堂而皇之，煞有介事，以期达到望梅止渴……我是个过了耳顺之年的人，河东河西，一生也算见过不少，如要追溯这传统，恐怕要比我辈年长，只是觉得于斯为盛罢了。

香雪之所以拿来做了丛书名，也是一时想不到更合适的。这套丛书分A版、B版两个系列，各有不同。至于能做到多大的规模，还真不好说。唯愿读者开卷有益，也愿香雪能带给人们不一样的阅读体验。

向继东
二〇二二年三月于广州

自 序

那是一个群星璀璨、人才辈出的年代。

本书所写的每位大家都是那个年代熠熠生辉的明星。他们或成就卓著，声名显赫；或人品高洁，名重一时；或才华盖世，大名鼎鼎。走近他们，阅读他们，让我们精神振奋，心潮起伏。心灵不再麻木，神情不再颓丧。

他们的故事是最好的粮食，让我们的心灵不再因饥饿而贫瘠；他们的言语是最好的营养，让我们的灵魂不再因失血而苍白。

蔡元培兼容并包的胸襟，钱玄同自省自剖的勇气，刘半农痛斥礼教的气概，李叔同倾心育人的精神，让今天的我们不能不为之神往，为之敬仰。他们的故事，荡气回肠；他们的人生，堪称传奇。现在，让我们怀着崇敬的心情，拨开历史的迷雾，步入那个风云激荡的时代，观赏前辈们纵横捭阖的人生，领略他们做人处世的智慧，倾听他们充满热望的心声。

翁文灏给丁文江写了一首这样的诗：

一代真才一世师，典型留与后人知。
出山洁似在山日，论学诚如论政时。
理独存真求直道，人无余憾读遗辞。
赤心热力终身事，此态于今谁得之！

其实，这首诗适合本书所写的每位大家，他们都是当之无愧的"一代真才"，也是名副其实的"一世名师"。

作为后人，我们追慕"一代真才一世师"的博大胸襟与恢宏气度，景仰他们"出山洁似在山日"的高尚品德，也要学习他们的"赤心热力"，鞠躬尽瘁的奋进精神。

如果我们不能从"传奇"中获得前行的动力；如果我们不能从"典型"中汲取成长的营养，那么，有血有肉的"传奇"终会沦为虚无缥缈的传说；生动丰满的"典型"渐渐随风而逝化为无形。

笔者撰写此书，既是向这些堪称"传奇"的前辈们表达一份敬意；也是为当下我们提供可资学习的"典型"——即便"虽不能至"，亦可"心向往之"。

本书不少篇章曾刊登《同舟共进》《名人传记》杂志，在此表示谢意。

最后还要感谢家人多年的支持，这本小书也献给家人。

目录

文人风骨

蔡元培:"是真虎,必有风" /3

钱玄同:竖起脊梁做人 /20

蒋廷黻:"没有任何亲戚凭藉我的力量获得官职" /33

刘半农:教我如何不想"他" /52

杨宪益:做个堂堂正正人 /79

学者风范

贾植芳:要把"人"字写端正 /97

丁文江:一代真才一世师 /110

李济:直道而行的"拗相公" /130

顾随：人间重有情 　／146

季羡林：最爱黎明前的北京　　／174

书生意气

李叔同：先器识后文艺　　／185

萧公权："以学心读，以平心取，以公心述"　　／206

何炳棣："看谁的著作真配藏之名山！"　　／227

童书业：一个历史学家的爱与痴　　／245

张荫麟：自云"素痴"，谁解其味　　／256

程千帆：台上一分钟，台下十年功　　／270

文人风骨

蔡元培:"是真虎,必有风"

北大名动华夏,中研院名垂史册,蔡元培是厥功至伟的。没有他的当机立断、大刀阔斧,中国教育哪能轻易挣脱锈迹斑斑的千年枷锁,焕发前所未有的勃勃生机?没有他的运筹帷幄、折冲樽俎,新文化运动哪能势如破竹、风起云涌?

陈独秀与胡适是新文化运动的核心人物,但如果没有蔡元培为他俩提供北大这个舞台,两人纵有百般武艺,也难以呼风唤雨,大显身手。

陈、胡攻城拔寨时,当时任教于北大的周氏兄弟、钱玄同、高一涵等摇旗呐喊,也功不可没。这帮人的因缘际会,不能不归功于蔡元培。梁漱溟的评价十分公道:"聚拢起来而且使其各得发抒,这毕竟是蔡先生独有的伟大。从而近二三十年中国新机运亦就不能不说蔡先生实开之了。"

笃厚诚挚

蔡元培的种种识见与行为,无不源自他笃厚诚挚善良的天性。

清代儒林中，蔡元培崇敬黄梨洲、章实斋、戴东原和俞理初四位先生。黄、章、戴赫赫有名，自不必说，俞理初为何也跻身其间？在一篇文章中，蔡元培道出自己崇敬俞理初在于两点：一、男女平权；二、时代标准。关于前者，蔡元培说：男女"种种不平，从未有出面纠正之者。俞先生从各方面为下公平之判断"。关于后者，蔡元培认为："人类之推理与想象，无不随时代而进步。后人所认为常识，而古人未之见及者，正复不少。后人以崇拜古人之故，认古人为无所不知，好以新说为古人附会，而古人之言反为之隐晦。俞先生认一时代有一时代之见解与推想，分别观之，有证明天算及声韵者。"

正因为有一颗善心，蔡元培才会认同、理解并欣赏俞理初从各方面为男女"下公平之判断"；又因为有一双慧眼，蔡元培才会认同、理解并欣赏俞理初"一时代有一时代之见解与推想"之高论。

蔡元培对法国革命时期的口号"自由、平等、博爱"一见倾心，想必也是因了天性之醇厚。他还为这口号找到了儒学的渊源。他认为"博爱"就是孔子所说的"仁"："己欲立而立人，己欲达而达人"；"平等"就是孔子所谓的"恕"："己所不欲，勿施于人"；"自由"则是孟子那句话："富贵不能淫，贫贱不能移，威武不能屈"。

封建社会的统治者为维护其统治，推出等级森严的"三纲"论，蔡元培则认为，必须结合"五伦"来施行"三纲"，他说："纲者，目之对，三纲，为治事言之也。国有君主，则君为纲，而臣为目；家有户主，则夫、父纲而妇、子为目。此为统一事权起见，与彼此互相待遇之道无关也。互相待遇之道，则有五伦。故君仁，臣忠，非谓臣当忠而君可以不仁也。父慈，子孝，非谓子当孝而父可以不慈也。夫义，妇顺，非谓妇当顺而夫可以不义也。晏子曰：'君为社稷死则死之。'孔子曰：'小杖则受，大杖则走。'若如俗所谓君要臣死，臣不得不死，父要子死，子不得不死，不特不合于五伦，亦不合于三纲也。"

"三纲"本来是强者控制弱者、尊者驾驭卑者的法则，而蔡元培却把它施诸强者、尊者。

生性狡狯者会利用一切机会攫取名利，天性醇厚者则习惯为弱者撑腰，替他人着想。蔡元培属于后者。

20世纪40年代欧洲有一种废除财产与婚姻的说法，蔡元培在自己主编的《警钟》中也加以介绍。一些别有用心者竟利用这种理论满足私欲，他们认为，既然取消了私有财产，别人的财产也可为我所用；既然取消了婚姻，别人的妻子我也可随意勾搭了。蔡元培听了这种怪论，当即加以斥责："必有一介不取之义，而后可以言共产；必有坐怀不乱之操，而后可以言废婚姻。"

"自由、平等、博爱"，对蔡元培来说不是空谈的口号，一旦有机会，他就将其付诸实践。20世纪初，他就积极支持爱国女校，执掌北大后，他又开放女禁，在中国首次实行了男女同校。此举在当时影响甚巨。王世杰对此大加赞赏，说："男女同校制普遍实行以后，所谓教育机会平等的主张，便得着了一个广大的基础。这是蔡先生所领导的一种思想革命所给予全国妇女界的一种实惠。"王世杰感慨:"这是何等的实惠!"当时的日本,男女在教育上都未做到平等,一位日本女士闻知此事后,流泪向罗家伦夫人说:"日本没有贤明的人作同样的提倡,使我伤心。"

男尊女卑的观念盘踞中国多年,蔡元培敢为人先开放女禁,足见他有一颗关爱弱者的善心。

妻子病逝后,很多人劝其续娶。蔡元培在择偶条件中特别提出一条,男死后女可以再嫁。在整个社会都提倡女子守节的时代,蔡元培此举充分表明了他对女子的深深同情。

既然主张平等,有人认为,责己重者责人也可重,责己轻者责人也可轻。但蔡元培却坚持"躬自厚薄责于人"。他的理由是,自己犯错,通过反省可找到原因:"其受前定的遗传、习惯和教育所驯致的应如何加以矫正?其受环境和感情所逼成的应如何加以调节?操纵之权全在我自己。而于他人呢,则其驯致和迫成的原因,我决不会完全明了的;假使我仅仅凭了随便推得的一个原因,就去严重的责备他,哪里会确当呢?况且他自己自然有重责的机会,我又何必越俎代谋?"所以,他的结论是:"责己重而责人轻,乃不失平等之真意,否则迹若平而转为不平之尤矣。"只有处处为他人着想,才会这么看问题,才会坚持"躬自厚薄责于人"。

善假于物

蔡元培在北大校长任上,确立"思想自由,兼容并包"为北大的办学方针。循此方针,激进如陈独秀、胡适,保守如黄侃、刘师培等均被其收至麾下。在他看来,凡教师,只要学问高深,至于观点相异、思想相左,均可被北大"兼容":"无论何种学派,苟其言之成理,持之有故,尚不达自然淘汰之运命者,虽彼此相反,而悉听其自由发展。"

蔡元培提出"思想自由,兼容并包",不是灵机一动,更非空穴来风,而是他"依各国大学通例",理性地吸收西方价值观的结果。此前,蔡元培在欧洲游学多年,"思想自由,兼容并包"正是他对欧洲各国教育理念的吸收与借鉴。

"君子生非异也,善假于物也。"蔡元培就是这样的君子。他的成功也得益于此。

蔡元培善于听取别人的意见。不管对方是谁,只要建议合理,他会立即采纳。虚怀若谷,礼贤下士,蔡元培有这样的风度。

蔡元培担任教育总长时,王云五正在临时大总统府任秘书。因为对教育有一些积久欲吐的意见,王云五给蔡元培写了一封关于教育的建议书。核心内容有三条:一、提高中等学校程度,在大学附设预科,预科毕业者升入本科;二、大学不限于国立,准许私立;三、各省设专门学校,注重实用。

王云五没受过高等教育,他的这些建议不过是一些大胆的设想,蔡元培对此却极为重视,十天后亲笔答复王云五,称赞他的意见很中肯,并热诚邀请王云五来教育部"相助为理"。

胡适很喜欢这样一句话:"有聪明而不与别人比聪明,这是做领袖的智慧。"蔡元培的智慧在于他的勤问与善听。当他结束在欧洲的游学回国执掌北大时,对中国的教育界并不很熟悉。但他虚心求教，接受了汤尔和的建议，启用陈独秀为文科学长，才打开了新局面，寻到了新路径。新文化的大幕这才徐徐拉开。

蔡元培从不自以为是，也不固执己见，相反，他习惯不耻下问、博采众长。

出任北大校长后，蔡元培和老友沈尹默有过一次长谈。谈话中，沈提醒蔡元培，在北大，改革一件事要拿得稳，否则一旦反复，情况会更糟。蔡元培答："你的话对，你的意见是我该怎么办？"沈说："我建议您向政府提出三点要求：第一，北大经费要有保障；第二，北大的章程上规定教师组织评议会，而教育部始终不许成立。中国有句古话：百足之虫，死而不僵，与其集大权于一身，不如把大权交给教授，教授治校，这样，将来即使您走了，学校也不会乱。因此我主张您力争根据章程，成立评议会；第三，规定每隔一定年限，派教员和学生到外国留学。"

最终，蔡元培完全采纳了沈尹默的建议，让北大的发展步入正确的轨道。

蔡元培任北大校长时，顾颉刚正在北大读书。作为一名学生，他向校长提出：北大的"中国哲学系"应改为"哲学系"，以便包括世界各国的哲学。蔡元培没有因为对方的学生身份而置之不理，相反，他从善如流接受了顾颉刚的建议，北大从此成立了"哲学系"，讲授中国以及世界各国的哲学史和哲学流派。

蔡元培人品高洁，办事认真，蒋介石的国民政府对他颇为倚重，让他承担多种职务。身兼数职的蔡元培，一方面疲于奔命，焦头烂额；另一方面则左支右绌，顾此失彼。胡适便劝他对自己的工作要有一番通盘筹划,把精力放在"性之所近而力之所勉"的教育事业中,全力以赴,然后才会有所作为。

蔡元培采纳了胡适的建议,向南京政府递上辞呈,辞去政治会议委员、大学院院长及其他各项兼职事。

倘若我们都能像蔡元培这样有着宽广的胸怀,虚心听取别人的意见或建议,即使偶或步入误区或歧途,也能幡然悔悟,迷途知返。

充分用人

蔡元培不仅"善假于物",还能"充分用人"。

胡适特别佩服蔡元培这两点,认为这是"做领袖的本领"。在给罗隆基的信中,胡适倡言以蔡先生长处补蒋先生(蒋介石)的不足:

> 依我的观察,蒋先生是一个天才,气度也很广阔,但微嫌近于细碎,终不能"小事糊涂"。我与蔡孑民先生共事多年,觉得蔡先生有一种长处,可以补蒋先生之不足。蔡先生能充分信用他手下的人,每委人一事,他即付以全权,不再过问,遇有困难时,他却挺身负其全责,若有成功,他每喷喷归功于主任的人,然而外人每归功于他老人家。因此,人每乐为之用,又乐为尽力。迹近于无为,而实则尽人之才,此是做领袖的绝大本领。

翁文灏一段话可证胡适此言不虚：

> 蔡先生主持中央研究院的主要办法，是挑选纯正有为的学者做各研究所的所长，用有科学知识并有领导能力的人做总干事，延聘科学人才，推进研究工作。他自身则因德望素孚，人心悦服，天然成为全院的中心。不过他只总持大体不务琐屑干涉，所以总干事、各所长以及干部人员，均各能行其应有职权，发挥所长。对于学术研究，蔡先生更充分尊重各学者的意见，便其自行发扬，以寻求真理。因此种种，所以中央研究院虽然经费并不甚多，却能于短时期内，得到若干引起世界学者注目的成绩。

1930年7月23日，胡适和美国公使杰生（Johnson）谈到中国政治。杰生认为，书生文人很难合作，真正的领袖往往不是文人出身。他希望中国能产生如华盛顿这样行伍出身的国家领袖。杰生告诉胡适，凡能带二百兵士走二百里路的人，都有不能不与人合作的机会，这便是学做领袖的第一步。

胡适批评杰生"只知其一，不知其二"。因为中国的军人如张作霖、阎锡山等一开始在治军方面颇有长处，但时间一长，"用其过量，任过其力"，就不堪其任了。胡适不赞成杰生的话，他声称，中国的这些军人学识、眼光、胸襟都不够，所以在太平盛世，尚能做一番事，在乱世则不免于失败。

胡适大胆设想，倘若蒋介石这样的军人具备了蔡元培的学识、眼光、胸襟,也许就能成为继往开来的国家领袖了。

蔡元培逝世后,胡适在日记中对他的评价依旧是"能充分用人":"蔡公是真能做领袖的。他自己的学问上的成绩,思想上的地位,都不算高。但他能充分用人,他用人的成绩都可算是他的成绩。"

兼容并包

蔡元培确立的办学方针"思想自由,兼容并包"最为人所称道。没有宽广的胸怀与足够的勇气,是很难做到这一点的。就连胡适对蔡元培的兼容并包也不以为然,曾抱怨说:"蔡老先生欲兼收并蓄,宗旨错了。"一向比胡适激烈的陈独秀这一次却温和多了:"蔡先生对于新旧各派兼收并蓄,很有主义,很有分寸……他是对于各种学说,无论新旧都有讨论的自由,不妨碍他们个性的发展;至于融合与否,乃听从客观的自然,并不是在主观上强求他们的融合。我想蔡先生的兼收并蓄的主义,大概总是如此。"

当时的胡适年轻气盛、激情洋溢,一心提倡白话文,把文言文视作"死文字",对林纾、黄侃等旧派文人也是不屑一顾,必欲推倒之而后快。但蔡元培却认为白话、文言各有所长,新派旧派"并不相仿"。他说:

"我本来不赞成董仲舒罢黜百家,独尊孔子一类的主张,因为学术上的派别也和政治上的派别一样,是相对的,不是永远不相容的。……我相信,为应用起见,白话文必要盛行,我也常常做白话文,替白话文鼓吹;然而,我曾说明,作美术文,用文言文未尝不好。"

显然,胡适早期还没有蔡元培的胸襟和雅量。晚年,胡适一再倡导"容忍比自由还更重要",该是认识到蔡先生当年不凡的包容的气度。

梁漱溟认为,蔡元培的"兼容并包"是"天性上喜欢如此",而不是把它当作一种手段或策略:"关于蔡先生兼容并包之量,时下论者多能言之。但我愿指出说明的:蔡先生除了他意识到办大学需要如此之外,更要紧的乃在他天性上具有多方面的爱好,极广博的兴趣。意识到此一需要而后兼容并包,不免是人为的(伪的);天性上喜欢如此,方是自然的(真的)。有意的兼容并包是可学的,出于性情之自然是不可学的。有意兼容并包,不一定兼容并包得了。唯出于真爱好而后人家乃乐于为他所包容,而后尽复杂却维系得住。——这方是真器局、真度量。"

梁漱溟没有大学文凭,思想上不属于新派,也无旧学根柢,但他于1916年在《东方杂志》发表了一篇研究佛学的论文《究元决疑论》。蔡元培便聘他为北大讲师。梁漱溟认为自己被北大破格录用也应归功于蔡元培的"气度":"当时蔡先生为什么引我到北大,且再三挽留我呢?我既不属新派(外间且有目我为陈、胡的反对派者),又无旧学,又非有科学专长的啊。此即上文所说蔡先生具有多方面的爱好,极广博的兴趣之故了。他或者感觉到我富于研究兴趣,算个好学深思的人,放在大学里总是好的。同时呢,他对于我讲的印度哲学、中国文化等等自亦颇感兴味,不存成见。这就是一种气度。这一气度完全由他富于哲学兴趣相应而俱来的。换言之,若胸怀意识太偏于实用,或有独断固执脾气的人,便不会如此了。"梁漱溟还断言:"这气度为大学校长所必要的。"

"兼容并包"的蔡元培,不仅有容忍的雅量,也有担当的勇气。

本来,是汤尔和与沈尹默举荐了陈独秀,而陈独秀又向蔡元培推荐了胡适。陈、胡二位巨头一拍即合,联袂发起了新文化运动,利用北大这个得天独厚的平台推广白话文。一时间,两位巨头在中国思想界独领风骚、一呼百应,新文化运动也风生水起势如破竹。以汤、沈为首的顽固守旧派慌了手脚、乱了方寸,就找蔡元培诉苦、告状,但蔡先生不为所动,依旧重用陈、胡二位得力干将。

蔡元培先生逝世后,傅斯年曾说过这样一件事:

"在五四前若干时,北京的空气,已为北大师生的作品动荡得很了。北洋政府很觉得不安,对蔡先生大施压力与恫吓,至于侦探之跟随,是极小的事了。有一天晚上,蔡先生在他当时的一个'谋客'家中谈此事,还有一个谋客也在。当时蔡先生有此两谋客,专商量如何对北洋政府的,其中的那个老谋客说了无穷的话,劝蔡先生解陈独秀先生之聘,并要约制胡适之先生一下,其理由无非是要保存机关、保存北方读书人一类似是而非之谈。蔡先生一直不说一句话。直到他们说了几个钟头以后,蔡先生站起来说:'这些事我都不怕,我忍辱至此,皆为学校,但忍辱是有止境的。北京大学一切的事,都在我蔡元培一人身上,与这些人毫不相干。'"

所提及的那个"老谋客"即为汤尔和。

有所不为

不过,蔡元培的"兼容并包"并非没有底线,比如,他请刘师培讲六朝文学,但不会允许他在课堂上提倡"帝制";他请辜鸿铭教英诗,但决不允许他在学校宣扬复辟。他没有聘请林琴南,也不是因为他思想的保守,而是他在学问上已落后于时代。

在答复林琴南的信中,蔡元培强调,教师本人的思想、立场可听其便,但他授课内容必须"与政治无涉"。

一方面,蔡元培十分宽容,主张学术研究无禁区;另一方面,他又坚决不允许假借学术的名义宣传政治主张。正如罗家伦在文章中说的那样:

"经学教授中有新帝制派的刘师培先生,为一代大师,而刘教的是三礼、尚书和训诂,绝未讲过一句帝制。英文教授中有名震海外的辜鸿铭先生,是老复辟派,他教的是英诗,也从来不曾讲过一声复辟。"

北大学生出于爱国激情走上街头,蔡元培表示理解并设法营救被捕入狱的学生,但同时他不允许出狱后的学生再次罢课;而当学生们在时事的刺激下再次冲出校园,蔡元培则毅然提出辞职。

在那个动荡不安的时代,蔡元培经常以辞职的方式来显示他的"有所不为"。

为抗议国民政府干涉司法、蹂躏权利，蔡元培愤而辞职。之后，蔡元培发表一篇《不合作宣言》剖明心迹：

校长一职"又适在北京，是最高立法机关行政机关所在的地方。止见他们一天天的堕落；议员的投票，看津贴的有无；阁员的位置，禀军阀意旨；法律是舞文的工具；选举是金钱的决赛；不计是非，止计利害；不要人格，止要权利。这种恶浊的空气，一天一天地浓厚起来，我实在不能再受了"。

蔡元培还在各大报纸登了启事：

> 元培为保持人格起见，业已呈请总统辞去国立北京大学校长之职，自本日起，不再到校办事。特此声明。

胡适专门写了一篇文章对这则启事作了一点阐释，提醒人们注意，蔡元培的辞职不是"消极"而是一种"牺牲"：

> "有所不为"一句话含有两层意义，两层都是积极的。第一，"有所不为"是尊重自己的人格。"不降志，不辱身"，不肯把人格拖下罪恶里去。这种狷狷的精神是一切人格修养的基础。第二，"有所不为"是一种牺牲的精神，为要做人而钱有所不取，为要做人而官有所不做，为要做人而兽性的欲望有所不得不制裁，为要做人而饭碗有所不得不摔破：这都是一种牺牲的精神。

没有"有所不为"的坚守,"无所不容"就等同毫无原则;没有"无所不容"的气度,"有所不为"就趋于固步自封了。

黄炎培是蔡元培的学生,他说,蔡元培以"有所不为"律己,用"无所不容"教人,所以:"有所不为,其正也;无所不为,其大也。"

德垂后世

蔡元培执掌北大与中研院期间,罗致了一批人才。蔡元培不用心计笼络人,更不耍手段利用人,那么,这些虽身怀利器却性格各异的人才,何以能自觉自愿汇聚在蔡元培的麾下?梁漱溟认为,蔡元培为部属拥戴,是因为他有真好恶,所以一言一动,总有一段真意行乎其间,这样便能打动人。朱熹说过一句话"是真虎乃有风",在梁漱溟眼中,蔡元培就是这样的人。

各路人才之所以像溪流汇聚大海一样集合在蔡元培的旗下,在于其人格的巨大感召力。论品性的纯良、人格的高尚,在民国史上,蔡元培即便不是独一无二,也属凤毛麟角。

蔡元培是国民党四大元老之一,身兼数职,虽性近学术不宜政治,但在政界却颇富声望。很多人找他谋事。对于学有专长的学生,蔡元培总设法为他们谋一份能发挥其专长的职业,对于亲戚,他只介绍他们去做杂役。夫人曾劝他,在亲戚中物色一位品学兼优的年轻人,为其找一份体面的职业,使其独当一面,以后有人请托就由他负责。蔡元培不听,夫人生气地质问他:"难道学生都是人才，亲戚都是庸才？"

对于有一技之长的人，哪怕素昧平生，蔡元培也会主动帮其介绍工作。一次在火车上，蔡元培和对面的一位年轻人聊天，得知对方大学毕业，出版过关于文字学的著作，蔡元培便问对方有无工作。年轻人说尚无工作，想去安徽大学教书。蔡元培随后即致信安徽大学校长，推荐这名学生。

不过，如果为升官发财找蔡元培帮忙，他会一口回绝。1930年秋，国民党某省政府改组，一个北大同学请蔡元培把他推荐给蒋介石，蔡元培立即回电，只说了一句话："我不长朕即国家者之焰。"

用出淤泥而不染来形容蔡元培绝不为过。做官几十年竟然没有一幢自己的房子。在中国官场，还有谁比他更清廉呢？出于关心、敬重和爱戴，胡适、蒋梦麟等人决定集资买一幢房子，送给蔡元培作七十岁贺礼。在联名函中，胡适等人写道：

> 我们知道先生为国家、为学术劳瘁了一生，至今还没有一所房屋，所以不但全家租人家的房子住，就是书籍，也还分散在北平、南京、上海、杭州各地，没有一个归拢庋藏的地方。因此，我们商定这回献给先生的寿礼，是先生此时最缺少的一所可以住家、藏书的房屋……我们希望先生把这所大家献奉的房屋，用作颐养、著作的地方；同时，这也可以看作社会的一座公共纪念坊，因为这是几百个公民用来纪念他们最敬爱的一个公民的。

蔡元培原打算接受这份厚礼,他知道这幢房子蕴含着朋友们的深情厚谊,是朋友对他一生的最高奖赏。然而由于战火的蔓延,胡适等人的美意未能实现。直至在香港病死时,蔡元培依旧是房无一间,地无一垄,不仅没有任何遗产,还欠医院一千元。

学者金耀基盛赞蔡元培是"最普遍受敬仰的人物":

> 在新旧中西价值冲突,是非复杂的十九世纪中叶与二十世纪初叶(先生生于一八六八年,殁于一九四〇年),这段时期中,他可说是最少争议性的人物,也是最普遍受敬仰的人物。崇扬蔡先生之文字何止百千万言,但他名扬天下,而谤则未随之,这不能不说是二十世纪中国伟人中的极少数例外之一。

蔡元培一直想静心读书做学问,但他身兼数职,百事缠身,等到暮年退出官场已是身心疲惫。他感慨自己在著述方面没有取得成就,是因为读书不得法。他总结其不得法有两点:一、读书不专心,读的范围太广,结果,样样通,样样稀松;二、笔不勤快,不喜欢做读书笔记,读过就忘。

蔡元培如此自责其实是苛求自己了。我们知道,人的成功在于三方面:立功,立德,立言。即便蔡元培立言方面稍嫌逊色,立功、立德方面,他取得的成就则罕有其匹。许地山认为,即便蔡元培没有写出伟大的论文或不朽的著作,也没有谁敢说他没有学问,因为:"他的人格便是他的著作,他的教诲便是他的著作。"

蔡元培去世后,蒋梦麟写的挽联是:大德垂后世,中国一完人。诚哉斯言。

钱玄同：竖起脊梁做人

钱玄同，浙江吴兴人，原名夏，字德潜，号疑古、逸谷等。1906年钱玄同赴日本早稻田大学留学，在日本期间加入同盟会，并和周氏兄弟等一道拜章太炎为师，学习《说文解字》、音韵等。回国后曾在多所中学、大学教书，参与编辑《新青年》，系新文化运动的中坚人物。

两位文人的日记之缘

新文化运动之前的钱玄同思想保守，行为守旧，是标准的冬烘先生。

李慈铭《越缦堂日记抄》中有这样一段话："汉儒守经之功大，宋儒守道之功大也。"

1912年的钱玄同大赞李氏这番话，誉之为"颠扑不破"，并夸赞宋儒注重私德，重贞洁，尚廉耻，昌夷夏大防之伟论，"此实百世所当景仰者"。

1916年，钱玄同的看法完全变了。梁启超云"以今日之我与昔日之我挑战"，钱玄同自认这方面比梁氏有过之无不及，前后思想"往往成极端的反背"。他举例说明：1908—1913年，主张复古音，写篆字；1918年之后，主张用破体小写；1908—1915年，主张保存汉字，反对拼音；1912年后，力主拼音，极端排斥汉字保存论；1912—1915年，主张恢复汉族古衣冠；1916年，倡导穿西服；1909—1915年，主张遵循古礼；1916年，力主废除古礼。

思想变化如此之巨，对于上述梁启超那句名言，钱玄同深以为然，说："这似乎是为自己解嘲，但我的意见，实在觉得一个人的前后思想变迁，虽未必一定是好，亦决不能说一定是坏。"对自己的"善变"，钱玄同坦然承认，不掩饰也不后悔。

钱玄同思想变化之大，原因有二：一是袁世凯开历史倒车、复辟做皇帝的反面刺激；一是陈独秀、胡适倡导新文化运动的正面影响。

1917年9月19日，钱玄同与胡适初次见面。当晚他在日记中记下胡适一段话，大意是，自汉至唐，儒学以《孝经》为主；自宋至明，儒学以《大学》为主。以《孝经》为主，不管天子还是庶人，因为"我"是我父亲的儿子，所以不能不做好人，"我"不过是父亲的附属品而已。这种学说没有"我"。以《大学》为主，须"诚意""正心""修身"，而后"齐家""治国""平天下"。这种学说，以"我"为主，陆、王之学均能以"我"为主。所以陆九渊说："我虽不识一个字，亦须堂堂做一个人。"

对胡适这番议论，钱玄同的评价是"极精"，因为强调了"自我"的价值。

《新青年》发表胡适《文学改良刍议》后,钱玄同立即致信陈独秀表示支持。胡适关于白话文和新式标点符号的主张,钱玄同均佩服不置。钱玄同日记中对陈、胡的褒扬不时可见。钱玄同曾给胡适的《尝试集》作序,大力推广胡适以俗语俗字入诗的做法:"'知'了就'行',以身作则,做社会的先导。我对于适之这番举动,非常佩服,非常赞成。"钱玄同大力揄扬,唯一不太满意的是有些诗句还不够"白"。

钱玄同是章太炎高足,章是声韵训诂大家,钱支持文学改良,陈独秀与胡适都十分快慰。陈独秀说,钱玄同赞成文学改良,"可为文学界浮一大白"。《文学改良刍议》得到钱玄同赞誉后,当时还是一位留美学生的胡适简直"受宠若惊"。

胡适是看了李慈铭《越缦堂日记抄》才"忽然观感兴起,大做起日记来",而钱玄同则是看了胡适的日记,才发愤写日记的。满三十六岁的那一天,钱玄同在日记中吐露一大想法,就是指望通过写日记,多练笔,能做出有"文学的意味"的文章:"我要治疗这个毛病,惟有写详细日记之一法,天天写,天天写,一定愈写愈畅达,等到写日记成瘾了,自然而然的要运思去描写,久而久之,奇巧的结构,滑稽的意味,都来奔赴笔下,那么做出来的文章,便不仅是记账式的而是文学的了。"钱玄同自认有两大毛病"懒惰"与"无恒",他想以坚持记日记的方法医治这两大痼疾。

钱玄同一度大力鼓吹世界语,其目的是"废汉文",胡适认为这是一种"抄近路"方式,遂写信批评:"我的意思以为中国学者能像老兄这样关心这个问题的,实在不多;这些学者在今日但该做一点耐性的工夫,研究出一些'补救'的改良方法;不该存一个偷懒的心——我老实说这种主张是偷懒的主张!——要想寻一条'近路'。老兄以为这话有一分道理吗?"

朱我农曾在《新青年》中发表了对世界语的看法:"语言断不能随着私造的文字改变的,也不能随文字统一的……所以凭着几个人的脑力私造了一种记号,叫作文字,要想世界上的人把固有的语言抛了,去用这凭空造的记号做语言,这个和用中国的古文去改中国现在的语言差不多,是万万做不到的。"胡适赞成这一看法,认为"极有价值"。

1927年后,钱玄同思想渐趋保守,对自己的言辞犀利、观点偏激颇有悔意,在给胡适的信中,他说:"回想数年前所发谬论,十之八九都成忏悔之资料。"胡适回信劝他:"不必忏悔,也无可忏悔……我们放的野火,今日已蔓烧大地,是非功罪,皆已成无可忏悔的事实。"胡适这里肯定了钱玄同在新文化运动中"放野火"的功劳。

有读者在给《新青年》的信中谈到钱玄同,说:"钱玄同先生,我最佩服,他是说话最有胆子的一个人。"刘半农以记者的身份给这位读者回了信,答:"至于钱玄同先生,诚然是文学革命军里一个冲锋健将。但是本志各记者,对于文学革新的事业,都抱定了'各就所能,各尽厥职'的宗旨;所以从这一面看去,是《新青年》中少不了一个钱玄同;从那一面看去,却不必要《新青年》的记者,人人都变了钱玄同。"

一问一答，可见钱玄同当时的名气与风采。

《狂人日记》的催生婆

周氏兄弟能那么快地登上文坛，钱玄同功不可没。

钱玄同曾回忆自己和周氏兄弟的早期接触："我认为周氏兄弟的思想，是国内数一数二的，所以竭力怂恿他们给《新青年》写文章。七年一月起，就有启明的文章……但豫才则尚无文章送来，我常常到绍兴会馆去催促，于是他的《狂人日记》小说居然做成而登在第四卷第五号里了。自此以后，豫才便常有文章送来，有论文、随感录、诗、译稿等，直到《新青年》第九卷止。"

鲁迅《呐喊》自序中也承认他是接受了钱玄同的劝说才"利剑出鞘"，开始写小说的。作为《狂人日记》的催生婆，钱玄同对新文化的贡献就不容忽视。

1918年3月14日，钱玄同写给陈独秀的一封信，以《中国今后之文学问题》为题发表在《新青年》上，主张废除汉字。有人责怪钱玄同的论调过于偏激。其时，最早提出废除汉字的是陈独秀、刘文典和鲁迅。钱玄同不过是接受他们的观点，最先在文章里表达出来而已。钱玄同1918年的一则日记说明了这一点：

> 又独秀、叔雅二人皆谓中国文化已成僵死之物，诚欲保种救国，非废灭汉文及中国历史不可。此说与豫才所主张相同，吾亦甚然之。

陈独秀、胡适因鼓吹白话文而受到遗老遗少们的口诛笔伐，钱玄同主张废除汉字后，这些"卫道士"们慌了阵脚，急忙撇下陈、胡，调转枪口，向钱玄同开火。"文学革命"派因此少受了不少火力。鲁迅说，白话文因此获得了脱颖而出的机会：卫道士们"于是便放过了比较平和的文学革命，而竭力来骂钱玄同。白话乘了这一个机会，居然减去了许多敌人，反而没有阻碍，能够流行了。"

钱玄同鼓励年轻人学外语，读原版的外文书。在他看来，古书充满糟粕，青年人容易为其所误导，同时他认为，研究学术，没有域外知识根本行不通。他日记中说："今幸五洲交通，学子正宜多求域外智识，以与本国参照。域外智识愈丰富者，其对于本国学问之观察亦愈见精美。"

新文化运动期间，钱玄同与周氏兄弟交往密切，日记中常有访周氏兄弟的记录。那段时间鲁迅对钱玄同也颇有好感，在给许广平的信中称赞了钱玄同的文章：

> 其实畅达也自有畅达的好处，正不必故意减缩（但繁冗则自应删削），例如玄同之文，即颇汪洋，而少含蓄，使读者览之了然，无所疑惑，故于表白意见，反为相宜，效力亦复很大……。

对北京女子师范学校风潮，钱玄同和鲁迅态度一致。当钱玄同得知校长杨荫榆因有章行严撑腰，带领军警冲进学校，解散学生自治会,开除部分学生,封锁食堂,他怒不可遏,随即在《晨报》发表声明:"从十四年八月一日起,我不再做被杨荫榆聘请的女师大底教员。"

1925年5月27日,为支持北京女子师范大学学生运动,抗议杨荫榆以军警驱逐学生,七位教授联名在《京报》发表《对于北京女子师范大学风潮宣言》。钱玄同、鲁迅、周作人名字赫然在列。

鲁迅曾说,他常常像"解剖"别人一样无情地"解剖"自己。和鲁迅一样,钱玄同也有"自剖"的勇气。1923年1月3日,钱玄同在日记里如此"审问"自己:

> 满清政府杀了谭嗣同等六人,便促进了变法的事业……多一个牺牲的人,在时间上便可提早实现。那么,我们若肯为了"纲伦革命"和"汉字革命"而牺牲,甚且至于流血,则新家庭和拼音新文字必可提早实现。这种牺牲是最值得的。我于是便问我自己道:"玄同!你肯这样光荣的牺牲吗?"但答案却是"……"

钱玄同这次"自剖"真诚而尖锐,直接戳到文化人的痛处。一方面,作为文化人,他敏于思考,能看清问题的实质;另一方面,自己又怯于行动,明知牺牲是值得的,但事到临头却畏首畏尾,顾虑重重。

鲁迅对此也有相近的反思:"凡做领导的人,一须勇猛,而我看事情太仔细,一仔细,即多疑虑,不易勇往直前,二须不惜用牺牲,而我最不愿使别人做牺牲,也就不能有大局面。"

鲁迅还认识到,思考敏锐、目光如炬者,实际行动中往往更容易左顾右盼、犹豫不决:"由此可知见事太明,做事即失其勇,庄子所谓'察见渊鱼者不祥',盖不独谓将为众所忌,且于自己的前进亦复大有妨碍也。"

鲁迅有名言曰:"救救孩子。"钱玄同也说过类似的话:

> 三纲者,三条麻绳也,缠在我们的头上,祖缠父,父缠子,子缠孙,代代相缠,缠了两千年。"新文化"运动起,大呼"解放",解放这头上的三条麻绳!我们以后绝对不得再把这三条麻绳缠在孩子们的头上!可是我们自己头上的麻绳不要解下来,至少"新文化"运动者不要解下来,再至少我自己就永远不会解下来。为什么呢?我若解了下来,反对"新文化"、维持"旧礼教"的人,就要说我们之所以大呼解放,为的是自私自利。如果借着提倡"新文化"来自私自利,"新文化"还有什么信用?还有什么效力?还有什么价值?所以我自己拼着牺牲,只救青年,只救孩子!

钱玄同"只救青年,只救孩子",其目的是不给维持旧礼教者留下话柄。而鲁迅则认为,"过渡的一代"中封建礼教的毒太深,彻底解放,何其难矣!只能"自己背着因袭的重担,肩住了黑暗的闸门,放他们到宽阔光明的地方去;此后幸福地度日,合理地做人。"

还是鲁迅看得深。

1921年,作为新文化运动的"急先锋",钱玄同对过去的激烈言论已有悔意。这一年的第一天,钱玄同在日记中写道:

> 万物并育而不相害,道并处而不相悖,方是正理。佛有小乘、大乘,孔有三世之义。其实对付旧人,只应诱之改良,不可逼他没路走。如彼迷信孝,则当由孝而引之于爱,不当一味排斥。至于彼喜欢写字刻图章,此亦一种美术,更不必以闲扯淡讥之。彼研馈故纸,高者能作宋明儒者、清代朴学者,亦自有其价值,下焉者其白首勤劬之业,亦有裨于整理国故也。至若纳妾、复辟,此则有害于全社会,自必屏斥之,但设法使其不能自由发展便行了,终日恨恨仇视之,于彼无益,而有损于我之精神,甚无谓焉。

这一天对钱玄同来说堪称分水岭,自此,他由激进趋向保守,由激烈变为温和,由主张统一转为提倡多元。对旧传统、旧文化的寝皮食肉的仇恨不见了,取而代之的是温情与敬意。

鲁迅说,中国多有喜责人而少自省者。但鲁迅本人和钱玄同却能直面人生,不断自省,可敬可佩。

狷介莫人知

黄侃是钱玄同的同门师兄。可黄侃在课堂上常拿钱玄同开涮。一次，他对学生们说："汝等知钱某一册文字学讲义从何而来？盖由余溲一泡尿得来也。当时钱与余居东京时，时相过从。一日彼至余处，余因小便离室，回则一笔记不见。余料必钱携去。询之钱不认，今其讲义，则完全系余笔记中文字，尚能赖乎？是余一尿，大有造于钱某也。"

周作人听了这话，很为钱玄同抱屈，就在信中谈及黄侃之刻毒。没想到钱玄同根本不当回事，在回信中说："披翁（按：黄侃别号）轶事颇有趣，我也觉得这不是伪造的，虽然有些不甚符合，总也是事出有因吧。例如他说拙著是撒尿时偷他的笔记所成的，我知道他说过，是我拜了他的门而得到的。夫拜门之与撒尿，盖亦差不多的说法也。"

由此事可知，钱玄同人随和，心胸也较一般人宽广。黄侃对自己出言不逊，钱玄同一笑置之，但若诋毁新文化，钱玄同会愤而回击。一次，黄侃当着钱玄同口出秽语："新文学，注音字母，白话文，屁话。"钱玄同忍无可忍，予以回击："这是天经地义！我们道不同不相为谋，不必谈。"

黄侃去世后，钱玄同对这位学问好脾气大的师兄给予了客观、公允的评价："平心而论，余杭门下才士太少，季刚与逖先，实为最表表者。"

钱玄同自问，自己虽崇古尊中，但也不排斥"今""外"。所以他自命为"中外古今派"："可是我是绝对的主张'今外'的；我的'古中'，是'今化的古'和'外化的中'，——换言之，'受过今外洗礼的古中'。"钱玄同自称"今化的古"和"外化的中",表明了他对"复古""民粹"的不认同。

钱玄同还有一个爱好:频繁地给自己取名号,并通过名号曲折地表达自己的思想。

钱玄同,原名为怡。这个名字是长辈取的,他一直不用。后来留学日本,才"废物利用"取名钱怡。后受光复派影响,取号"汉一"。在日本,钱玄同听过章太炎的课。老师告诉他,古人名和字要相应,于是他取名"夏"。给《新青年》写文章那几年,他把名号合一,取名"玄同",后来因为怀疑古文学派,取号"疑古玄同"。疑古,出自《史通》,指"辩伪",钱玄同取其为号,寓意为:"凡过去的政治法律、道德文章,一切都疑其不合理。"钱玄同有时也把"疑古"写成"夷詈",取"不盲从多数"之意。

他还有一个号为"饼斋",这个号源自《三国志·魏书·裴潜传》中的一句话:"愿为卖饼家,不做太官厨。"表明他认可今文学派,另外,"饼斋"也含"对于一切政教文化不固执"之意。日寇侵略中国后,为表示爱国,他恢复了"夏"这个名号,并取号为"逸谷老人""鲍山病叟",暗示自己决意归隐,不会出任伪职。他曾说,自己取"鲍山病叟"这一雅号,一则表明自己对中国的前途并未失望,"盖我虽躺在床上,而尚思在室中寻觅光明";一则暗示,自己不会投身事敌,而是要做一个"茹素"隐居的"病叟"。

国土沦陷之际,他立场坚定,态度鲜明。热河沦陷,他三个月拒绝宴饮;九一八事变后,他与日人断绝往来;1933年5月,他书写了中华民国华北军第七军团第五十九军抗日战死将士墓碑碑文；1936年，他与北平文化界知名人士联名提出抗日救国七条要求。

七七事变后，从7月19日到8月末，钱玄同有四十天未记日记，对此，他解释如下："这四十日之中，应与《春秋》桓四、桓七不书秋冬同例也（以后也还如此）。"古人云："如桓不道，背逆天理，故不书秋冬。"钱玄同此举乃效仿古人，暗示日寇侵华乃"背逆天理"。

钱玄同曾集过一副对联："打通后壁说话，竖起脊梁做人。"国难中的他确实做到了这一点。

钱玄同去世后，老友沈尹默挽诗中有这样一段："平生特异性，狂欤其实狷。狷介莫人知，惟狂众所见。四十便可杀，语激意则善。日新又日新，即以示果断。君子学为己，诲人也不倦。中庸本非易，修道尚权变。迩来忧患深，义利尤明辨。"

狂者进取，狷者有所不为。钱玄同可谓既狂亦狷也。

钱玄同在世时没有出过文集。四十四岁那年，钱玄同有意自编文集，但整理文稿时却发现问题，原来他早年信古，后来倡新，其中的矛盾十分触目，遂决定五四前的文章一概不选。选了几天，钱玄同忽然一拍桌子，长叹一声："简直都是废话，完全要不得。"可见钱玄同对出书十分慎重，宁缺毋滥。

1917年1月26日，钱玄同在日记里写道："论心则自去年以来，抛去前此悲观消极之念，颇思今后多读真理之书，以为改良社会之图，不可谓无进步，而顾兹藐躬，则衰弱日甚一日，正不知命在何时?平居常有活五十岁之想,恐不能达此目的,惟一息尚存,此祈求真理改良社会之志,总不容少懈。特志于此,以自策励。"

"活五十岁之想",可谓一语成谶,钱玄同五十二岁就去世了。不过,"一息尚存,此祈求真理改良社会之志",确未懈怠,可谓言行一致,兑现了诺言。

蒋廷黻:"没有任何亲戚凭藉我的力量获得官职"

1895年12月7日,蒋廷黻出生于湖南宝庆府邵阳北一个鱼米之乡。蒋廷黻的二伯父喜欢读书,但努力多年,屡考不中。博取功名无望,二伯父就把希望寄托在后辈身上。他发现两个侄子喜欢读书,就把未了的心愿寄托在两个侄子身上,听说哪里塾师好,便不惜重金把两个侄子送去受教。蒋廷黻早年的教育得益于二伯父的谋划与督促。

早年求学经历

1901年,二伯父办了一家私塾,包括蒋廷黻在内的蒋家子弟都在私塾学习《三字经》,练习书法。蒋廷黻很快将《三字经》背得滚瓜烂熟。蒋廷黻很喜欢《三字经》,他认为那是一本很好的书,里面蕴含了儒家思想的核心内容。他说,读完这本书,可大致了解儒家思想的轮廓。蒋廷黻背书快,书法好。在二伯父和其他长辈眼中,是天生读书的材料。为了培养这个"天才儿童",二伯父不停地把他转到当地更好的学校。

1905年,科举废除,中举这条路断了,二伯父就把蒋廷黻和他哥哥送到省城长沙的新学校。在这所名为明德的新式学堂，蒋廷黻所学科目有国文、数学、修身、图画与自然。在这里，他不仅学到私塾里没有的新知识，还接受了爱国观念，因为这是一所"充满革命气息的学校"。学校老师向学生们灌输了这一思想："所有中国青年都应该努力用功，以备将来为国牺牲。"

那一阶段，蒋廷黻的父亲、大伯父、二伯父共同经营一家铁厂和两个店铺，收入三家共享。蒋廷黻和哥哥的学费由店铺承担，二伯母抱怨说，蒋廷黻兄弟的学费由三家分摊不合理。蒋廷黻父亲听了这话后不高兴，让蒋廷黻兄弟俩辍学去店铺学徒。二伯父坚决不同意，他认为两个侄子是读书的材料，如果店铺不赚钱，他即使卖几亩田也要供侄子读书。蒋廷黻后来说："我和哥哥很幸运，因为二伯的决定终于为大家所接受。"如果不是二伯父的无私支持，蒋廷黻和哥哥恐怕就此辍学做学徒去了。

1906年，二伯父听说湘潭长老学校办得好——这是一所外国人办的学校。二伯父是商人，但眼界开阔、思想开通，那时候就知道，学英文学技术，西人办的学校优于本土学校。这年秋天，在二伯父的安排下，蒋廷黻兄弟离开长沙明德前往湘潭长老教会学校（益智学校）。在这里，蒋廷黻结识了来自美国的乐于助人的林格尔夫妇（William H. Lingle），打下了坚实的英文基础。没有林格尔夫妇的引导、帮助，蒋廷黻后来的赴美半工半读是难以想象的。

林格尔夫妇是长老教会学校的主持人。蒋廷黻随林格尔夫人学了整整三年的英语。1911年辛亥革命爆发，林格尔夫人害怕时局不稳,决定关闭学校回美国。当时蒋廷黻年仅十六岁,他决定随林格尔夫人赴美读书。可是林格尔夫人到上海后,改了主意,要继续回湘潭办学,她劝蒋廷黻和她一同回去。蒋廷黻则决意赴美,林格尔夫人就请青年会的干事在旅途中照顾蒋廷黻。蒋廷黻家中为他筹集的资金不多,林格尔夫人说服一位朋友借给蒋廷黻八十元美金。

蒋廷黻在名著《中国近代史》开篇说了这样一段话:"近百年的中华民族根本只有一个问题,那就是:中国人能近代化吗?能赶上西洋人吗?能利用科学和机械吗?能废除我们的家族和家乡观念而组织一个近代的民族国家吗?能的话,我们民族的前途是光明的;不能的话,我们这个民族是没有前途的。因为在世界上,一切的国家能接受近代文化者必致富强,不能者必遭惨败,毫无例外。并且接受得愈早愈速就愈好,日本就是一个好例子。"

蒋廷黻站在国家高度,抨击了中国的"家族和家乡观念"。如果从个人感情出发,他对中国的"家族观念"应该不会那么厌恶,因为他的成长得益于二伯父的"家族观念"。如果不是家族观念重,二伯父怎么会对两个侄子的教育如此费心费力费银?但蒋廷黻正是站在国家的高度,抛弃了一己私情,才写出上述那番客观、理性的话。《中国近代史》的长处之一正是客观、公正、平和、理性的叙述笔调。

祖母与继母

在所有长辈中,蒋廷黻印象最深的是祖母。祖母德高望重,意志坚强，是家中说一不二的权威。蒋廷黻父亲和二伯父在外做生意，常买人参孝敬她。祖母收下人参后转送给自己的女儿。两个儿子不高兴了，说，早知道您不吃，就不买了。祖母训斥：送给我的礼物就是我的，我爱给谁给谁。两个儿子吓得不敢说话，下次还是照旧买人参孝敬。

叶公超出任外交部常务次长后，在外交部建立了福利金制度。当时美国国际善后总署援助中国一批物资，有一些被卖到意大利，又从意大利转卖到美国。美国当然不满，派人赴南京质问。来者不善，先见了蒋介石，再到外交部交涉。外交部部长王世杰觉得事态严重，让叶公超代表外交部处理此事。面对美国人理直气壮的质问，叶公超反客为主批评对方："你们既然将该项物资送给了我们，物资是属于我们的了，我们有处理自己物资的全权，我们没有饭吃，我们出售求现，并无不对之处，你们是不是管得太多了。"两小时后，王世杰打电话问交涉结果，叶公超报告说，十分钟就解决了，两位美国人还向他道歉了。

叶公超的回答与蒋廷黻祖母的话如出一辙，睿智得体，让对方无言以对。

蒋廷黻六岁时母亲去世了。祖母立即把他和哥哥、姐姐移入自己的房间，悉心照顾，直到两年后，三个孩子有了继母。

蒋廷黻的父亲和二伯父不信佛教，但祖母信佛，还常带幼年的蒋廷黻去寺庙烧香拜佛。祖母信佛但不强求自己的儿子信佛，两个儿子不信佛，也不干涉母亲信佛。蒋廷黻说："他们的行径，实在是信仰自由的最佳榜样。"

1935年秋天，蒋廷黻年届九旬的祖母去世了。蒋廷黻星夜兼程赶回去参加了祖母的葬礼。葬礼很隆重，蒋家为此卖了三十亩田："整个丧礼可以说极尽人间的豪华和精神上的安慰。"

蒋廷黻六岁丧母，两年后，父亲续娶了一位寡妇。这位继母将蒋廷黻兄弟俩视为己出，关怀备至。她要求严格但从不责骂，总是用温和的语言开导这两个孩子。春节时，她让两个孩子先去蒋廷黻生母家拜年，安排轿夫让两个孩子坐轿去拜年，这样做是为了显示蒋家在当地的地位。她还特别嘱咐轿夫，把两个孩子送到后，告诉熊家（蒋廷黻生母姓熊）下午再去接两个孩子，然后才能离开熊家：如果轿夫在那里等孩子，熊家得为他们备饭；如果轿夫不说清楚下午去接孩子，熊家可能会安排两个孩子晚上的食宿。她这样细致周到安排既不失礼数地给熊家拜了年，又善解人意地不给对方添麻烦。而两个孩子去她娘家拜年，她就吩咐轿夫一直在那里等蒋廷黻哥俩下午回家。因为她家比较富裕，可以招待轿夫。蒋廷黻感慨："湖南人的亲切和体贴，继母可以说表现得无遗了。"

"我怎么能够死！"

1912年元月中旬，蒋廷黻搭乘"波斯"号前往美国旧金山，那一年，他刚满十七岁。2月11日，蒋廷黻抵达旧金山。上岸后，独自一人的蒋廷黻不知道下一步该怎么办，但他一点不慌，坐在行李上自言自语道：反正已到了美国。正在他悠闲地欣赏码头风景时，一个文质彬彬的广东人向他走来，简短交谈后，这位广东人领着蒋廷黻乘电车来到一座教堂，会见了一位牧师。牧师了解情况后把蒋廷黻送到了青年会。这位广东人可能是受林格尔夫人之托接待蒋廷黻的。

在青年会，蒋廷黻把自己的情况和愿望告诉了一位热心的职员，他说自己资金有限，来美国求学，只能进半工半读的学校。他告诉这位职员，在中国时，林格尔夫人说密苏里派克维尔有这种学校。那位职员随即给那所学校发了电报，询问对方是否可接受一个中国青年的求学申请。翌日下午，那位职员通知蒋廷黻，密苏里派克维尔派克学堂同意接受他入学。这位职员把蒋廷黻送到火车站，还帮他买了头等车票。

派克学堂条件艰苦，学生工作三小时才能有两小时的读书时间。蒋廷黻的英语有一定基础，但上英语课仍旧吃力。英语课老师用的教材是史考特的《萨克逊劫后英雄略》，每次只讲十页。蒋廷黻用字典查出生词，抄在小本上，注上中文解释。十页课文足有三百个生词，学起来异常艰难。由于口语、听力都不好，蒋廷黻无法和老师、同学交流。那一阶段，他上课听不懂、做工很辛苦，但他不能退缩，事实上，也无路可退。

4月间，蒋廷黻生病了，学校有十几个男女生都病倒了——是一种流行的伤寒症。在医院里，蒋廷黻处于半昏迷状态，不过，医生、护士对这个来自异国他乡的学生倒是很关心，把他照顾得无微不至。一天，护士要把蒋廷黻换入一间小病房，那里清净，便于休息。护士拿来纸笔对蒋廷黻说，你可以写封信告诉家人自己的病况。蒋廷黻看了她一会儿，说："我知道你认为我快死了,我告诉你,我绝不会死。"护士一听笑了,安慰他说,她不担心他的康复,但是把病情报告给父母总是好的。接着,护士好奇地问:"我很奇怪,你怎么知道你一定不会死?"蒋廷黻答:"我从几千里外的中国老远到美国来求学,现在还未开始,我怎么能够死!"

病情好转后,蒋廷黻请护士小姐给他找几本英语书,他想在养病期间补习一下英语。蒋廷黻在国内读过《伊尔文见闻录》,懵懵懂懂,想重读一下。护士找来一本,蒋廷黻读得津津有味,他发现自己英语进步了不少,看这本书时不需要查生字了。在护士的帮助下,他一口气读了好几本伊尔文的小说。这时候,奇迹出现了:"英语的门突然被我打开了。我开始对英语感兴趣了。我和护士小姐及其他同房的患者谈话也感到清楚有趣。"在病房中,蒋廷黻通过交谈,掌握了很多英文成语,一直困扰他的发音问题,住院十周,也基本解决了。

语言问题解决后,学习其他课程就得心应手了。

派克学堂没有体育课,也没啥社交活动。课外活动只有演讲和辩论。大三上学期,学校举行演讲比赛,费根教授鼓励蒋廷黻参加。费根教授为他选了一个带有浪漫色彩的题目。蒋廷黻围绕这个题目,写就演讲稿,先在费根教授面前来一次"演习",费根教授校正了他的一些发音。之后,蒋廷黻又去树林中的一块空地上,把树林当观众,大声演讲。因为准备充分,蒋廷黻在演讲比赛中荣获亚军。演讲比赛的观众是学校的学生和学校所在小镇的居民,一直默默无闻的蒋廷黻,因为这次比赛"暴得大名",

成了小镇"明星"。

派克学堂所有学生都要参加劳动,劳动收入抵偿膳宿费,学生没有零花钱,蒋廷黻当然也不例外。演讲比赛获得名次后,有老师和热心居民介绍蒋廷黻去一些民间团体或教堂去演讲,每次演讲获报酬二至五元。蒋廷黻演讲的内容大多是介绍自己的家庭和自己在中国的读书情况。一次,堪萨斯城长老教会的一位老人特意来找蒋廷黻,说教会牧师突然生病,想请蒋廷黻去帮忙在"主日学"做一次演讲。蒋廷黻不敢答应,怕不能胜任,但老人一再要求,蒋廷黻勉强答应:"当晚,我修改一下我准备在主日学时用的演讲大纲,一改为二,每阶段加上一段祈祷和一个结论。"蒋廷黻出色完成了任务,赚了二十元美金,发了一笔小财。

派克学堂的学生会参加各种各样的劳动,诸如赶车、修路、扫地、除草等,每天都累得腰酸背疼。蒋廷黻从这些体力劳动中获益甚多,他说:"我的经验非同小可。尽管以后我对许多理论问题感到兴趣,但我相信,体力劳动的经验,帮助我站稳了脚跟。"

1914年夏天,蒋廷黻离开派克学堂,前往俄亥俄欧柏林大学进一步深造。回忆派克学堂这段学习经历,蒋廷黻说:"派克维尔两年半是否学到什么东西我不敢说,但我确信那里的工作使我身体健壮,意志坚强。"

蒋廷黻在美国求学期间,只有几年得到湖南政府的奖学金,更多时候,他都靠课余打工来维持生活。他没有把工作当作负担,而是干得津津有味、兴致勃勃。蒋廷黻认为,中国旧式文人，大多"手不能动、足不能行、背不能直，一天到晚在那里吐痰擦痒"。蒋廷黻在美国做各种各样的体力活，且乐在其中，部分原因是他极为反感中国旧式文人的这种毛病。另外，他认为，作为青年人，不能满足于仅从课本获得知识，也要从社会活动中获得知识，体力劳动就是一种社会活动。留美归国后，他还对中国青年的上述缺陷做了批评："男子，青年的男子，还有许多头不能抬、背不能直、手不能动、腿不能跑：从体格上说，他们不配称现代人。从知识上说，我们——男女都在内——还是偏靠书本，不靠实事实物。"

在乡间做了一个进步榜样

1923年春，蒋廷黻在哥伦比亚大学获得哲学博士学位后返国。他本该第一时间回家乡看望家中长辈，但离美前他已被南开大学聘为教授，讲授西洋史，于是他先赴天津南开任教，把回家时间推迟到年底。

那年夏天，蒋廷黻父亲去世，丧事由蒋廷黻哥哥、弟弟料理。哥哥、弟弟征求人在南开的蒋廷黻，问是否请和尚念经。当时蒋廷黻刚从哥大毕业不久，认为念经是迷信，完全没必要；但他熟知乡下风俗，如果不请和尚念经，乡下人会误认为他们兄弟吝啬。于是，他建议，把请和尚念经的钱拿出来修缮家乡附近一所庙宇，用作学校校舍。哥哥、弟弟接受了他的建议。年底，蒋廷黻回乡给父亲上坟，亲戚乡邻都认为他这件事办得好。蒋廷黻说："我认为我是在乡间做了一个进步榜样。"

蒋廷黻动身回家前,听说族人准备出村三里欢迎他,大张旗鼓,兴师动众。蒋廷黻立即写信给二伯父(他是欢迎庆典的主持人),告诉他不必如此张扬、铺张。在他的要求下,庆典取消了。

欢迎庆典取消了,但族人在蒋家祠堂为他举办了盛大宴会,并安排他坐首席。蒋廷黻坚拒,族人坚持,说:"这个宴会是为你举办的,你不坐首席,别人也无法坐。"蒋廷黻想出一个折中办法,说自己可以坐第二桌的首席,第一桌的首席留给族中德高望重者。最后,蒋廷黻伯父坐在了首席,这个问题才得以解决。

以上虽属琐事,但显示了蒋廷黻的处世技巧和办事能力。

蒋廷黻出任行政院政务处长后,家乡人风闻他当了大官,很多亲友都想求他弄个一官半职。蒋廷黻立即请住在长沙的哥哥,阻止那些打算来南京求职的亲友。他让哥哥告诉亲友们:"任何人我都不能帮忙。如果他们来南京,我决不招待,如果他们到了长沙,没有路费回乡,我出路费,但不会帮他们求职。"

很多亲友知难而退。蒋廷黻弟弟的小舅子不听劝来到南京,蒋廷黻坚守诺言,没有见他,只托人给他送去回程路费。

蒋廷黻的启蒙老师,求蒋廷黻在家乡县城中为他谋个职位。蒋廷黻解释,如果老师手头紧需要一点资助,自己愿意尽力,但无法为他安排职位。他告诉这位启蒙老师,将来年纪大了无法谋生,要米要面自己都会尽力帮忙,但实在无法给他一个官衔。这位昔日老师指责蒋廷黻忘恩负义,"但是经过多次直接和间接的解释,他也只好回湖南了"。

蒋廷黻说:"从我担任公职开始,就没有引用过私人。亲戚们均深悉此情,没有任何亲戚凭藉我的力量获得官职。"

南开与清华

蒋廷黻在南开大学教西洋史时,也着手研究中国外交史。出于研究的需要,他想了解一下中国农民衣食住行的情况,便让学生去附近农村做一番调查,结果下乡的学生毫无收获。学生们告诉蒋廷黻,农民们不肯接受调查,不愿回答他们的询问。蒋廷黻就带学生们一道去。原来学生们把问题写在纸上,一边问一边记录。农民们不知道这些人的底细,当然拒绝回答。蒋廷黻指点学生,让他们不要带纸笔,只找机会和农民闲谈,如有小茶馆,就替农民买一杯茶,边喝茶边闲聊。学生们用这种办法果然得到不少珍贵的第一手资料。

研究中国外交史时,蒋廷黻注重收藏原始档案资料。他为搜集原始资料下了很大的功夫,费了很多心血,用傅斯年的话来说就是"上穷碧落下黄泉,动手动脚找材料"。搜集资料需要经费,张伯苓给予他很大的支持,即便当时南开经费不宽,"仍能拨款购置已出版的史料"。

傅斯年说:"我们反对疏通,我们只是要把材料整理好,则事实自然显明了。一分材料出一分货,十分材料出十分货,没有材料便不出货。"他宣称:"近代的历史学只是史料学。"

蒋廷黻对材料的重视丝毫不亚于傅斯年。

以大量原始资料为基础,蒋廷黻着手完成一部名著,《近代中国外交史料辑要》(上卷)。李敖说,这部书的长处是直接接触原料。李敖下了结论：胡适之是给中国哲学史开山的人，蒋廷黻是替中国外交史导航的人。后来在清华工作时，蒋廷黻继续这一工作，完成了《近代中国外交史资料辑要》（中卷）。

正因为在搜集材料方面下了苦功，1938年短短两个月，蒋廷黻厚积薄发写出了只有五万字的《中国近代史》。这本五万字的著作，高屋建瓴，又深入浅出，好读也耐读，至今仍是中国近代史研究领域顶尖之作。著名学者何炳棣对这部书赞不绝口："你看一本薄薄的《中国近代史》，将史料都吃透了，融合在他对历史的独特看法之中。半个世纪以来，又有几本近代史著作超过了它？当今专为获奖的'皇皇巨著'，通通加起来也不及这本小册子的分量。什么叫经典？这才是经典。"

1929年，清华大学校长罗家伦请蒋廷黻出任清华大学历史系主任，此后，蒋廷黻在清华大学担任了五年历史系主任。

何炳棣毕业于清华历史系，他对蒋廷黻主政的清华历史系有这样的回忆："当时陈寅恪先生最精于考据，雷海宗先生注重大的综合，系主任蒋廷黻先生专攻中国近代外交史，考据与综合并重，更偏重综合。"何炳棣把蒋廷黻"革新和发展清华历史系"的措施概括为四点：一、聘请雷海宗回清华主持中国通史这门基础课，激发了学生对历史的兴趣；二、利用清华研究院为国家培养历史学科人才——考分高、论文好的学生直接由清华出资送到国外深造；三、助教开新课前有三年的备课时间，以确保他们的教学质量；四、多次以公开考试的方法选拔人才，考分高的同学直接保送出国。

以上措施，保障了清华大学历史系的教学质量，激发了学生们的求学兴趣，培养、造就了一批顶尖的史学人才。对此，蒋廷黻也颇为满意，他在后来的回忆中说："如果不是因为战争爆发，我们能循此途径继续努力下去的话，我坚信：在十或二十年之内清华的历史系一定是一个名副其实的、全国惟一无二的历史系。……"

官可不做事要做

《独立评论》的创办起自蒋廷黻的提议。作为该刊的主要撰稿者，蒋廷黻在《独立评论》发表的一系列政论引起蒋介石的注意。蒋看重蒋廷黻的才华，安排他出任行政院政务处长。胡适以杨万里"在山作得许多声"诗句，劝蒋廷黻不要做官，安心文化教育工作。蒋廷黻选择弃学从政，他说："我个人的去留无关宏旨——我们不干政治则已，干则此时矣！"

1935年，蒋廷黻担任行政院政务处长。上任伊始，蒋廷黻拟定一套改革方案。当时政府有铁道部和交通部，但两个部门分管的事务多有重叠，蒋廷黻建议把铁道部改为运输部，主管铁路、空运、公路等，交通部主管邮政、电报、电话等，这样，可免机构臃肿、人浮于事之弊。

经济委员会和建设委员会不仅相互重叠，且分管工作与其他部门相似，蒋廷黻认为，这两个部门应予撤销。

中国是个农业大国，但当时的政府没有农林部，蒋廷黻建议设立农林部。

1936年2月，蒋廷黻把改革方案提交上去，3月底，蒋介石一纸调令，让蒋廷黻接替翁文灏任行政院秘书长，让翁担任行政院政务处长。改革方案被否决，蒋廷黻当然失望，但一年后，铁道部和建设部还是合并了，经济委员会和建设委员会也都撤销了。蒋介石部分采纳了蒋廷黻的改革方案。

蒋廷黻在重庆工作时，当时重庆电力不足，灯光昏黄，还时常停电。蒋廷黻提出一个节约用电办法，就是每年4月1日将时钟拨快一小时。孔祥熙等人强烈反对，认为不能人为改变时间。后来美国人也提出这种办法，政府采纳了这个办法，证明了蒋廷黻的建议是可行的。

蒋廷黻对当时政府的公文办理程序一向不满。按这种程序，每份公文都由下级，逐层递交到最高层，再从最高层逐一下达底层。手续烦琐，效率低下，且形式主义严重：人们只关注文字是否妥当、格式是否规范、印章是否齐全，对问题是否解决却漫不经心。蒋廷黻为解决这一痼疾，提出"分层负责"办法：要求每个单位领导明确单位的中心工作，再将工作分配到各科室；单位领导赋予各科室负责人相应的权力，也让他们承担更多的责任，这样一来，在挑选科室负责人时，他们会格外慎重。蒋廷黻强调，衡量一份公文好坏的标准，是看它是否完成了任务，解决了问题，而不仅仅是文字妥帖与格式规范。

对于管理方面的道德理想主义，蒋廷黻也予以批评。他说，这种道德理想主义一味要求人们为某种理想做出牺牲和对上级的无条件服从。他认为，这种道德理想主义因为所提标准太高，很容易沦为纸上谈兵，另外，复古主义也会借这种道德理想主义还魂。为了宣扬这种道德理想主义，人们拉大旗作虎皮，把历史上的所谓"圣人"搬出来唬人。当时的国民党就不允许人们对这些所谓的"圣人"有任何的不敬和非议，但蒋廷黻指出："除非我们能揭过去的短，我们就不能更进步，就不能生活得更理想。"

即使在当下，蒋廷黻这番具备真知灼见的话，也颇有现实意义。

蒋廷黻的从政生涯并不顺畅，他提出的很多方案，很少被采纳。他在一篇文章中写道，怀抱理想走入政界者，往往很快就会感慨："在中国作官可以；作官而要同时作事，很困难；作事而又认真，很危险；认真而且有计划，那简直不可能。"他在文中还指出，作官者，敷衍、通融就会稳步高升："官场最不可缺的品格是圆滑，最宝贵的技术是应付。"他不无愤激地说："这种自然的淘汰是淘汰民族中之强者、有能为者，保留民族中之弱者、庸碌无能者。"

写这篇文章时，蒋廷黻尚未从政，而他后来的从政经历仿佛就是为了验证他的这段先见之明。

尽管官场污浊，但蒋廷黻不以"爱惜羽毛"为借口离开官场，更不选择同流合污，而是投身其中，倡导"改革"："在这个当儿，我以为我们要首先改革我们的人生观。圆滑、通融、敷衍以及什么消极、清高，都应该打倒。"

蒋廷黻认为，知识分子不能因为官场污浊而选择躲入书斋，"独善其身"，而是要积极行动起来，用他的话来说就是"做事"：

"我们要做事。我们要修路，要治河，要立炼钢厂，要改良棉种麦种，要多立学校，立更好的学校。我们要作事，吃苦要作事，挨骂也要作事。官可不作事要作。别的可牺牲，事业不可牺牲。作事的人，我们要拥护、要崇拜。说便宜话的人，纵使其话说得十分漂亮，我们要鄙视。"

思考让他独具慧眼

蒋廷黻在美国留学"最后一站"是哥伦比亚大学。一开始他读的是新闻学，他认为报界舆论能影响国家政治，想通过写社论的方式来影响、改变中国社会。读了一阶段，他觉察到新闻人对社会的认识比较肤浅，他们所思所想所观察的都是社会表层；倘若想在政界扮演重要角色，首先要懂政治，于是他转学政治，但很快他又发现专攻政治也不能深刻认识政治，这道理有点类似"不识庐山真面目，只缘身在此山中"。从哪方面入手才能全面、深刻地了解政治？经过思索、研究，他得出的结论是："欲想获得真正的政治知识只有从历史方面下手"。于是他转攻历史，主攻方向由新闻转向政治再转向历史。蒋廷黻每一次选择都源自深思熟虑。

入读哥伦比亚大学之前，蒋廷黻在欧柏林就读，这个大学宗教气息浓。教会在这里募捐时偶尔谈及中国的穷，在此留学的中国学生觉得有伤尊严，对此很反感。但蒋廷黻认为，这种反感是不对的。因为当时的中国确实很穷，这些中国留学生对中国的贫苦比谁都清楚，但出于"家丑不外扬"的心理，他们不愿让美国教士将此公开化。而这些留学生们私底下谈及中国穷困，语言激烈程度远超外国教士。由此，蒋廷黻认识到，留学生反感外国人说中国不好，一是出于"家丑不外扬"心理，一是因为他们远离祖国，把祖国理想化了。蒋廷黻据此断言："凡是在国外的人都较为爱国，这可能是一条不易的真理。"

是不是真理，我们姑且不深究，但任何时候对任何事，思考有助于我们变得深刻，则确定无疑。

蒋廷黻在南开、清华教书时曾利用各种机会游玩、考察了西安、东北、南京、杭州、上海等地。游历开阔了他的眼界，也让他对祖国有了更为细致、感性的认识。游玩中他发现一个耐人寻味的现象：上海以北以西的地方都说普通话（国语），广东以西以北也说普通话。由此，一个问题浮现在蒋廷黻脑中：为何东南沿海各省都说方言？经过思考，他给出答案："当中原人口进入沿海地区时，当地的土著人一定就已经相当开化了，无论在人数上和文明方面均占优势，于是中原古代的语言和当地土著的语言混合的结果就成为当地的方言。"这一极具创见的结论源自蒋廷黻的注重考察和好学深思。

1932年，陈果夫提出一个荒唐提案，建议十年内停办高等学校的文、法及艺术专业，将省下来的经费用于培养农、工、医方面的人才。他的理由是中国太穷，要尽快增加经济收入。蒋廷黻批评了这个提案。他说中国确实穷，确实应该尽快提高收入。但停办文、法及艺术专业，专办农工医就能改变中国穷困的状况吗？蒋廷黻提醒人们，大学开设课程的目的，是满足人类的求知欲和社会的需要。无论何地何时,人们了解、研究社会制度、人类历史、文化来源及变迁的渴求都存在,这一渴求,使高校开设文、法、艺术专业成为必然,如果停办,只能使教育乃至国家陷入混乱中。另外,蒋廷黻认为,人们要生活,就要去思想,大学开设文、法、艺术专业的目的之一便是训练人们的思想。

陈果夫出于"生财"的目的,提此建议,蒋廷黻提醒对方,"教育的目的是教养全人的"。而"教育愈能教养全人,其增加生财的效力愈大"。停办文、法、艺术专业,教育岂能实现"教养全人"的目标?显然,陈果夫有此荒唐的急功近利的提案,不仅短视,也属无知。

在南开、清华任教多年后,蒋廷黻发现高校存在一个触目的问题:学生平时忙于记笔记,考试忙于背笔记,牺牲了重要程度远甚于记、颂"笔记"的"观察与思索",结果,背了不少并无意义的死知识,获益甚少。

蒋廷黻从"观察与思索"中获益良多,认识到"观察与思索"的重要性,所以,当高校老师不注重培养学生"观察与思索"能力,一味让学生死记硬背时,他甚为不满,便撰文批评。

虽然蒋廷黻因从政中断了学术生涯,但他着手完成的《近代中国外交史料辑要》使他成为中国外交史领域的开山之人,他的著作《中国近代史》也是历史研究者必读的经典。

在学界、政界,蒋廷黻都是一个著名人物。作为清华历史系主任,他的一系列针对历史学科的改革卓有成效,清华历史系在短时期内跻身一流,蒋廷黻居功甚伟;作为学人,他主编的《近代中国外交史资料辑要》让他成为中国外交史导航者,他完成的篇幅甚短的《中国近代史》,奠定了他在中国近代史领域的学术地位;弃学从政后,他历任驻苏、驻美大使,以"知外交"名重一时,是一位重要的外交家。

青年时代,蒋廷黻即有经世致用的怀抱,希望以学术研究贡献于政治,后来步入政界,不过得偿夙愿。作为书生从政的典型,他的独特之处在于,始终注重知识的更新,坚持以理性的态度衡量和处理问题。他去世后,一位学人说:"廷黻既逝,自蔡元培、丁文江、胡适、傅斯年以来的北方学统从此绝矣。"

有学者评价蒋廷黻是专家从政的典型,就在于其将"学问"与"事功"融为一体。

刘半农：教我如何不想"他"

刘半农，1891年5月29日，出生于江苏江阴。1912年后，刘半农在上海向鸳鸯蝴蝶派报刊投稿为生。1917年到北大任教，并担任《新青年》杂志编辑工作。投身文学革命，是《新青年》的四大"支柱"之一。

刘半农原名刘寿彭。钱穆与他是常州府中学堂的同学。府中学堂首次招生，刘寿彭是江阴县第一名；二年级考试，刘寿彭乃全校第一；年终考试，仍高居榜首。"连中三元"，刘寿彭成了学校名人，同学们都以结识刘寿彭为荣。

刘寿彭成绩好，思想也进步。当时，府中学堂舍监陈士辛思想守旧，对学生管理甚严。一次，陈士辛在办公室里将身为学生代表的刘寿彭训斥了一顿。出了办公室，刘寿彭昂着头，大呼："不杀陈士辛，不为我刘寿彭。"小小年纪，就显露出桀骜不驯、刚正不屈的个性。当然，他说这句过激之语，主要还是不满舍监的思想守旧。四年级学年考试后，刘寿彭即退学去了上海，致力于小说创作，改名半侬。后应蔡元培、陈独秀之邀，赴北大任教，易名半农。

即使做了北大教授,刘半农仍然是锋芒毕露,冲劲十足。

1919年6月5日。北大教授在一间简陋的教室开会,商谈挽留蔡元培校长一事。当时有位姓丁的理科教授,上台发言。此人方言重,说话啰唆,他在台上唠叨了半天,底下人只听到几个单调的词:今天,北大,北大,今天……正值盛夏,闷热难当,挤在教室里听如此单调的长篇大论,谁受得了?这时,有人推门把刘半农叫出去。不一会儿,屋外传来刘半农骂声:"混账!"里边的人吃了一惊,那位丁教授听到骂声,不敢再啰唆,赶紧下台。等刘半农回来说明情况,大家才知道,刘半农骂的是北大法科学长,因为他不支持学生运动。没想到歪打正着,声东击西,屋外发炮,击中了屋内的丁教授。后来,刘文典对人说,他特别感谢刘半农那句"混账"。因为当时他实在无法忍受丁教授的啰唆,正准备上台给他一个嘴巴,再低头道歉。刘半农一句"混账"救了他。

刘半农有"金刚怒目"的一面,也有"菩萨低眉"的时候。遇到坏人坏事,刘半农是怒发冲冠的斗士,而在亲友眼中,他又是一个温和善良的书生。

"有一颗善良的心"

刘半农性格刚强,但心地非常善良。刘半农和朱惠订婚后,一次,刘半农在岳家偶然看到未婚妻穿的是缠足的绣花鞋。回家后,他问祖母,女孩为何要缠足?祖母说:"女孩不缠足就嫁不出去了。"刘半农就说:"她已经和我订婚了,也不必担心嫁不出去了,何必吃这个苦。"他要祖母通知岳母,不要让女儿缠足。岳母听到未来的女婿说这样的话,当然高兴,因为她也不想让女儿遭这份罪。能对女性缠足之苦感同身受,足以证明刘半农之善。

结婚后,朱惠两次流产。刘半农父亲以为儿媳没有生育能力,为延续刘家香火,他命令儿子纳妾。刘半农当然拒绝了父亲的"美意",为让妻子不受大家庭的气,他把妻子接到上海,脱离封建家庭,独立生活。

刘半农深爱自己的妻子,对孩子也是慈爱有加。

女儿出生后,刘半农非常高兴。女儿周岁那天,他抑制不住欣喜之情,为女儿写了一首诗:《题小蕙周岁造像》

> 你饿了便啼,饱了便嬉,
> 倦了思眠,冷了索衣。
> 不饿不冷不思眠,我见你整日笑嘻嘻。
> 你也有心,只无牵记;
> 你也有眼耳鼻舌,只未着色声香味;
> 你有你的小灵魂,不登天,也不堕地。
> 呵呵,我羡你!我羡你!
> 你是天地间的活神仙!
> 是自然界不加冕的皇帝!

字里行间充溢着对女儿浓得化不开的爱,也流淌着一个年轻父亲难以掩饰的欢喜。

为了进一步深造,让自己的知识更系统,刘半农决定去英国留学。他不想和妻女分开,便举家前往英国。赴英途中,船在香港作了短暂停留。刘半农带着长女刘小蕙游览了太平山,并写下《登香港太平山》一诗:

> 登上四望,丛岚绕足,白云漫漫;
> 下不能见地,上不能见青天。
> 山水溅溅,山树摩肩。
> 偶从云淡数深处,窥见远海云山:
> 海大不如镜,山大不如拳。
> 稚儿欢笑奔我前,
> 山风吹短发,
> 飘荡白云间。
> "尔胡为乎来哉?"
> 跳舞拍手,心中茫然。
> 为折花佩胸前;
> 下山入海白阿母:
> "今日阿爹,携我上天。"

这首诗,既道出了刘半农对祖国山河的深情,也流露出他对孩子的疼爱。

不久,妻子在伦敦生下一对双胞胎。刘半农的生活随即变得异常忙乱。学习任务重，家庭杂事多，刘半农根本抽不出时间来照看女儿小蕙了。结果，小惠出去玩时常常迷路。刘半农写了一首诗《一个迷路归来的小孩》，记下小惠的可怜、无助和父母的辛酸、无奈：

  太阳蒸红了她的脸；
  灰沙染黑了她的汗；
  她的头发也吹乱了；
  她呆呆的立在门口，出了神。

  她呆呆的立在门口，
  叫了一声"爹"；
  她举起两只墨黑的手，
  说"我跌了一交筋斗"。

  "爹！妈！"
  她忍住了眼泪，
  却忍不住周身的筋肉
  飒飒的乱抖。
  她说，"妈！远咧！远咧
  那头！还要那头！"

  一方面，刘半农以这首诗宣泄孩子迷路给他带来的紧张、不安；另一方面，这首诗也表明，在那样焦头烂额、心力交瘁的时候，刘半农也没有忽略孩子的成长。

在伦敦的生活苦不堪言。全家五口人，全依靠刘半农那一点微薄的留学金。为了贴补家用，刘半农不得不在繁重的学习之余，不停笔耕。尽管身陷困境，但刘半农却毫不沮丧，他以一个男人的坚强，抗起家庭的重负，也以一个父亲的慈爱，让孩子们在"寒冷"的伦敦，享受到爱的阳光。

许是受到父亲的影响，长女小蕙幼年时就乐于助人，极富同情心。刘半农一家从海外回来后，定居北京，小蕙就读于孔德学校。一次小惠上学时遇到一个女乞丐，央求她施舍几个钱，说是三天没吃饭了。小惠很想帮助她，可口袋没钱，正为难时，父亲也路过这里，就问什么事，小惠如实说了。父亲就问小惠，她三天没吃饭了，你还要她饿多久？小惠焦急地说："可我口袋里没有钱啊！"父亲说："办法是有的。只是你回家后要把钱还给我。"说着掏出几块钱，替小惠给了那个女乞丐。晚上回家，小惠找出自己的零花钱，还给父亲。父亲笑道："不用还了。"还回头对妻子夸赞女儿："你不要小看这孩子，倒有一颗善良的心呢！"

在中国漫长的封建社会中，女性饱受压迫，饱尝凌辱。刘半农在和妻子的一次谈心中，道出了中国女性之苦：

"世界最苦的人类，就是你们这班中国的女子。那一班穷苦人家的妇女，吃朝餐，愁晚饭，她的苦恼我不忍说。

"那一班富贵人家的妇女，穿短裤，穿丝袜，天天上杨庆和老实成办金饰，上大纶天成剪衣料；她们自以为极乐，其实比街头的老乞妇还苦。然而我现在，不愿意评论这些'描金寄生虫'！单就你们这班中等家庭的妇女说，不必愁吃，不必愁穿，每月有三五十元至一二百元的进款，可以酌量使用，也就不能算得很苦了。然而你们是人类，以人类应有的身份评判你们，你们却苦极了：

"第一，你们未嫁时，父母不教你们读书；到了十岁以后，却急急要替你们攀亲了。人类是应当有知识的；你们父母却不许你们有知识。人类对于本身，应有自由处分之权；你们父母却要代为处分。这是养小猪的办法：起初是随便养它；养大了，便糊糊涂涂的把他捉出圈去。

"第二，到你们出嫁以后，因为自己没有知识，所以不得不以'无才'为'德'；因为不能自立，所以不得不讲'三从'；因为一失欢于男子，就要饿死，所以不得不讲'四德'，不得不'贤惠'，不得不做'良妻贤母'。

"其实，所谓'无才是德'，就是'人彘'的招牌；所谓'三从'，就是前后换了三个衾主；所谓'四德''贤惠''良妻贤母'，不过是'长期卖淫'的优等考语，和那小报上所登的'房间清洁应酬周到'；'谈吐伶俐，宾主咸欢'，骨底里并没有什么区别！"

刘半农对中国女性之苦有如此深刻的认识，不仅在于他目光深邃，更是因为他有一颗善感的心，一副"怜香惜玉"的柔肠。

刘半农虽身居高校的象牙塔，但因为有着柔软的心肠，他总能把同情、怜悯的目光投向那些在死亡线上挣扎的穷人。刘半农

写过这样一首诗《相隔一层纸》:

> 屋子里拢着炉火,
> 老爷吩咐开窗买水果,
> 说"天气不冷火太热,
> 别任它烤坏了我。"
>
> 屋子外躺着一个叫花子,
> 咬紧了牙齿对着北风喊"要死"!
> 可怜屋外与屋里,
> 相隔只有一层薄纸!

这首诗让我们不由得会想起杜甫那句名言:"朱门酒肉臭,路有冻死骨。"刘半农的诗艺当然不及杜甫,但他的慈悲心肠却和杜甫一样。

有一颗善良的心,刘半农自是乐于助人,不管啥事,只要对方开口,他会尽力去帮。一次,一年轻女士担心男友远行忘了自己,请刘半农写一首诗,她绣在手帕上送给男友。刘半农欣然命笔,写下这首《我爱君莫去》:

> 我爱君莫去,莫去东海东。
> 海东苦风险:白浪翻蛟龙。
> 我爱君莫去,莫去南海南。

海南苦毒厉：蛇虎没遮拦。

我爱君莫去，莫去西海西。

海西苦征战：烦冤夜夜啼。

我爱君莫去，莫去北海北。

海北苦寒饥：冰雪连荒漠。

我爱君莫去，住我心坎中。

坎中何所有？热血照君红。

女士得此诗，欢喜不置，刘半农也因对方的快乐而欣慰不已。

"真觉妙不可酱油矣"

1905年10月，《中华小说界》第2卷第10期发表刘半农译诗《希腊拟曲·盗江》。刘半农在题记中说："去冬十月，本界刊载启明君所译《希腊拟曲》二首，情文双绝。古色灿然，谈者每称为译林珍品，……"刘半农对自己的译作不满，说："启明见之，得勿嗤为狗尾续貂耶！"由此可知，刘半农是真心佩服、敬重、信赖周作人，故一再称对方为"畏友"，说两人"相知甚深"。

周作人也在多篇文章中盛赞刘半农：

"在《新青年》中初见到半农的文章，那时他还在南方。留下一种很深的印象，这是几篇《灵霞馆笔记》，觉得有清新的生气，这在别人笔下是没有的。"

"承他出示所作《灵霞馆笔记》的资料，原是些极为普通的东西，但经过他的安排组织，却成为很可诵读的散文，当是就很佩服他的聪明才力。"

志趣相投、惺惺相惜为两人缔结了牢固不破的友情。

一次，周作人想借刘半农的一本书《昭代名伶院本残卷》，刘半农的回函竟是几句唱词："（生）咳，方六爷呀，方六爷呀，（唱西皮慢板）你所要，借的书，我今奉上。这其间，一本是，俄国文章。那一本，瑞典国，小曲滩簧。只恨我，有了他，一年以上。都未曾，打开来，看个端详。（白）如今你提到了他，（唱）不由得，小半农，眼泪汪汪。（白）咳，半农呀，半农呀，你真不用功也。（唱）但愿你，将他去，莫辜负他。拜一拜，手儿呵，你就借去了罢。（下）"

周作人一向不苟言笑，老成稳重，读到这样的信，也不禁莞尔。

刘半农称周作人为"方六爷"，这个"典故"出自《儒林外史》。书中有位成老爹，人很势利，和别人聊天时，常吹嘘自己见着方老五方老六了。方姓之人在当时的安徽往往是做盐商的富翁。五四之前，刘半农和别人谈话时常说自己见着鲁迅、周作人了。于是，朋友们笑称刘半农是成老爹，鲁迅是方五爷，周作人是方六爷。

苏曼殊曾把"皇后"译成"皇娘"，刘半农写信给周作人谈他对此的看法：

"不用说这是吃英国饭的中国人译的，所以如此雅驯而光明正大，但曼殊偏要煞风景，把 Queen 字译作'皇娘'而不译作

'皇后'。他所以不译'皇母'想来也因为'母'字有关雅驯罢。又不译作'皇妈',成者又恐怕人家误作'老妈子'罢!惟其译作'娘子',使我们一想到苏州说的'口笃娘!'真觉妙不可酱油矣。"

刘半农视周作人为翻译大家,才会和他交流译笔的优劣;也把他当作可亲的兄长,交流时才会毫无保留,口无遮拦。

周作人和刘半农有过共患难的经历,事见这篇《记砚兄之称》:

"余与知堂老人每以砚兄相称,不知者或以为儿时同窗友也。其实余二人相识,余已二十七,岂明已三十三。时余穿鱼皮鞋,犹存上海少年滑头气,岂明则畜浓髯,戴大绒帽,披马夫式大衣,俨然一俄国英雄也。越十年,红胡入关主政,北新封,《语丝》停,李丹忱捕,余与岂明同避菜厂胡同一友人家。小厢三楹,中为膳食所,左为寝室,席地而卧,右为书室,室仅一桌,桌仅一砚。寝,食,相对枯坐而外,低头共砚写文而已,砚兄之称自此始。……"

写这篇《记砚兄之称》动了很深的感情。

不过,在避难期间还发生这样一幕,刘半农没提,周作人做了补充。当时,刘半农妻子来探望,临走前,两人"潜至门后,亲吻而别",周作人妻子窥个正着便悄悄告诉周作人,两人"相与叹息刘博士之盛德,不敢笑也"。周作人由此感叹,胡博士与刘博士性格不同,但两人对"糟糠"之妻的态度却是一样的,"足以令人钦佩"。

两人是北大同事，志趣相投，又有共患难的经历，关系自然非同寻常。

刘半农写出好作品，或有了好主意，都会第一时间和周作人分享。我们知道，汉语中原是没有"她"这个字，是刘半农为汉语贡献了这个字。刘半农最先并未把这个想法写成文章公开发表，只是把这一想法透露给周作人。后者在文章中替他说了出来。不过，周作人本人更喜欢用"伊"来替代"她"。刘半农坚持自己的看法，他认为，"伊"当代词，地域很小，难求普通；"伊"表示女性，不及"她"明白；"伊"偏文言，与白话文不协调。"她"字后来的流行验证了刘半农的看法。

2000年，美国方言学会想评选出一个世纪之字，提名的字有"自由""自然""科学""正义""ok""她"和"书"等。结果，"她"和"科学"进入最后一轮。最终，"她"获得三十五票，"科学"得了二十七票。"她"成了"二十一世纪最重要的一个字"。而在中国，"她"被认为五四时期中国人发明的"最迷人的新语词之一"。

"如君之人已不可再得"

刘半农去世后，他的墓志铭是周作人撰写的。周作人和刘半农是至交密友，周氏笔下的刘半农生动、传神，如这段：

"君状貌英特，头大，眼有芒角，生气勃勃，至中年不少衰。性果毅，耐劳苦，专治语音学，多所发明。又爱好文学美术，以余力照相，写字，作诗文，皆精妙。与人交游，和易可亲，喜谈谐，老友或与戏谑以为笑。及今思之，如君之人已不可再得。"

周作人说刘半农"喜谈谐"，的确，一个"谐"字可贯穿刘半农一生。

自幼年，刘半农就流露出诙谐的天性。在他刚学着记日记时，就曾自撰一副"打油"对联：

狗屁连篇其中固有点
一语千斤难道没得么

那么小的孩子竟能集自尊与自嘲于一身，罕见。

任教北大期间，刘半农还参与主编《新青年》。在给钱玄同的信中，他自认"台柱"之一：

"文学改良的话，我们已锣鼓喧天的闹了一闹；若从此阴干，恐怕不但人家要说我们是程咬金的三大斧，便是自己问问自己，也有些说不过去罢！……比如做戏，你，我，独秀，适之，当自认为'台柱'，另外再多请名角帮忙，方能'压得住座'；'当仁不让'，是毁是誉，也不管他，你说对不对呢？"

刘半农自认"台柱"并未过誉。参编《新青年》，推广白话文，他和钱玄同合唱"双簧"，钱玄同化名王敬轩，攻击新文化，刘半农则撰文痛加斥责。周作人认为，这一做法，虽然幼稚，但在当时却起到振聋发聩的作用。

不过，钱玄同后来对这一行为作了反思，认识合唱"双簧"这种事，只能偶一为之，并觉察到刘半农有"结党成群"的不良习气。他在给周作人的信中批评了刘半农：

"摆伦生平有一种恶习：就是没有屹然自立的雄心，处处要依赖人。我以为我们应该要服膺圣训'君子和而不同'一语。譬如朋友气味相合，'以文会友，以友辅仁'，这是很好的。要是有依赖他人的行为，有结党成群的意味，别说干坏事，就是干好事亦是不足取。勋寿前此屡说'我们几个谬种'，屡遭尹默之匡正，我以为尹默是不错的。即如'双簧'等行为，偶尔兴到，做他一次，尚无妨事，然不可因此便生结党成群之心理。"

这里的"摆伦""勋寿"指的就是刘半农。

尽管四大"支柱"陈独秀、胡适、钱玄同和刘半农后来思想上产生分歧，但在新文化运动初期，他们协同合作，并肩作战，取得辉煌战果的同时也结下深厚友谊。

朋友们间的批评和分歧不会影响刘半农对他们的友情，反而让他对朋友高看一眼，因为心地坦荡的他向来反对朋友间的相互吹捧。对于朋友间的吹捧，刘半农直言"看不惯""不理解"："这种朋友对于他们的朋友，是怎样的心理，我真推想不出。若说这样（指相互吹捧——笔者注）便是友谊，那么，我若有这样朋友，我就得借着Wm.Blake（威廉·布莱克）的话对他说：

'Thy friendship of has made my heart to ache：——

Do be my enemy，for friendship's sake'。"（大意为：这种（相互吹捧）的友谊让我难过，为了友情，批评我吧。）

刘半农的论敌充分领教了刘半农的犀利与刚猛，他的朋友们则感受到他的诙谐与亲和。

刘半农给胡适的最后一封信,是请胡适在他购买的《黛玉葬花图》上题字。

适之兄:

  于厂甸中得黛玉葬花图一幅,虽是俗工所为,尚不觉面目可憎。此已重加裱制,欲乞《红楼》专家胡大博士题数字,将来更拟请专演葬花之梅博士题数字,然后加以刘大博士之收花印,亦一美谈也。

           即请大安

         弟复顿首 三月十三日

  请用甚小字题于画之上方,并留出一定地位予梅博士。

胡适接到信后,因忙,没有答复。几个月后,刘半农得急病去世。当胡适重读这封信时,已是物在人亡,情何以堪。未能及时满足好友的请求,胡适愧疚不已,他含泪在画上题了一首诗,满足亡友的要求:

题半农买的黛玉葬花画

没见过这样淘气的两个孩子!
不去爬树斗草同嬉戏!
花落花飞飞满天,
干你俩人什么事!

刘半农突然去世，胡适心中不快，就把怨气发泄到"两个孩子"身上。

刘半农和钱玄同的交情也很深，且两人都很诙谐，所以，一见面就闹。刘半农把两人非同一般的友谊用文字记录下来：

"余与玄同相识于民国六年，缔交至今仅十七年耳，而每相见必打闹，每打电话必打闹，每写信必打闹，甚至作为文章亦打闹，虽总角时同窗共砚之友，无此顽皮也。友交至此，信是人生一乐。玄同昔常至余家，近乃不常至。所以然者，其初由于余家畜一狗，玄同怕狗，故望而却走耳。今狗已不畜，而玄同仍不来，狗之余威，固足吓玄同于五里之外也。"

刘半农和钱玄同虽是好友，但相互间的争执也在所难免。刘半农曾应邀主编《世界日报》的副刊，钱玄同对《世界日报》早就看不顺眼，得知老友竟被《世界日报》收买，自然气不打一处来。随即给刘半农写了封充满火气的信，表明自己严正的立场：

"今天在一个地方看见一张六月廿二日的《世界日报》，那上面有他们从七月一日起要办副刊的广告，说这副刊是请您主撰的，并且有这样一句话：刘先生的许多朋友，老的如《新青年》同人，新的如《语丝》同人，也都已答应源源寄稿。

"我当然是您'刘先生的许多朋友'之一，我当然是'《新青年》同人'之一，我当然是'《语丝》同人'之一；可是我没有说过'答应源源寄稿'给《世界日报》的副刊这句话。老实说吧，即使你来叫我给他们作文章，我也一定是不做的，倒不见得是'没有功夫','没有材料'。再干脆的说吧,我是不愿意拿我做的东西登在《世界日报》里的,我尤其不愿意拿我做的东西与什么《明珠》什么《春明外史》等等为伍的。……"

刘半农接到信后,作了一些分辩。虽然他没有因老友的反对而放弃副刊主编一职,但他也未因和老友争执而伤了和气。在给老友的信中,他以一首打油诗为这次的争执画了一个诙谐的句号:

> 闻说杠堪抬,无人不抬杠。
> 有杠必须抬,不抬何用杠。
> 抬自犹他抬,杠还是我杠。
> 请看抬杠人,人亦抬其杠。

钱玄同读到这首打油诗,再火冒三丈,也只能一笑置之了。

刘半农喜欢打趣别人,也习惯调侃自己。他曾请画家王悦之给自己画像,还做了一首《曲庵自题画像》的诗:

> 名师执笔美人参,
> 画出冬烘两鬓斑。
> 相眼注明劳碌命,
> 评头未许穴窬钻。
> 诗文讽世终何补?
> 磊块横胸且自宽。

蓝布大衫偏窃喜，

笑看猴子沐而冠。

胡适做了一首和诗：

未见"名诗"画，何妨瞎品题？

方头真博士，小胖似儒医。

厅长同名姓，庄家"半"适宜。

不嫌麻一点，偕老做夫妻。

"厅长同名姓"，指安徽民政厅厅长和刘半农同名，也叫刘复。"不嫌麻一点"，指刘半农诗中有"妻有眉心一点麻"句。

不过，诙谐到油滑往往一步之遥。毋庸讳言，由于刘半农过于追求趣味了，一不留神，竟落入油滑的泥坑中。

刘半农出版过一本打油诗集《桐花芝豆堂诗集》，自序中，刘半农说："桐者梧桐子；花者落花生；芝者芝麻；豆者大豆，此四物均可以打油。而本堂主人喜为打油之诗，故遂以四物者名其堂。"这本诗集中有不少诗竟拿学生打趣，给读者留下不佳印象。

1933年秋，刘半农参加了北大招生考试的阅卷工作。不少学生答卷时犯了常识性错误，刘半农以此为题写了不少打油诗。

有学生写"民不辽生"，有学生写"欧州"，有写"倡明文化"，还有写"苦脑"的，刘半农在诗中讽刺道：

"民不辽生"缘国难;"欧州"大战本应当;
"倡明文化"何消说?"苦脑"真该加点糖。

在一份答卷里,考生把"留学生"写成"流学生",刘半农便挖苦道:

先生犯了弥天罪,罚往西洋把学流,
应是九流加一等,面筋熬尽一锅油。

吴稚晖曾说,外国就像大油锅,留学生如同面筋,在锅里熬一次,回国后就身躯庞大了。

还有位考生说严嵩是汉朝人,给王昭君画过像。刘半农嘲笑道:

严嵩分发汉朝去,画了昭君失了真。
止水老爹开口笑:"我家少却一奸臣。"

学生犯了错误,当老师的可以不留情面地批评、训斥,但却不该嘲笑,更不能幸灾乐祸地挖苦。所以,刘半农这些打油诗发表后,喝彩声没有,批评者众多。鲁迅就专门写了文章,批评了刘半农的做法:

"北京大学招考,他是阅卷官,从国文卷子上发现一个可笑的错字，就来做诗，那些人被挖苦得真是要做地洞，那些刚毕业的中学生……

"现在有两个人在这里：一个是中学生，文中写'留学生'为'流学生'，错了一个字；一个是大学教授，就得意洋洋的做了一首诗，曰：'先生犯了弥天罪，罚往西洋把学流，应是九流加一等，面筋熬尽一锅油。'我们看罢，可笑是在那一面呢？"

鲁迅和刘半农曾经是很好的朋友，但他这些迹近"恶搞"的打油诗，让鲁迅对的刘半农颇有微词。

"如一条清溪，澄澈见底"

刘半农病逝后，周氏兄弟都写了纪念文章。在周氏的共同朋友中，享有此殊荣的，不多。

鲁迅的《忆刘半农君》虽褒贬分明，但流露的尽是真情；周作人的《半农纪念》，貌似平淡，实则难掩沉痛。

两人不约而同在文章中都提到刘半农的"真"。

鲁迅是通过比较来突出半农之"真"的：

"假如将韬略比作一间仓库罢，独秀先生的是外面竖一面大旗，大书道：'内皆武器，来者小心！'但那门却开着的，里面有几枝枪，几把刀，一目了然，用不着提防。适之先生的是紧紧的关着门，门上粘一条小纸条道：'内无武器，请勿疑虑。'这自然可以是真的，但有些人——至少是我这样的人——有时总不免要侧着头想一想。半农却是令人不觉其有'武库'的一个人，所以我佩服陈胡，却亲近半农。"

正因为刘半农坦诚实在,鲁迅才不觉其"有武库",才亲近他。在鲁迅看来,刘半农因为真诚而"如一条清溪,澄澈见底"。

作为刘半农的至交,周作人认为,刘半农有两大优点,其一就是"真":"他不装假,肯说话,不投机,不怕骂,一方面却是天真烂漫,对什么人都无恶意。"

刘半农在北大时已经是颇有名气的教授,为何还要吃辛吃苦去外国留学?对此,有各种各样的说法。而刘半农自己却老实地告诉我们,他之所以要去外国留学,是因为自己的知识不系统。在《留别北大学生的演说》里,刘半农说:

"我到本校担任教科,已有三年了。因为我自己,限于境遇,没有能受到正确的、完备的教育,稍微有一点知识,也是不成篇段,没有系统的……"

刘半农这样的真人,从来不会往脸上贴金,相反,他总是有一说一,不管说到什么,都是竹筒倒豆子。海外留学归来,一次,谈到自己的求学经过及将来工作,刘半农说:

"我出国的时候,是想研究文学与言语学的。不料一到国外,就立时觉得'二者不可得兼';于是连忙把文学舍去,专重言语学。但要说到混通的言语学,不久可又发现了预备的困难,因为若要在几种重要的活语死语上都用上相当的功夫,至少也得十年八年,于是更退一步,从言语学中侧重语音学。这样总以为无须更退了,但不久又发现了我的天才不够,换句话说,就是我的嘴与耳朵,都不十分灵敏,于是只得更退一步,从普通语音学退到实验语音学,要借着科学上的死方法,来研究不易凭空断定的事,正如谚语中所说的'捉住死老虎牵猢狲'。

"从这'退避三舍'的事实上,我得到了两个教训:第一是野心不能太大,太大了仍不免逐渐缩小;不如当初就把自己看的小些,即在小事上用水磨功夫。第二便是用死方法去驾驭活事,所谓'扎硬寨,打死仗'。以我这样预备不充,天才缺乏的人,后来能有些一知半解的结果,就完全是受了这一个教训的驱使。"

真诚的人,敢于直面自身缺点,并根据自身条件随时调整人生的努力方向,如此扬长避短,坚持不懈,终有所成。刘半农就是这样的人。

刘半农还坦承,自己喜欢研究工作,不想做教书匠,他说:"我所求之不得的,是研究的工作而不是教书的工作。教书的工作,就对人说,自然是件'嘉惠士林'的事,就对己说,说得不好听些简直是吃泻药;研究的工作,却处处可以有兴趣,处处是自己替自己作工,处处是自己受用。"

教书育人当然是神圣的工作,但刘半农钟情于自己的研究工作也有他的道理。刘半农说"教书""简直是吃泻药"虽然不妥,但和那些口是心非、两面三刀,台上一套台下一套的伪君子相比,刘半农的实话实说要中听得多。刘半农是真诚的,真诚到,他的缺点你也一目了然。

周作人五十岁那年,做了两首自寿诗,刊发在林语堂主编的《人间世》上:

其一

前世出家今在家,不将袍子换袈裟。
街头终日听谈鬼,窗下通年学画蛇。
老去无端玩骨董,闲来随分种胡麻。
旁人若问其中意,且到寒斋吃苦茶。

其二

半是儒家半释家,光头更不着袈裟。
中年意趣窗前草,外道生涯洞里蛇。
徒羡低头咬大蒜,未妨拍桌拾芝麻。
谈狐说鬼寻常事,只欠工夫吃讲茶。

刘半农开玩笑说,诗是好诗,但有"瞎吹"的地方,只能算"浪漫派",而他自认"写实派"。确实,他的和诗几乎完全是写实。

其一

咬清声韵替分家,爆出为袈擦出裟。
算罢音程昏若豕,画成浪线曲如蛇。
常还不尽文章债,欲避无从事物麻。
最是安闲临睡顷,一支烟卷一杯茶。

其二

吃肉无多亦恋家,至今不想著袈裟。
时嘲老旦四哥马,未饱名肴一套蛇。
猛忆结婚头戴顶,旋遭大故体披麻。
有时回到乡间去,白粥油条胜早茶。

其三

只缘险韵押袈裟,乱说居家与出家。
薄技敢夸字胜狗,深谋难免足加蛇。
儿能口叫八爷令,妻有眉心一点麻。
书匠生涯喝白水,每年招考吃回茶。

其四

落发何须更出家,浴衣也好当袈裟。
才低怕见一筐蟹,手笨难敲七寸蛇。
不敢冒充为普鲁,实因初未见桑麻。
铁观音好无缘喝,且喝便宜龙井茶。

这些语句诙谐内容实在的诗作,如同一面镜子,照出了刘半农的风趣与坦诚。

"一个'勤'字足盖百种短处"

在现代作家中，刘半农的勤奋人所共知。

刘半农中学毕业后，即去上海谋生。短短三年他就发表了上百篇的小说，在上海滩名噪一时。在海外留学那几年，他的勤奋更是无人能比。为获得博士学位，他要修多门艰深的课程，课余还得爬格子贴补家用，其间，家中的病妻弱女还须他照顾，除此之外，他还给自己一个额外的任务，抄写巴黎图书馆的敦煌资料。他的勤奋给巴黎国家图书馆的工作人员留下了深刻印象。回国前，刘半农去图书馆辞行，工作人员对刘半农依依不舍，他们说："博士回国后，这些书再也不会有人读，只好喂虫子了。"

胡适、鲁迅、周作人在纪念文章中都提到刘半农的勤奋，但各人的侧重点却完全不同。

胡适说："刘半农之死，是很可惜的，半农的早年训练太不好，半途出家，努力做学问，总算是很有成绩的。他的风格（taste）不高，有时不免有低级风趣，而不自觉。他努力做雅事，而人但觉其更俗气。但他是一个时时刻刻有长进的人，其努力不断最不易得。一个'勤'字足盖百种短处。"

作为学术大师，胡适肯定了刘半农的勤奋，"努力不断"，但也没有讳言其"缺少早期训练"，"有低级风趣"。由此可知，胡适作为"血统纯正"的博士，对刘半农这种"半途出家"的教授，难免有成见。

鲁迅在《忆刘半农君》的最后，饱蘸感情地写道："现在他死去了,我对于他的感情,和他生时也并无变化。我爱十年前的半农,而憎恶他的近几年。这憎恶是朋友的憎恶,因为我希望他常是十年前的半农,他的为战士,即使'浅'罢,却于中国更为有益。我愿以愤火照出他的战绩,免使一群陷沙鬼将他先前的光荣和死尸一同拖入烂泥的深渊。"

鲁迅对作为战士的刘半农赞赏有加,对他后来的保守和颓唐则极为不满。在鲁迅眼中,十年前的刘半农和十年后的刘半农判若两人。十年前,刘半农的"勤"于中国有益;十年后,刘半农的"勤",比如写打油诗,为赛金花写传,给梅兰芳做广告等等,在鲁迅眼中,全是无聊而油滑的行为,于国无补,于人无益。

因为"勤",刘半农在各方面都有所涉猎有所建树。周作人很称道他广博的杂学:"他的专门是语音学。但他的兴趣很广博,文学美术他都喜欢,做诗,写字,照相,搜书,讲文法,谈音乐。有人或者嫌他杂,我觉得这正是好处,方面广,理解多,于处世和治学都有用,不过在思想统一的时代自然有点不合式。"

周作人褒奖了刘半农学问之杂,暗地里也朝"左"翼文人放了一支冷箭。因为,正是思想激进的"左"翼文人把刘半农辛勤做事看成是无聊乃至"帮闲"的。周作人在文中还写了首诗:漫云一死恩仇泯,海上微闻有笑声。空向刀山长作揖,阿旁牛首太狰狞。

这里的"作揖",典出刘半农散文《作揖主义》。周作人言下之意是:尽管刘半农生前提倡"作揖",主张宽容,但他的论敌在其死后依旧不依不饶,骂他保守、颓唐、消极。

着眼于刘半农的勤,三位文坛"掌勺"人,"烹饪"出了风味不同的"佳肴"。

笔力千钧横扫旧礼教,擎天一柱撑起《新青年》。异域苦读,磨杵成针;纸墨生涯,握笔为剑。刘半农的人生虽短暂却壮阔。1934年,正值人生盛年的刘半农,冒着酷暑远赴内蒙古调查民俗与方言,因蚊子叮咬,不幸染上"回归热"而英年猝死,一如勇士死于沙场。这样的勇士,这样的先辈,"教我如何不想'他'"。

杨宪益：做个堂堂正正人

杨宪益出生于膏粱锦绣之家，父亲贵为天津市银行行长，家产丰厚，婢仆众多。杨宪益五岁那年父亲因病去世，但这位行长为家庭留下大笔财产。只要杨宪益愿意，他完全可以继续挥金如土地生活，可他却选择了颠沛流离、艰苦朴素。战争年代，杨宪益拿出自己名下的那笔财产，为祖国购买了一架飞机。

杨宪益喜欢"杯中物"，但不爱"阿堵物"，一直到老都如此。晚年，杨宪益寓所窗前有一棵所谓的"发财树"，他顺手写下一首诗：

窗前发财树

长大碍门户

无官难发财

留作棺材木

曾经锦衣玉食的公子哥，却视名利如敝屣，令人啧啧称奇，也令人肃然起敬。

作为牛津大学的高材生,杨宪益本可以在国外过上优裕舒适的生活,可拿到学位后,他却毅然回到战火纷飞的祖国。他说,我是中国人,理应和祖国一道受难。

有段时间,杨宪益遭受了不公正待遇,但他毫无怨言,把家中收藏多年的文物、古董捐给了博物馆。他对祖国的感情未因一己的"偶遭得失"有丝毫改变。

杨宪益和妻子戴乃迭一道将中国的大量文学作品翻译成英文,有人称道他翻译了整个中国,而他坚辞"翻译家"称号,只承认自己是"木工"一样的"翻译匠"。

杨宪益淡泊宁静,与世无争,又充满正义,坚守原则。壁立千仞,无欲则刚;海纳百川,有容乃大。杨宪益腰杆硬,从不摧眉折腰事权贵;心胸宽,看淡了多少屈辱与辛酸。

1993年,杨宪益写下了一首题为《自勉》的诗:

每见是非当表态,偶遭得失莫关心。
百年恩怨须臾尽,做个堂堂正正人。

杨宪益跌宕起伏、充满传奇色彩的一生为"堂堂正正人"做了最好的诠释。

愿得身化雪,为世掩阴霾

杨宪益幼年时,家中请了一位老塾师教他读儒家经典,学写古典诗词。十岁的杨宪益就读懂了《楚辞》。至于对对子和平仄四声，在老师的指点下，杨宪益花一两天就掌握了。他顺嘴说出的一句对联，"乳燕剪残红杏雨，流莺啼断绿杨烟"，受到老师的激赏。后来回忆这段生活，杨宪益说："塾师认为我是他教过的学生中最优秀的一个，他期盼我有远大的前程。"

杨宪益十三岁那年，塾师自觉再没本领教这个天资非凡的孩子了，家人便将他送入法租界内一家教会学校——天津新学书院。杨宪益在这所学校攻读了七年。

那时的中国积贫积弱，日本已占领沈阳。杨宪益母亲送几个孩子上学时总会嘱咐一句："好好念书啊，日本人都欺负到头上来了。"从那时开始，杨宪益就成了一个坚定的爱国主义者。

五卅惨案爆发时，为抗议英国人滥杀无辜，刚上初中的杨宪益就和同学们举行了两次罢课。为反抗日本染指东三省，杨宪益自己出钱请老师指导他们军训。杨宪益还以一首酣畅淋漓的古风《雪》抒发其爱国激情和凌云之志：

> 积雪满空庭，皎皎质何洁。
> 安得雪为人，安得人似雪？
> 安得雪长存，终古光不灭？
> 愿得身化雪，为世掩阴霾。
> 奇思不可践，夙愿自空怀。
> 起视人间世，极目满尘埃。

晚年谈及这首激情洋溢、意气风发的少作，杨宪益说："我当年只有十七岁，充满了少年的狂想。但我的诗中流露出了强烈的爱国主义和革命心愿，或许也预示出我后来将要踏上的道路。"

1937年抗日战争全面爆发，当时杨宪益在牛津读书，他和其他一些中国留学生，组织了一次集会。会上，杨宪益慷慨陈词，言辞激烈地抨击了穷兵黩武的日本军国主义。会后，杨宪益还和朋友一道为深陷战火中的祖国募捐。尽管有个别教授，对拿着礼帽募捐的杨宪益侧目而视，但他却泰然自若。

在其他场合，杨宪益也充分利用机会，宣传抗日，以争取更多的英国人同情、支持饱受战争之苦的中国人民。一次，在某酒馆，杨宪益和当地工人玩飞镖，有好几次击中靶心。工人们很敬佩，把他举起来放在一张桌子上，围着他高喊，要追随杨宪益，去中国参加游击队，打击日本侵略者。多年后，杨宪益回忆起这件事，仍难掩激动之情，说："那是个令人振奋的场面。"

当时，伦敦的中国留学生大多投入宣传抗日的活动中，杨宪益是这一活动的领导者。为了揭露日本人在中国所犯下的滔天罪行，让更多的当地居民了解日本的侵略行径，杨宪益还办了一份简报《抗日时报》，每期印八百份，在伦敦东区散发。1938年，杨宪益又办了一份杂志《再生》，谴责日本侵略，分析战争形势。杨宪益把这份杂志分送给英国各大机构，甚至寄了一份给日本驻天津卫戍司令部，可谓以笔代剑，直插黄龙。当平型关大捷的消息传到英国后，杨宪益又高兴又振奋，以最快的速度，为这次大捷创作了一部独幕剧。

杨宪益后来告诉朋友，1937年夏末到1938年初春，他把大部分时间都用于宣传抗日，为此影响了学业。杨宪益后来只拿到三等的学位，他等不及参加毕业典礼，就离开伦敦，回到中国。他说："我知道，回到中国，我不会有机会过平静的书斋生活。我是中国人，我知道自己必须回去为中国效力。如果我放弃中国国籍，留在国外，我将对自己的行为感到十分羞耻。"

杨宪益是和女友戴乃迭一道回国的。在居住于重庆的母亲的安排下，他和乃迭举行了婚礼。本来，杨宪益夫妇想去西南联大任教，可母亲不愿意和儿子儿媳分住两地。当时，杨宪益的母亲和妹妹租住的房子是中央大学校长罗家伦的，在罗的介绍下，杨宪益夫妇得以在中央大学柏溪分校任教，杨宪益任副教授，戴乃迭为讲师。

由于杨宪益夫妇思想进步，校方越来越不满他俩的言行。一次，有学生问戴乃迭对大学生中的三青团有何看法，戴乃迭说，她不喜欢这类组织，因为这使她想起纳粹德国的盖世太保。她这句话只表明了对极权主义的不满，但学生们认为她反对国民党政府。于是，校内有了关于戴乃迭的各种流言。这种情况下，杨宪益夫妇不得不离开柏溪分校，另谋出路。此后，在战火蔓延的中国，这对夫妇，辗转各地，换了一家又一家单位：贵阳师范学院、光华大学、中印学会、国立编译馆。

1944年，日寇丧心病狂，占领了广西，妄图向西南推进。杨宪益决定，一旦重庆陷落，他和妻子将奔赴延安。为此，他还向重庆新华社写了封信，问对方能不能安排他们夫妇去延安。重庆新华社回信说，欢迎他们去延安，但由于路途远，交通不便，建议他们留在重庆为革命工作。

抗战结束后,杨宪益夫妇随同国立编译馆迁徙到南京。当时,国民党政府因为腐败已失去了民心。那一时期,杨宪益身兼数职:国立编译馆高级研究员和分部主任、中英文化协会秘书长、法商学院英文教授、中央大学历史系拜占庭史教授。杨宪益授课时,特别注意以史为鉴,通过分析东罗马帝国的衰亡,抨击国民党政权的裙带关系和腐败风气。

历史学家向达是杨宪益的朋友。他在一封信中告诉杨宪益,翻译家冯承钧因贫穷而死,死后竟无钱安葬。杨宪益立即给向达寄去了信和一笔钱,在信中,杨宪益表达了对国民党的愤慨:"既然国民党反动政府把知识分子视同草芥,那么我们一定要和共产党站在一起,来推翻这个可恨的政权。"

当时也有很多朋友介绍杨宪益夫妇去外国教书,杨宪益谢绝了朋友的好意,选择留在国内。他说:"我相信共产党,相信中国有美好的未来。"

1949年前夕,国民党大势已去,很多高级官员纷纷逃往台湾。南京国立编译馆已处于半瘫痪状态。编译馆工作人员为保护自身利益,自发成立了一个类似工会的"工人福利委员会",并推举杨宪益为馆长。杨宪益不负众望,为编译馆争取到一笔经费,这笔经费可维持员工们几个月的生活。

教育部部长杭立武是杨宪益的老朋友,他离开南京前也劝杨宪益和他一道去台湾,他对杨宪益说:"如果你愿意走,可以和我乘同一班机走。"杨宪益谢绝了对方的提议,留在了南京,迎接中华人民共和国的到来。

历尽沧桑人未老

二十世纪可谓风云激荡，狼烟四起，杨宪益身逢其时，他的一生历经坎坷，险象环生，虽跌宕起伏，却也多姿多彩。

1934年杨宪益中学毕业，在家人的支持下，他决定去英国留学。当时，他的一位英国老师也要回国。这位老师很喜欢杨宪益，自告奋勇带杨宪益去英国。不过，这位老师打算先去美国游览，再从那里回伦敦。这样，杨宪益就随着老师先去了美国。

在美国游览时，一天早晨，早早起床的杨宪益去旅店旁边的一个公园散步。没想到，一个衣衫褴褛的中年男子突然走到杨宪益旁边，摆出拳击的姿势，仿佛要击打杨宪益。杨宪益情急之下，也攥紧双拳护着自己的脸。没想到对方突然笑了，放下拳头，对杨宪益说："老弟，你正是我要找的人。我对你提个建议，如何？"杨宪益余悸未消，壮着胆子问："什么建议？"

原来，此人是拳击经纪人，他本在当晚安排有一场轻量级拳击赛，一位黑人选手挑战一位白人选手。没想到，黑人选手病了，无法参赛。经纪人一筹莫展，恰好看到一位黄皮肤的亚洲人，就想试试对方是否懂一点拳击，现在，他从杨宪益的反应中感觉这位年轻人可以试一试。他告诉杨宪益，他愿意支付两百美金，只要杨宪益答应晚上和那位选手打上几个回合。在当时，两百美金可是一笔可观的数目，但杨宪益出生富家，不缺钱，而且他也没练过拳击，就断然拒绝了对方的建议。后来，杨宪益这样解释他的"临阵逃脱":"我总不能被打得鼻青脸肿去见我的老师吧。就这样,我错过了在美国参加一场拳击比赛的机会。"

后来在英国,杨宪益又多次经历这样让人啼笑皆非的事。

如果这些插曲只能让人付之一笑的话,那么,杨宪益回国后的一些经历,就足以让人惊心动魄了。

杨宪益和戴乃迭婚后曾应邀赴教育部副部长杭立武家宴。那天晚上可谓高朋满座、贵客云集。杨宪益夫妇是当晚仅有的没有官衔的客人。宴会结束,夜已深了。杨宪益夫妇就找了一家旅馆住下。没想到,半夜有警察查房。杨宪益告诉对方自己是中央大学教授。警察看到他身边躺着一个外国女人,觉得这两人非常可疑,就大声咆哮:"这外国女人是谁?"杨宪益答:"我太太。"警察继续追问,两人何时何地结婚?因为头天晚上喝了酒,再加上还没睡醒,两人根本不记得结婚的具体时间和地点。警察得意了,冷笑一声,说:"同志,我怕是必须让你跟我到警察局走一趟了,也好把问题搞搞清楚。"杨宪益意识到问题严重了,因为当时国民党警察,只有在怀疑对方是共产党时才会说"同志"。于是他只得说自己认识教育部副部长杭立武,当晚就是从他家出来的,又提了其他几位国民党高官的名字。警察迟疑了一下,迅疾改变了态度,对杨宪益夫妇敬了一个军礼,说:"没事了,先生。刚才你没说清楚。"

杨宪益很庆幸这一次的转危为安,他知道,一旦自己应对有误,被秘密拘捕,到时候就是浑身是嘴也说不清了。

杨宪益夫妇在贵阳师范学院任教不久,戴乃迭去了成都待产。一次，杨宪益先去重庆看望母亲，再从那里赶往成都照料妻子。战争时期，交通不便。杨宪益费尽周折，只找到一辆运送邮件的卡车。杨宪益爬上卡车后部装满邮件的行李架，高踞邮包顶端。杨宪益把自己和邮包捆在一起，这样就不会从车上摔下来了。当晚，司机在情妇家喝酒打麻将闹了大半夜，但为赶路，天不亮就出发了。没想到，半路上轧死了一个睡在马路上的士兵。士兵的伙伴们大声喝令："停车，你轧死了人！"司机不敢停车，反而加大了油门。后面的士兵拉动枪栓，发狂地喊叫："停车！再不停，就开枪！"杨宪益位居邮包顶端，士兵开枪，他首当其冲。在那千钧一发之际，司机停车了。杨宪益这才捡回一条命。

一番交涉，士兵的长官提出要司机赔两百大洋。司机答应，但他手边没有这么多钱，得回情妇家去拿。长官不放心，说："我放你走，你一去不回，我怎么办？"司机看到杨宪益，提出一个办法，说："这位先生是大学教授，我把他留下来作抵押。这下你该相信我肯定会回来吧。"就这样，杨宪益留下当人质，司机回去取钱。在等待司机取钱的那段时间，长官和杨宪益都很紧张、焦急。杨宪益知道，一旦司机有去不回，士兵们恐怕会拿他出气。在焦急的等待中，时间一分一秒过去了。万幸的是，到吃中饭时司机带着两百大洋回来了。长官也没想到这么顺利就能拿到一大笔钱，很高兴，还请司机和杨宪益大吃一顿。分手时，大家亲热得仿佛是老朋友。

高踞邮包顶端，成为众矢之的，只要司机慢一秒停车，杨宪益就会死于枪林弹雨。后来对朋友们谈起这次死里逃生，他说：

"那么多枪瞄准我,我没有一点害怕。"这并非虚言,也未夸张,因为早在1932年,作为一个高中生,他就在诗歌《死》中表达了对死亡的无所畏惧:

> 生死为昼夜,铸毁不知倦。
> 生时同交欢,死后不相见。
> 如梦幻泡影,往来如驿传。
> 儿生人庆幸,老死人吊唁。
> 实则生与死,无忧无欢忏。
> 死亦不足惜,生亦不足恋。

1946年夏天,杨宪益一家跟随编译馆搬迁至南京。编译馆为全馆员工雇来一艘船。船上空间小,客人多。所有人只能躺在狭小的空间中,难以动弹。船上没有盥洗设备,孩子身上都长满了疥疮。船在三峡附近时,有人说,此地强盗出没,有绿林好汉会从山上下来抢东西,好在这一幕并未发生。船过三峡时,有船员警告,此间水深浪急,一不留神,就会船翻人亡。过三峡时,大家屏声敛气,躺在铺位上,一动也不敢动,终于平安度过。但这艘船后面的那艘装满行李货物的船,却因起火而沉没了——杨宪益大量的书籍和行李就放在那艘船上,毁于一旦。书籍和行李烧毁了固然可惜,但万幸的是,杨宪益一家不在那艘船上。身逢乱世,命悬一发。这样的险境,杨宪益多次遭遇。

境遇忽好忽坏,但杨宪益却能以不变应万变。任你世事如何变幻,我自优哉游哉稳坐钓鱼台。穷则扫厕所,达时忙翻译,把时间"浪费"在劳动中,生命就不会没有价值!

早期比翼赴幽冥,不料中途失健翎

1934年,杨宪益跟随老师去英国留学,1940年学成回国时,他身旁多了位金发碧眼的英国姑娘——女友戴乃迭。

杨宪益的一位同学介绍他认识了戴乃迭,这位同学和杨宪益同时爱上了这个聪慧善良的英国姑娘。戴乃迭选择了杨宪益。戴乃迭后来对人说,杨宪益对祖国的感情深深地打动了她。结婚后,这位"有一颗金子般的心"的英国女性一直把丈夫的祖国当作自己的祖国。和杨宪益结婚后,戴乃迭经历了动荡不安的一生,饱经战乱之苦,惨遭丧子之痛,蒙受不白之冤,但她从未后悔自己的选择,也从未改变自己对中国的感情。

杨宪益和戴乃迭都喜欢交朋友,家里总是高朋满座,热闹非凡。戴乃迭喜欢端一杯酒坐在一旁听朋友们聊天,偶尔也插一句话活跃气氛。一次,大家谈到"大跃进"时,戴乃迭说:"领导当时也要我翻(番)一翻。"一句巧妙的双关,逗得大家哈哈大笑。

不过,倘或有人言语间伤害了中国,戴乃迭会先于杨宪益反戈一击。某日杨府宴席上,一位外籍华人谈到台湾时用了一个词"Formosa"。这个词来自荷兰海盗,带有贬义。戴乃迭立即正色训斥这位友人:"You've come back so many years,how could you be still so reactionary!"(你回国已多年,怎么还如此反动!)这位友人被训得灰头土脸,终席闷头饮酒,一言未发。

"文革"中,有人要戴乃迭揭发杨宪益的罪行,她说:"他是世界上最好的人,没有罪行,我非常爱他,怎么能揭发他?"

在写于晚年的未完成的自传中,戴乃迭再次表达了对杨宪益的爱。她说:"不同于许多的外国友人,我来中国不是为了革命,也不是为了学习中国的经验,而是出于我对杨宪益的爱、我儿时在北京的美好记忆,以及我对中国古代文化的仰慕之情。"

杨宪益非常喜欢古希腊文化,曾立志做一个研究古希腊的学者,但为了妻子他放弃了自己的理想。因为戴乃迭喜欢翻译,杨宪益便协助她从事这项工作。两人联手将中国的数百种古典、现代作品翻译成英文,有人称赞他们"翻译了整个中国"。

1993年,香港大学授予杨宪益名誉文学博士学位,但他对此却了无兴趣,因为当时戴乃迭已身染沉疴。当校方特地将他的那件博士服寄给他后,杨宪益以诗作答:"多谢斑斓博士衣,无如心已似寒灰。"

1999年,戴乃迭去世后,杨宪益以一首诗抒发了内心的哀痛:

> 早期比翼赴幽冥,不料中途失健翎。
> 结发糟糠贫贱惯,陷身囹圄死生轻。
> 青春作伴多成鬼,白首同归我负卿。
> 天若有情天亦老,从来银汉隔双星。

在一次记者访问中,杨宪益承认,自己的人生已没有意义。记者问:"你这样想,是因为夫人不在了?"杨宪益答:"是。"记者又问了一句:"如果她还在你身边的话,你可能不会这么想?"杨宪益答:"那也许我会愿意再活一百岁。"

第二年,这个记者再次采访杨宪益,问戴乃迭有没有坟墓,杨宪益回答:没有。记者问:那骨灰呢?杨答:扔掉了。记者问:您没有保留?杨弹了弹烟灰,说:骨灰就像这香烟灰,留着有何用?记者不解,再问:若到了戴先生纪念日那天……杨宪益明白对方的意思,立即回答:我哪一天纪念她都可以,我用不着费那个事记着什么纪念日。

情深如此,夫复何言!

戴乃迭天性善良,气质优雅,谈吐风趣,而且像爱母亲那样深爱着中国,即使身陷牢狱,也不改初衷。她去世后,杨宪益妹妹杨敏如写了一篇文章,深情怀念这位高贵的嫂子:"我的畏友,我的可敬可爱的嫂嫂,你离开这个喧嚣的世界安息了。你生前最常说的一句话是'谢谢'。"

有酒有烟吾愿足

杨宪益一生有三爱:祖国、妻子与美酒。痛快时,一醉方休;痛苦时,以酒浇愁。好友吴祖光曾赠他一副对联:

何如一醉便成仙

毕竟百年都是梦

杨宪益则回赠一首诗：

> 漫劳知己赐佳联，过奖身如上九天。
> 一向烟民常短命，从来酒鬼怕成仙。
> 无才岂是真名士，缺德难希古圣贤。
> 盛世不宜多讲话，只愁糊口少铜钱。

晚年，妹妹担心哥哥的身体，劝杨宪益说："你别喝酒，做'酒仙'啦。"杨宪益立即回答："那就做酒鬼。"可见，酒，是须臾不能离的。

杨宪益这辈子，与酒之缘，虽然不比与戴乃迭之缘更深，但肯定更早。中学时代，杨宪益就写下这样的诗句：常置一壶酒，可以守吾真。而在人生暮年又留下这样的自画像：

> 少小欠风流，而今糟老头。
> 学成半瓶醋，诗打一缸油。
> 恃欲言无忌，贪杯孰与俦。
> 蹉跎惭白发，辛苦作黄牛。

对杨宪益来说，人生没有酒，就像大地没有花，夜空没有星那样难以忍受。不过，酒，既没有消磨他的意气，也没有麻木他的神经。相反，对他来说，入口酒常化作热心肠：酒酣耳热之际,正是挥斥方道之时。痛饮之后,佳句迭出:"千金一掷豪门宴,川北江南正断粮。""举世尽从愁里老,此生合在醉中休。儿童不识民心苦,却道天凉好个秋。"

苏东坡是"一蓑烟雨任平生",杨宪益没有那么风雅,他自谦不会写诗,只会饮酒。对他来说,这句话也许要换作"一杯美酒任平生"。

李白斗酒诗百篇,而杨宪益斗酒后留下了一粒粒"银翘解读丸"——他曾如此戏说自己的"打油诗"——"早无金屋藏娇志,幸有银翘解读丸"。

他的这些酒后"解毒丸",虽然并未全部发表,但却在朋友间流传不衰,就连身居象牙塔里的钱锺书读后也不禁颔首。

淡泊如同陶渊明,达观不让苏东坡,豪放堪比李太白,而爱国爱民忧时伤世则一如杜子美,这样的杨宪益,能不让人可亲可爱更可敬?难怪文化界有这样的说法:"生不愿封万户侯,但愿一识杨泗州。"(杨宪益祖籍安徽泗县)

学者风范

贾植芳:要把"人"字写端正

早年,作为一个抗日青年,贾植芳出生入死,毫不畏惧。作为"七月派"重要作家,他勤奋创作,写出大量的优秀之作,奠定了在文坛的地位。1949年后,他屡遭重创,一路坎坷,但他愈挫愈勇,从未退缩。难得的是,无论身处何种境遇,贾植芳都坚守自己的原则:活得像一个人。

听从良知的召唤

1916年阴历九月初三,贾植芳出生于山西吕梁山区的襄汾县南侯村一个地主之家。

贾植芳的父亲只是一个普通的地主,但他的伯父是一个精明的商人,在济南开了一家公济煤油公司。贾植芳和哥哥读完私塾后,伯父打算资助贾植芳哥哥去北京读中学、大学。那时候在北京读书开销大,伯父尽管有一家公司,但同时资助两个孩子赴京读书也吃力。贾植芳哥哥老实听话成绩好,伯父觉得他是读书的料,至于贾植芳,伯父建议他投奔西北一个亲戚学做生意。贾植芳母亲听了这话,跪下来说:"大哥,你只供老大念书,不供老二念书，这使不得！要念两个就一起念，不念就都不念了。"

关键时刻，母亲为他争取了赴京读书的机会。

贾植芳在北京虽然考入一家教会学校读书，但因思想进步，经常参加爱国活动，"一二·九"运动中，被当局当作"共产党嫌疑犯"抓入牢中。当时他只有十八岁，尝了近三个月的铁窗滋味，伯父到处找人，用一千块大洋和五十两鸦片，把他保了出来。监狱放他出来时还要求他"随传随到"。伯父怕贾植芳待在北京继续闹事，干脆花钱买了一张北平朝阳大学法律经济系的文凭，再托关系搞来一张赴日签证，送他去日本读书。

临行前，伯父嘱咐他："你到了日本住上五年，每年我给你一千元到一千五百元，你脑筋好，就学医科；脑筋不好，就学银行管理，将来回国后我对你都好安排。千万不要再参加政治活动了。你在中国参加这类活动犯了案，虽然我不认识官，但我有钱，官认识钱，我还可以花钱把你保出来；你若是在日本闹政治，被日本警察抓去，我花钱也没有地方花。还有，你千万不能娶日本老婆，因为生下小孩是杂种，是进不了祖坟的。"

伯父的谆谆告诫，贾植芳只遵守了最后一条。

贾植芳刚到日本，就加入了李春潮、覃子豪等人组成的文艺团体文海社，编辑出版大型文学刊物《文海》，宣传爱国思想，刊物很快被日本警察没收，贾植芳也成了日本警方关注的"危险分子"，不时会有日本警察突然袭击搜查他的宿舍。贾植芳没有听从伯父的安排学医学或金融，而是选择了日本大学社会专修科，师从园谷弘教授研究中国社会问题。

贾植芳赴日一年半后，七七卢沟桥事变爆发，日本悍然发动全面侵华战争。祖国受难，贾植芳和很多爱国学生一样，再也无心读书，就买了英国远洋轮船公司的船票，离开了日本，在香港下船，准备回国参战。伯父得知他离开日本很不高兴，连忙托人通知他暂留香港。伯父劝他说，根据自己多年的经验，这次中日之战不一定打起来，一旦战事平息，贾植芳可从香港回日本继续读书。至于留港费用，伯父让他去找中国银行香港分行经理，此人是伯父的朋友，会负责他的日常开支。不久，"八一三"战事愈演愈烈，伯父看形势不妙，再次写信给贾植芳，嘱咐他千万不要回国。伯父说，你一个人是救不了国家的，这场战争也不知何时能结束，你要么留在香港，把大学读完；要么到欧洲的比利时或法国，读三五年书再说。生活、读书费用一切由伯父承担。

贾植芳承认，伯父为他的安排十分周全，当时他的一些同学也选择了留港或赴欧洲读书，但那时的贾植芳满腔热血，只想回国抗敌，对伯父的苦心安排颇为反感。那些选择留港、赴欧洲读书的同学在贾植芳眼中无异于"冷血动物"，他自然不屑与他们为伍。贾植芳再次违背了伯父的安排，毅然回国。当时，国共合作，国民党为吸引海外留学生回国抗战，设立了一个"中央政治学校留日学生特别训练班"，贾植芳和几位一道回国的同学参加了这个训练班，开始了一段异常艰辛而又危机四伏的生活。国共关系破裂后，贾植芳幸运地逃出虎口，辗转在西北一带，继续抗日。

1945年，贾植芳在济南见到了伯父。见到风尘仆仆、面容憔悴的贾植芳，伯父颇为心疼，再次为他指路，说："你这几年东闯西荡,尽惹祸,还不如去当八路,像你哥哥那样。要不,你就留下,在我商行里当个副经理,学几年。以后我的产业也好留给你来经管。咱家世代经商,不能到你们这一代就断绝了。"伯父还准备把家产(存款和土地)分一部分给贾植芳。贾植芳那时身无分文,居无定所,但他没有接受伯父的好意,说:"伯父,你出钱培养我读书,就是让我活得像个人样,有自己独立的追求。如果我要当个做买卖的商人,我就是不念书跟你学,也能做这些事,那书不是白念了吗?"

贾植芳一次又一次拒绝了伯父为他安排的锦绣前程,踏上一条满是荆棘的坎坷之路,历经磨难,九死一生,但他从不后悔。他说:"我选择了我自认为是正确的生活道路,这是我那个做买办的伯父始料不及的。在我一生的道路中,伯父每每在我受尽厄难时出现,像一个智慧老人似的点拨我的前程。但是冥顽不灵的我,往往只接受他对我物质上的援助,却推开他对我精神上的指导,在家训和良知之间,我总是服从后者的召唤。"

出于道义的担当

1937年春天,贾植芳在东京神田区的内山书店看到了上海生活书店出版的《工作与学习丛刊》,连续两期都刊登了鲁迅遗作。其他作者有:景宋、胡风、许寿裳、李霁野、艾青、茅盾、萧军、张天翼等人。贾植芳从编辑风格和作者阵容看出,这本期刊延续的是鲁迅开创的五四文艺传统,于是他把自己写于1936年的一篇小说《人的悲哀》投了过去。两个月后,贾植芳收到了这部期刊的最新一期,自己的小说刊登在上面。贾植芳这才知道,原来这本刊物的主编是胡风。在编后记中,胡风还对贾植芳作品做了点评:"《人的悲哀》是一篇外稿,也许读起来略显沉闷吧,但这正是用沉闷的坚卓的笔触所表现的沉闷的人生,没有繁复的故事,但却充溢着画的色调和诗的情愫,给我们看到了动乱崩溃的社会的一图。"

贾植芳后来回忆说:"这也是我的文章在社会上引起的第一次批评和反应。"

自此,贾植芳胡风一直保持着通信联系。胡风主编的《七月》也经常发表贾植芳的作品。贾植芳从日本回国后参加了"留日学生特别训练班",不久,训练班将他分配到中条山前线做日文翻译。临行前,贾植芳写信告诉了胡风自己的去向,胡风回信要贾植芳为《七月》撰写战地通讯,还给了贾植芳一个"七月社西北战地特派员"的名义。

1939年,国共关系破裂,贾植芳逃出西安,来到重庆,身无分文,一筹莫展,恰好遇见几个留日同学。这几位同学在《扫荡报》工作,经他们介绍,贾植芳也在该报谋了个职位。贾植芳知道胡风此时也在重庆,就给胡风写了封信,因为《扫荡报》属于国民党,贾植芳嫌它名声不好,就说自己在报社工作,未提具体名称。胡风接信后,就一家家报社去找,整整找了三天,终于在《扫荡报》找到了贾植芳。那是胡风与贾植芳第一次见面。看见又黑又瘦、衣服破旧的贾植芳,胡风眼睛一热,差点落泪,急忙从口袋里掏出一沓钱,说:"这是二十元钱,你以前的稿子,还存有一点稿费。"

这次见面,胡风的质朴、热忱以及对自己的关心,牢牢地刻在贾植芳心中。他和胡风的关系更加亲近了。在晚年的一篇回忆文章中,贾植芳写道:"胡先生的这次来访,使我很激动,也使我亲身体会到他的热情和纯真的为人品质和作风,他完全是一个平民化的知识分子的朴素形象。这也可以说,就是我们真正订交的开始。"

1941年,皖南事变后,国民党掀起反共高潮,贾植芳再次流落到西安,胡风则去了香港。一次在西安某书店,贾植芳偶然翻看一本官方出版的《黄河》杂志,看到则消息:"香港被日军攻陷后,'左倾'文人胡风已步他的同志袁殊的后尘,做了汪伪南京政府的宣传部副部长了。"凭自己对胡风的了解,贾植芳断定这是血口喷人的谣言。当时他生活窘迫,朋友推荐他给《黄河》写稿,他严词拒绝,说:"我宁可做我完全不情愿去做的小商贩,也绝不会违背自己的良心和情感,去与一家诬陷我朋友的刊物发生联系。"

1942年,贾植芳在一本出版于桂林的丛刊中看到胡风的文章《死人复活的时候》,贾植芳读了十分快慰。文章写道:"既然对我的附逆'该团已获有确证',那么,现在我回来了,站在这里,而且依旧是手无寸铁,他们就应该提出'铁证'来请政府把我逮捕;如果不这样做,那无异侮蔑我们的政府是存心包庇汉奸'到处蒙混'的,铁血男儿的他们就应该发出抨击政府的声音。"胡风的文字铿锵有力,贾植芳读完大赞:"胡风到底是胡风!"胡风受到污蔑时,贾植芳怒不可遏;胡风澄清事实时,贾植芳精神振奋!由此他也意识到,胡风和他的友情已经牢不可破了!

事实上,胡风一直像老大哥那样关心着贾植芳。1947年,贾植芳因在《学生新报》上发表《给战斗者》一文而被国民党政府逮捕入狱。胡风知道贾植芳和国民党一位官员陈卓有过一面之缘,就写信给南京的阿垅,让他设法去找陈卓,营救贾植芳。胡风还让贾植芳的妻子任敏去找同济大学教授吴歧,让他给陈卓写信请他保释贾植芳。吴歧给陈卓写了信,任敏一直在等陈的回信,没有及时和胡风联系。一次,《时代日报》记者顾征南请了几位朋友在家聚餐,任敏也应邀前往。大家正吃饭,胡风因事而来,看到任敏,忍不住发火:"你啊!你啊!你不看看,别人倒替你着急!怎么植芳的事不管了?这么长的时间也没看到你人影……"胡风对贾植芳的关心感动了在场的所有人。最后,还是胡风找了一个书店的老板,让他托关系把贾植芳从牢中救了出来。

贾植芳知道,是胡风,第一次把自己的文字介绍给读者的,从此自己和新文学产生了真正的联系;后来,也是胡风,推出了自己的第一部小说集《人生赋》。他感慨:"在我的文学生涯和生活上,他都给予了热情的扶助和无私的帮助,这些,我都是永远感激和难忘的。"

基于理解的宽容

巴金晚年通过一系列文章,反思过去,解剖自我,这些文章后结集为《随想录》出版,影响巨大而深远。

1989年,瑞典皇家科学院诺贝尔奖评奖委员会委托贾植芳推荐一位中国作家做候选人。贾植芳推荐了巴金,在推荐理由中,贾植芳特别提到了巴金晚年作品《随想录》:

"我尤其要提到的是巴金不久前写就的由一百五十篇散文构成的《随想录》。这些内省的文字在无情地解剖自己的同时,实际上也完成了对中国知识分子心灵的一次严酷拷问,鞭挞自己灵魂的非凡勇气加上老年人饱经世事后的彻悟,使这部朴实无华而又实以血泪为墨的忏悔录成为中国知识分子灵魂觉醒的伟大记录。即令巴金只写过这么一部《随想录》,他也永远不会被后人遗忘。"

1983年,贾植芳出任复旦图书馆馆长。上任那天,他想先和大家见见面,熟悉一下。推开一扇门,一位年轻人突然转过脸,跑到书架后面,贾植芳觉得奇怪,和其他人打过招呼后,又走到那位年轻人面前,那年轻人却一直低着头。一旁的工作人员就为这位年轻人介绍了贾植芳,年轻人不得已,慢慢抬起头,贾植芳明白了。原来他们早就认识。那位年轻人满面通红,说:"我对不起你。"原来在"文革"中,他看管过贾植芳,当时这个年轻人态度蛮横,对贾植芳动过拳脚。贾植芳就对他说:"那时候你年轻,没有社会经验,也不懂是非,难免做些错事情。上帝允许青年人犯错误。你不要背包袱,以往的事情就让它过去吧。你年轻,有前途,要好好学习,把工作做好。"那位年轻人听了不住点头,贾植芳对他的原谅让他感激,他也因此感受到贾植芳的宽厚胸怀与人格魅力。

贾植芳宽以待人的另一个原因,是他善良的天性。

贾植芳在印刷厂劳动时,一次他看到历史系教授陈仁炳教授也来这里干活,任务是把又粗又长的木料搬上楼。陈仁炳歪着头扛着木料,十分吃力。贾植芳担心陈仁炳力不从心扛着木料从楼梯上摔下来,就跑到他面前说:"你休息一下,我帮你扛,我比你年轻,身体也比你好,扛几根木料不成问题。"陈仁炳说:"不行。你替我扛,他们会批斗你。"贾植芳一面接过木料,一面说:"他们要斗,扛不扛都要斗。还是我扛吧。"

虽然被打入另册,自身难保,但贾植芳还是尽可能地去帮助别人。

贾植芳曾下放到乡下与农民"同吃,同住,同劳动",他被安排住在一户农家,这家人心肠好,对受难者贾植芳一点不歧视。贾植芳看这家农户太穷,两个孩子常常吃不饱,一点酱菜能下五顿饭,所以,他每周虽然给这家农户十二元钱的饭菜钱,但他却不忍在农户家吃饭,而是去买一种廉价的定升糕吃,或者去河里捉几条小鱼填肚子。贾植芳只在这家住了一段时间,就与这家人结下深厚感情。当时的他,正处于人生的低谷,遭歧视,被凌辱,但在回忆往事时,他没有为自己鸣冤叫屈,而是不断感叹:"当时的农民生活真苦啊!"

1984年的春节夜晚,贾植芳在回家的路上被一个年轻人骑自行车撞倒,大腿骨折,在医院躺了几十天。后来他和那位撞倒他的年轻人竟然成了朋友。谈到那个闯祸的年轻人,贾植芳却把他表扬了一番:"当时路上没有人,那小青年可好啦,他没有逃跑,他让我坐在自行车后架上,把我推回去了。"那个小青年当晚喝了点酒,没留神撞了贾植芳。他满脸歉疚地对贾植芳说:"住院的一切费用、医药费、营养费全由我出。"贾植芳笑了,说:"你养不起我的,一般职工嘛!我一分钱也不要。假如你撞倒我后逃跑了,我一定要叫你吃官司。"后来这位年轻人多次带着妻子、孩子来看望贾植芳。贾植芳对友人说:"后来我们成了朋友啦。"

贾植芳寓所的楼上住着一位老教授,得了阿尔茨海默病,经常半夜喊叫。老教授的女儿特地下楼道歉:"我爸爸这样喊叫,影响您晚上休息,实在对不起。"贾植芳就安慰她:"女儿,你不必介意,我也老了,过几天也要鬼叫了。"

具备如此善良的天性,贾植芳自然会跳出个人的恩怨,原谅那些因年幼无知而犯下错误的年轻人。

源自豁达的乐观

贾植芳曾把契诃夫的《手记》翻译出版,介绍给读者。贾植芳还写过一篇文章介绍这部《手记》,其中写道:"契诃夫手记,作为杂文来看,它的精神特色,正是契诃夫全部创作的特色:愤怒中的自持和出于纯洁心灵的乐天的幽默。"其实,用这句话来形容贾植芳的处世法则也是很贴切的。

贾植芳年轻时就有一种坚强的信念。这种信念赋予他一种豁达的胸怀,使他能乐观地面对生活中的"风云突变"。

十九岁那年,贾植芳东渡扶桑报考日本大学,口试时,考官问他:"德国的希特勒、苏联的斯大林、中国的蒋介石,这些人中你崇拜哪一位?"贾植芳回答:"我崇拜我自己!"考官惊讶地问:"是吗?"贾植芳加重语气回答:"是的。"结果顺利录取。考官被这位年轻人的自信折服了。从日本回国后,贾植芳出于爱国参加了"留学生抗日特训班",本可以混个一官半职,但目睹了国民党的种种腐败,他拒绝同流合污。录用面试时,一位政府考官问他:"你学的是哪门外语?"贾植芳答:"土耳其语。"考官不懂,就换个问题:"你学的是哪门专业?"贾植芳答:"天文学。"贾植芳用这种调侃的方式拒绝了国民党政府抛来的橄榄枝。

正因为有着坚强的信念,在人生的任何时候,面对任何的打击,他豁达依旧,乐观依旧。

有段时间,贾植芳吃饭时总感到牙根疼,有颗病牙摇摇欲坠,他笑着对妻子任敏说:"老虎有病就没有医生敢给它看,自己舐一舐就医好了。我的牙齿疼了好长时间了,我不去医务室,因为就我这身份,医生不会给我拔牙的。现在我有办法了,明天过旧年,我去食堂买几块年糕,吃了年糕,坏牙会被粘下来。"这办法很奏效,第二天,吃了一块年糕,那颗坏牙就和年糕一道被咽下去了。妻子任敏在一旁打趣道:"老虎牙坏了没人敢拔,你也一样。"说完两人哈哈大笑。从两人苦中找乐的背后,我们可感受到贾植芳、任敏的坚强不屈、豁达无畏。

即使步入暮年,贾植芳依旧充满对生活的激情、对未来的希冀,他说:"我虽然已进入古人所谓'从心所欲,不逾矩'之年,但我自信并没失去我在青年时期那点对生活的激情,那是一团理想的火光,它在我的漫长而多难的生命途程中,一路毕毕剥剥地燃烧着,使我觉得暗夜不暗,光明永远在我的前面。"

随着年龄的不断增长,死亡的阴影也一天天逼近。对于死亡,贾植芳有这样的思考:"我们乡间有句俗话:'人老三不贵,贪财怕死不瞌睡'。也说到死的问题。可见中国人无论智愚贤不肖,在这个自然规律面前都有同感。对这个问题,无论是谁都有同感。让我渐渐意识到临近老年的标志,是来函里喜庆帖子越来越少,讣文越来越多。而讣文的主儿大多是我的同代人和比我年事稍长者,遇到较熟的朋友故世,我常到火葬场参加告别仪式,像我这样挂着拐杖的三条腿角色,都被安排在前面一排,面对墙上用黑边围绕的遗像低头默哀。每次一种幽默感会在我心里油然而生:火葬场里旧人换新人,独独墙上那颗钉子一成不变,今天挂了这张遗像,我们在底下低头默哀,明天还不知轮到谁在上面谁在下面。"

能以幽默心态看待死亡,说明贾植芳早就摆脱了名缰利锁,早就悟出了人生真谛。

贾植芳这一生最看重的、最想做的就是把"人"字写端正,在和一位青年朋友聊天时,他说:"俄国作家契诃夫说:'如果我再活一次,人们问我,想当官吗?我说,不想。想发财吗?我说,不想。'不用说来世的事,我今世也没有做过当官和发财的美梦,走中国传统知识分子'学而优则仕'的人生富贵之路。我则认为,生而为人,又是个知书识礼的知识分子,毕生的责任和追求，就是努力把'人'这个字写得端正些。"

贾植芳八十岁那年写了一首诗表达他对人生的态度："风风雨雨八十年，险滩暗礁都踏遍；暮年回首生平事，不愧人间走这遍。"同时，他也表明，不愿像别人那样丢开独立思考的包袱而轻装前进。

良知，道义，宽容，思考，贾植芳就是用这些闪光的词，写出了自己虽伤痕累累，却端正伟岸的人生！

丁文江：一代真才一世师

"他最恨人说谎，最恨人懒惰，最恨人滥举债，最恨贪污。他所谓'贪污'，包括拿干薪，用私人，滥发荐书，用公家免票来做私家旅行，用公家信笺来写私信……"

他是"新时代最良善最有用的中国人之代表"，"欧化中国过程中产生的最高的菁华"。

这样的人，在任何时代都让人肃然起敬，高山仰止。

他爱妻子——照顾病妻二十多年，无怨无悔；爱朋友——"捧出心肝待朋友"，忠心耿耿；爱工作——"准备着明天就会死，工作着仿佛像永远活着"，鞠躬尽瘁，死而后已。

他笔名叫"宗淹"。一个崇拜范仲淹，以范仲淹为做人楷模的人，自有其不可及之处。他就是丁文江，中国地质学的创始人，筚路蓝缕，披荆斩棘，创立地质研究所、地质调查所、地质学会。

男儿壮志出乡关

丁文江，字在君，出生于江苏泰兴的一个普通绅士家庭，排行老二。丁文江出生后不久就显露出非凡的天资。他哥哥在追忆弟弟的文章中这样说：

> 亡弟于襁褓中，即由先慈教之识字。五岁就傅，寓目成诵。阅四年，毕《五经》《四子书》矣。尤喜读古今诗，琅琅上口。师奇其资性过人，试以联语属对曰："愿闻子志"，弟即应声曰："还读我书"。师大击节，叹为宿慧。……

十五岁那年，丁文江报考上海南洋中学，按当时的习惯，须经地方官保送。于是，少年丁文江遇到了他生命中第一位"贵人"——当地知县龙璋龙研仙先生。龙先生面试丁文江的题目是《汉武帝通西南夷论》。丁文江从容回答，多所阐发，"龙大叹异，许为国器"。

后来正是在龙先生的大力鼓动下，文江父亲才打破亲友们设置的重重阻碍，同意儿子赴日本留学，"举债以成其行"。对龙知县的知遇之恩，丁文江一直铭记在心，他后来在多个场合大发这样的感慨："不遇见龙先生，我一生的历史会完全不同。"

丁文江赴日留学时年方十八。他和好友李祖鸿同住在神田区的一个下宿屋。那段时间，丁文江和一帮年轻人，同窗共读，谈政治、写文章、办报纸，意气风发，壮怀激烈。不久，日俄战争爆发，受政治刺激，一些中国留学生终日开会，谈政治却不读书了。恰好吴稚晖先生从英国来函，鼓动在日留学生去英国读书。丁文江受此启发，萌生赴英国读书的念头。他把这一想法告诉好友李祖鸿、庄文亚，三人志趣相投，一拍即合，当机立断决定去英国读书。

当时三人的经济状况都不好，总资产加起来不过一千七八百元。买了船票后，每人兜里只剩下十多个金镑了。

国难方殷，前途未测，经济上又十分困窘，三位年轻人却毫不犹豫决定从"日出"扶桑之国漂洋过海远赴"日不落"帝国。靠的是什么？是百折不回的信念和移山倒海的决心。

钱锺书曾说，年轻人二十岁不狂是没有出息的。所谓"狂"，在我看来，就是为了理想拔腿就走的潇洒，就是开创未来舍我其谁的气概，就是攀越高山如履平地的豪迈。

怀揣十几个金镑就义无反顾奔赴异国他乡的丁文江和他的两位同学，就具备了这种"狂"。年少轻狂，应该是这样的"狂"。

在日本留学期间，丁文江曾抄录西乡隆盛的诗句，以明己志："男儿壮志出乡关，学业不成誓不还。埋骨何须桑梓地，人间到处有青山。"

1936年，丁文江在湖南谭家山煤矿考察时因煤气中毒逝世，年仅四十九岁。他遗嘱中交代"死何地葬何地"。文江哥哥丁文涛感慨："其志早定于三十年之前。"

典型留与后人知

本来，靠兜里的十几个金镑，三位年轻人是无法赶到吴稚晖所在的爱丁堡。好在上船后，在一位方姓的福建人引领下，他们中途去了新加坡，并拜访了客居那里的康有为。康有为欣赏三位年轻人的勇气,但也担心他们的处境,慷慨赠送十几金镑,并托他们带封信给居住在英国的女婿。船抵伦敦后,他们将信寄给了康有为女婿,后者同样被他们的求学精神所感动,给他们电汇了二十金镑。翁婿二人的帮助让丁文江三人渡过了难关。

经济条件所限,丁文江和两位同学无法在大城市求学,就分头行动。庄文亚随吴稚晖去了利物浦,丁文江和李祖鸿则在一个英国医生的介绍下去了小城司巴尔丁读高中。当地民风淳朴,物价低廉,房东视中国学生为家人,经常请他们参加家庭聚会。这种近距离的接触,使丁文江能用平和的眼光去观察英国人的心理和思想,消除了隔阂,化解了误会;同时,这也使他的言谈举止、待人处事深深地打上英国烙印。傅斯年在文章中就指出过这一点:

"在君思力之敏而锐,在最短时间中能抓到一题之扼要点而略去其不重要点,自然不是英国人教会他的。但是他的天才所取用的资料,所表现的方式,所锻炼成的实体,却不能不说一部分由于英国的思想与环境。"

傅斯年还告诉我们,英国虽有很多极其可恶的思想,但丁文江接受到的却是"最上层精粹"。

确实,在英国留学,塑造了丁文江的科学性格。

本来,丁文江想进伦敦大学读医学,但因伦敦大学入学考试偏难,有一门功课的成绩未达要求,他便退而求次进了葛兰斯哥(Glasgow)主修动物学,辅修地质学。留学期间,他常待在实验室里做各种各样的实验。他一丝不苟的工作态度就这样慢慢形成。丁文江对好友说："我必须养成这种好习惯，方始有真正求学和做事的才能。"从那时开始，科学精神就一点一滴地渗透到他的生活中，回国后的他，终于成了"最讲究科学的一个人"。

蒋廷黻说"以后我和他往来多了，发现他是我一生一世所遇见的最讲究科学的一个人。我所认识的人当中，有些人在他们的专门学问范围之内很遵守科学方法，保持科学态度，出了这个范围，他们与一般人的思想方法及生活方式并无差别。还有些人在学问上面是很科学的，在生活上面则随便了。在君不但在研究地质地理的时候务求合乎科学的方法，就是讨论政治经济的时候，或批评当代人物的时候，或是在起居饮食上，他也力求维持科学的态度。"

其实，从丁文江喜欢的一些名言，我们也看出科学对他的人生产生了怎样重要之影响。他常讲的一句话是："准备着明天就会死，工作着仿佛像永远活着的。"他桌上的格言镜框里还写有杜洛斯基的话："勿悲愁、勿唏嘘、勿牢骚，等到了机会，努力去干。"

这些格言所体现的人生态度可谓积极、乐观、向上，显然，这种人生态度是科学的。

丁文江在做留学生时说："我必须养成这种好习惯，方始有真正求学和做事的才能。"所谓"好习惯"，就是健康、自然，能提高工作效率的习惯，换言之，就是一种科学的习惯。

丁文江注重实地考察，他特别佩服徐霞客，也曾像徐霞客那样徒步考察过金沙江一带的地貌矿藏。他曾在日记里记下他徒步

考察的习惯:

"我每天的习惯,一天亮起来就吃早饭,吃完了就先带着一个向导,一个背夫,独自一个上路。铺盖、帐篷、书籍、标本,用八个牲口驮着,慢慢在后面走来,到中午的时候赶上了我,再决定晚间住宿的地方,赶上前去,预备一切。等到天将晚了,我才走到,屋子或是帐篷已经收拾好了,箱子打开了,床铺铺好了,饭也烧熟了。我一到就吃晚饭,一点时间都不白费。"

这样的习惯堪称科学,因为"一点时间都不白费"。

某年冬天,丁文江从俄国回来,觉得左脚大拇指经常发麻,他去协和医院问医生:"要紧不要紧?"医生答:"大概不要紧。"丁文江再问:"能治不能治?"医生:"不能治。"丁文江听了医生的话,立刻放心走了。他后来对朋友说:"若是能治,当然要想法子去治,既不能治,便从此不想它好了。"

丁文江对疾病的这种态度,最为科学,有病就治,既不能治,就坦然面对。正因如此,面对任何疾病,面对任何危险,他也能做到心神安定。

丁文江具备一种罕见的内在定力,能做到"泰山崩于前而色不变",且在任何时候,都能对生活充满热望,这与他对科学的追求有关。他曾说:

"科学不但无所谓向外,而且是教育同修养最好最好的工具,因为天天求真理,时时想破除成见,不但使学科学的人有求真理的能力,而且有爱真理的诚心。无论遇见甚么事,都能平心静气去分析研究,从复杂中求单简,从紊乱中求秩序;拿论理来训练他的意想,而意想力愈增;用经验来指示他的直觉,而直觉力愈活。了然于宇宙生物心理种种的关系,才能够真知道生活的乐趣。"

在《玄学与科学》一文中,丁文江特别强调了科学方法的重要性,他说:

"科学的目的是要屏除个人主观的成见——人生观最大的障碍——求人人所能共认的真理。科学的方法,是辨别事实的真伪,把真事实取出来详细的分类,然后求他们的秩序关系,想一种最单简明了的话来概括他。所以科学的万能,科学的普遍,科学的贯通,不在他的材料,在他的方法。"

当丁文江回国从事地质学研究后,他一直严格地按照科学方法行事。翁文灏《对于丁在君先生的追忆》一文中,多次提到丁文江对"方法"的重视:

"他竭力主张注重实地考察。他以为平常习惯,由一个教授带领许多学生在一学期内做一次或二次旅行,教授匆忙的走,学生不识不知的跟,如此做法决不能造成真正地质人才。他以为要使学生能独立工作,必须给他们许多机会,分成小组,自行工作,教授的责任尤在指出应解决的问题,与审定学生们所用的方法,与所得到的结果。他不但如此主张,而且以身作则,有很多次数,率领学生认真工作。他的习惯是登山必到峰头,移动必须步行……"

丁文江认为,作为教授,把方法教给学生最重要。否则,即使让学生亦步亦趋跟着自己去考察,效果也不好。

"在君先生的实地工作,不但是不辞劳苦,而且是最有方法。调查地质的人,一手拿锥打石,一手用指南针与倾斜仪以定方向测角度,而且往往须自行测量地形,绘制地图。这种方法,在君先生都一丝不苟的实行,而且教导后辈青年也尽心学习。"

"在君先生偕同曾世英、王曰伦二君由重庆入黔,所经之地,北起桐梓,西抵毕节,东包都匀,南尽桂边,虽有许多牲口驮运行李,但调查人员长途步行,看石绘图,手足并用,一路都用极严格的科学方法,努力工作。"

在丁文江看来,实地考察,态度认真还不够,方法也必须科学。

终其一生,科学方法贯穿在丁文江生活的各个方面。

丁文江痛恨奢侈,但不拒绝舒适。他住宾馆要安静,每年抽时间避暑,饮食卫生有营养。他善待自己不过是为了休养生息、养精蓄锐。一旦工作需要,条件再简陋,环境再恶劣,他都亲力亲为,以身作则。正如傅斯年说的那样:"但是这些考量,这个原则,绝不阻止他到云贵爬高山去看地质,绝不阻止他到黑海的泥路上去看俄国工程,绝不阻止他每星期日率领北大的学生到西山和塞外作地质实习,绝不阻止他为探矿为计划道路,半年的游行荒野中。"

翁文灏以一首诗,道出丁文江的可贵之处:

一代真才一世师,典型留与后人知。
出山洁似在山日,论学诚如论政时。

理独求真存直道,人无余憾读遗辞。

赤心热力终身事,此态于今谁得之!

捧出心肝待朋友

丁文江特别看重友情,当然,能做他的朋友,必定术业有专攻,或事业有成就。一旦成为朋友,他就会以监护人自居,鼓励你督促你,你犯了错便毫不含糊地批评你,俨然老大哥,故得外号"丁大哥"。

一次,翁文灏在杭州遭遇车祸受重伤。当时丁文江正发烧躺在医院,得知消息后,执意要出院坐火车赶往杭州。医生劝他说:"你这时候去是很傻的。你到了杭州,一个病人起不到任何作用。"他这才打消了念头。躺在病床上的他仍然为远方的翁文灏做了许多安排。他对床边的人说:"咏霓这样一个人才,是死不得的。"

丁文江去世后,翁文灏悲痛不已,撰文多篇,写诗多首以寄哀思,其中一首诗如下:

古国巍存直到今,艰危此日已非轻。

救时大计行难得,欺世空言愤不平。

国士无双君已往,知心有几我何生!

临终话别衡河畔,若谷虚怀语足惊。

胡适也是丁文江的知音与密友。他俩相知相惜相互关心,谱写了民国时期动人的篇章。

丁文江的敬业、热忱、勤勉每每令胡适赞叹不已而又自愧不如。

丁文江接受淞沪总办之职时,胡适恰好和他同住上海客利饭店。当时,丁文江每天接到不少荐书,他就让秘书将其归类,等他正式上任后,根据职位的需要,写信通知求职者来接受考试。一旦合格,马上录取;不及格的,他也去信说明。丁文江写信很勤,看到胡适案头堆积不少未复的信件,不免奇怪。他曾对胡适说:"我平均写一封信费三分钟,字是潦草的,但朋友接着我的回信了。你写信起码要半点钟,结果是没有工夫写信!"

一直到晚年,胡适都言之谆谆要秘书学习丁文江案无留牍的工作习惯。

胡适和丁文江关系密切,感情深厚,他说:"在君是最爱我的一个朋友,他待我真热心!"

有段时间,胡适身体不好,丁文江写信劝他出国休养:

"我们想你出洋,正是要想你工作;你若果然能工作,我们何必撵你走呢?你的朋友虽然也爱你的人,然而我个人尤其爱你的工作。这一年来你好像是一只不生奶的瘦牛,所以我要给你找一块新的草地,希望你挤出一点奶来,并无旁的恶意。"

胡适喜欢喝酒,丁文江担心胡适饮酒过量伤身体,就从胡适《尝试集》里摘出几句诗请梁启超写在扇子上,并把扇子送给胡适,提醒他戒酒。那几句诗是:

少年恨污俗，反与污俗偶。

自视六尺躯，不值一杯酒。

倘非朋友力，吾醉死已久。

……

清夜每自思，此身非吾有：

一半属父母，一半属朋友。

便即此一念，足鞭策吾后。

丁文江的苦心，令胡适感动，说："我很感谢他的情意，从此把他看作一个人生很难得的'益友'。"

然而戒酒也和戒烟一样难，胡适屡屡破戒。丁文江为此很替胡适担忧，1930年11月，他连着给胡适写了两封信，劝其"毅然止酒"。

第一封信：

适之：

……我事体近来大忙，就没有立刻写信给你。但是屈指〔算来〕你将要离开上海了，在这两个星期中，送行的一定很多，惟恐怕你又要喝酒，特地写两句给你，劝你不要拼命！一个人的身体不值得为几口黄汤牺牲了的，尤其不值得拿身体来敷衍人……千万珍重！

第二封信：

适之:

前天的信想不久可以收到了。今晚偶然看《宛陵集》,其中有题云《樊推官劝予止酒》,特抄寄给你看看:

少年好饮酒,饮酒人少过。今既齿发衰,好饮饮不多。
每饮辄呕泄,安得六府和?朝醒头不举,屋室如盘涡。
取乐反得病,卫生理则那!予欲从此止,但畏人讥诃。
樊子亦能劝,苦口无所阿。乃知止为是,不止将如何?
劝你不要"畏人讥诃",毅然止酒。

1931年,丁文江一家在秦皇岛租了一所房子消夏。他挂念胡适,就写了一首诗邀请胡适来此度假:

记得当年来此山,莲峰滴翠沃朱颜。
而今相见应相问,未老如何鬓已斑?
峰头各采山花戴,海上同看明月生。
此乐如今七寒暑,问君何日践新盟?

胡适以诗相答:

颇悔三年不看山,遂教故纸老朱颜。
只须留得童心在,莫问鬓毛斑未斑?

两天后，胡适带着儿子祖望到秦皇岛，和丁文江一家度过十天快乐的时光。临别前夕，胡适和丁文江彻夜交谈，最后共同背诵元微之送白居易的两首绝句，尽情倾诉惜别之情：

> 君应怪我留连久，我欲与君辞别难。
> 白头徒侣渐稀少，明日恐君无此欢。

> 自识君来三度别，这回白尽老髭须。
> 恋君不去君应会：知得后回相见无？

翌日，丁文江又用微之的原韵，写了两首诗为胡适送行：

> 留君至再君休怪，十日流连别更难。
> 从此听涛深夜坐，海天漠漠不成欢。

> 逢君每觉青眼来，顾我而今白到须。
> 此别原知旬日事，小儿女态未能无。

赤心热力终身事

对于青年学子，丁文江极为热心。年轻人有错，他批评毫不留情；有成绩，表扬也不遗余力。一次开会，他看到胡适，立即高兴地说："你来，你来，我给你介绍赵亚曾！这是我们地质学古生物学新出的一个天才,今年得地质学奖金的。"那一刻,丁文江脸上的笑容,让胡适见识了什么是心花怒放。

后来赵亚曾在云南考察时被土匪杀害。丁文江为此哭了多次,还到处找人募集抚恤金,并主动承揽赵亚曾孩子的教育责任,夏天避暑也把那孩子带在身边。担心孩子荒废学业,丁文江就职中研院后,特意把孩子接到南京,在自己身边上学。孩子考试成绩不好,要留级,丁文江花了一个晚上,安慰并开导孩子,告诉他多读一年书,大有好处。

丁文江喜欢留心各种人才,年轻人,只要好学上进,他都乐于帮助,极力推荐。丁文江在欧洲遇见一个中国留学生李承三,不仅帮助他完成了学业,李承三毕业后,又推荐他去中央大学任教。

一位学生自觉理论素养差,想出国深造,丁文江同意了,但掌握财政的官员却不同意,对丁文江说:"部里正闹穷,何必还派人去留学?"丁文江正色道:"我们江南人有句俗语:'包脚布可以进当,书不可不读'。"在他的坚持下,这位学生还是取得了留学的机会。

丁文江身兼数职,公务繁忙,但出于对学生的关爱,他还是挤出时间,亲赴教学第一线。教地质学需要标本,丁文江就请很多朋友帮他准备标本,以至于地质调查所的同事们都开玩笑说:"丁先生到北大教书,我们许多人连礼拜天都不得休息了。我们的标本也教丁先生弄得破产了。"

丁文江教书特别注重效果。地球上水泽平原与山地所占面积比例，若用数字表明，枯燥难记。丁文江就告诉学生们说："有句俗语说：'三山六水一分田'，水泽平原与山地的比例，与此相当。"这样一说，学生就记住了。

讲到火山爆发的温度，丁文江解释说，这温度，三天后还可煮熟鸡蛋，火山爆发的威力能使火山灰飞绕地球三周。讲到"侵蚀"，丁文江用了一个比喻："夏天阵雨之后，马路上之泥土，为雨水冲洗，石块露出，此之谓侵蚀。"

因为讲解生动，语言诙谐，丁文江的课堂上不时爆发出笑声，有人形容为：欢笑共发问俱起，烟灰与粉屑齐飞。

胡适也做过大学教授，他认为，丁文江对学生对教书育人这个行当更投入更热心。胡适日记有这样一段话：

"他是一个最好的教授，对学生最热心，对课程最费工夫，每谈起他的学生如何用功，他真觉得眉飞色舞。他对他班上的学生某人天资如何，某人工力如何，都记得清楚。今天他大考后抱了二十五本试卷来，就在我的书桌上挑出三个他最赏识的学生的卷子来，细细的看了，说：'果然！我的赏识不错，这三个人的分数各得87分。我的题目太难了！'"

面对如此尽责如此热心的教师，胡适面有赧色，说："我对他常感觉惭愧。"

丁文江关心年轻人，是因为他对年轻人寄予厚望，他说："中年以上的人，不久是要死的；来替代他们的青年，所受的教育，所处的境遇，都是同从前不同的。只要有几个人，有不折不回的决心，拔山蹈海的勇气，不但有知识而且有能力，不但有道德而且要做事业,风气一开,精神就要一变。"

正因为对年轻人寄予厚望,丁文江对他们爱之也深,责之也切。

郑原怀毕业于哈佛大学,专攻地质学。毕业后任中央大学地质学教授。有段时间,他忙于经营房地产,荒疏了本行。丁文江就直言批评道:"我知道你在哈佛学得很好,经济地质这学问,是中大也是中国所需要的。可是你为什么两年以来毫无研究的成绩表现出来?你知道一个学科学的人,若是不务本行分心在其他工作上,便很快的就会落伍。我为你,并且为中央大学地质学系,很诚恳的劝你不能再是如此。若是你不赶快改弦更张,我便要请罗校长下学年不再聘你。"

一番逆耳之言说得郑原怀面红耳赤,却也频频点头。之后,他心无旁骛,全力以赴教学与科研,很快在地质学领域取得了不俗成绩。

出山要比在山清

丁文江在《我的信仰》一文中曾提及一个词——"宗教心":

"许多人并不十分相信神秘的宗教,但是他们以为没有神秘宗教,社会的秩序就根本不能维持。我以为他们误会了宗教的来源了。宗教心是为全种万世而牺牲个体一时的天性,是人类合群以后长期演化的结果,因为不如此则不能生存。"

丁文江认为,人们的"宗教心"并非同样的。在他看来,"宗教心"正如人的智慧,"强弱相去得很远"。

其实，丁文江就是一个"宗教心"十分丰富的人，就是说他是一个富有牺牲精神的人。丁文江的"牺牲"精神表现在以下几方面。

为家庭做出牺牲。

他从廿六岁自英归国后开始，在上海教书得到收入，立即承担赡养父亲和教育兄弟的责任。从廿六岁至四十八岁的廿二年中，他先后承担：对母舅每年五百元的赡养，对一位贫困兄弟每年三百元的津贴，对四个小兄弟和一个侄儿的小学、中学、大学的教育费用和留学费用，家庭中任何人意外遭遇的支出。

可以说，全家开支基本由他一人承担。

为社会做出牺牲。

丁文江兄弟众多，有七位。他的兄弟都得到过丁文江的资助。丁文江的一个弟弟丁文渊十五岁那年，和同班同学翁君从上海乘海轮去天津。翁君手中有军用免票，他鼓动丁文渊写信给丁文江，要哥哥动用一点关系，搞到一张军用免票。丁文江接信后，立即回信将弟弟教训了一番：

"你是一个青年学生，何以有这样的腐败思想？你现在总应当看报，你没有看见报纸常常攻击滥用军用免票的人吗？军人用军用免票是否合理，那是另外一个问题，然而他们到底是军人的身份。你不是军人，何以竟用起军用免票来？这是一种不道德的观念，损坏国家社会，丧失个人人格，我希望你从此不作此想，才不负我教养你的一番苦心！"

后来，丁文渊赴德国留学，学费完全由丁文江承担。一次，丁文渊在瑞士遇到"驻欧留学生监督处的秘书"曹梁厦先生，曹先生是丁文江留学时的同学，他知道丁文江境况不佳，就鼓动丁文渊申请官费。丁文渊想为二哥丁文江减轻一点负担，于是，就致信二哥，请他设法为自己争取到官费。不久，丁文江给弟弟回了封长信，信中说：

"照你的学历，你的勤学和天资以及我们家中的经济状况，你当然有资格去申请。再加有你上述的人事关系，我想你的申请是有希望的。不过，你应当晓得，在国中比你还要聪明，还要用功，还要贫寒的子弟，实在不少。他们就是没有像你有这样一个哥哥，来替他们担任学费。他们要想留学深造，唯一的一条路，就是争取官费。多一个官费空额，就可以多造就一个有为的青年。他们请求官费，确是一种需要，和你不同。你是否应当细细的考虑一番，是不是还想用你的人事关系，来占据这样一个官费空额？我劝你不必再为此事费心，我既然承认担负你的学费，如何节省筹款，都是我自己的事。你只应当安心的用功读书就行！"

这封信，让丁文渊进一步认识到哥哥的为人，同时也让他懂得，每个人都要有强烈的社会责任感，都要尽可能地牺牲自己，让国家和社会得益。

丁文江有天赋，有知识，有毅力，他若从事研究工作，必然会取得很大的成就，然而，他却牺牲了自己的研究来管别人的研究，牺牲了自己的工作来辅助别人的工作，为了营造良好的学术环境而牺牲了自己的学术兴趣。因为他认为"一人之成绩总有限，多人之成绩必然更大"。

1926年5月至12月,丁文江出任淞沪商埠督办公署的总办。这段经历,让他的声名蒙上一层阴影。其实,丁文江顶着压力,出任淞沪督办,是想借机推行他的大上海计划,是想在帝国主义和军阀的双重包围下,尽可能提高当时上海人的地位。在短短的任期内,丁文江做出的成绩有目共睹。

傅斯年说:"在君在淞沪任中,行政上的成绩是天下共见的:为沪市行政创设极好的规模,向外国人争回不少的权利。在君以前办上海官厅的固谈不到,以后也还没有一个市长能赶得上他一部分。即以此等成绩论,假使当时在君的上司是比孙传芳更不好的,在君仍足以自解,因为在君是借机会为国家办事的,本不是和孙传芳结党的。批评他的人,要先评评他所办的事。"

虽然担任淞沪督办一职,但丁文江没有染上一丝一毫官场的陋习。傅斯年说:"他从不曾坐过免票车,从不曾用公家的费用作私用,从不曾领过一文的干薪。四年前,资源委员会送他每月一百元,他拿来,分给几个青年编地理教科书。他到中央研究院后,经济委员会送他每月公费二百元,他便分请了三位助理各做一件事。他在淞沪总办卸任后,许多人以为他必有几文,乃所余仅是薪俸所节省的三千元,为一个大家庭中人索去。"

丁文江写过一首诗:"红黄树草争秋色,碧绿琉璃照晚晴。为语麻姑桥下水,出山要比在山清。"出任淞沪督办,丁文江只是为了做事,为了承担他对社会国家的责任,而不是为了一己的荣耀和个人的享受。他确实做到了"出山要比在山清"。

傅斯年说,丁文江论一件事之是非,总是以这一件事对公众有利或有害为标准；论一个人的价值，总是以这一个人对公众有用或有害为决定。正因如此，丁文江牺牲自己，不仅仅是为了完善自己的品德，更是"为社会求得最大量之出息"。

"宗教心"让丁文江习惯了为国为家为他人做出牺牲，他的人品因之而日趋完善，进而具备了一种罕见的人格魅力。

丁文江因煤气中毒死在长沙的噩耗传来，胡适悲从中来，情难自禁，也步元微之原韵写了两首诗悼念这位一直牵挂自己的朋友：

> 明知一死了百愿，无奈余哀欲绝难！
> 高谈看月听涛坐，从此终生无此欢！
>
> 爱憎能作青白眼，妩媚不嫌虬怒须。
> 捧出心肝待朋友，如此风流一代无！

傅斯年说："凡是朋友的事，他都操心着并且操心到极紧张极细微的地步，有时比他那一位朋友自己操心还要多。"

丁文江对胡适的"操心"就是明证。

1956年是丁文江逝世二十周年。那一年，胡适已年满六十五岁，但他不顾年老体弱，精力不济，写了一本长达十二万字的《丁文江的传记》。这是胡适篇幅最长，用力最深的一本书。

胡适用这本传世之作，表达了他对丁文江诚挚的谢意、崇高的敬意和深深的悼念之情。

李济:直道而行的"拗相公"

李济是谁?他是中国第一个人类学博士,中国现代考古学之父。著名考古学家张光直是李济的得意门生之一。对恩师,张光直这样评价:"迄今为止,在中国考古学这块广袤的土地上,在达到最高学术典范这一点上,还没有一个人能超越他。"学者李学勤也盛赞李济在考古学方面的贡献:"现代考古学真正系统地在中国展开,是从1928年李济出任中央研究院历史语言研究所考古组主任后,主持对殷墟进行发掘开始的。"

王国维、梁启超、陈寅恪、赵元任,四位大师,名声显赫,二十九岁的李济竟能跻身其间和他们一道成为清华国学院五位导师之一。多年后,美国著名学者杨联陞曾在诗中称颂这五位大师:

> 清华研究院,五星曾聚并。
> 梁王陈赵李,大师能互影。
> 任公倡新民,静庵主特立。
> 寅恪撰丰碑,史观扬正义。

元任开语学,济之领考古。

后贤几代传,屈指已难数。

……

李济在美国留学期间与徐志摩是室友,两人关系很好。在给李济的一封信中,徐志摩写道:"刚毅木讷,强力努行,凡学者所需之品德,兄皆有之。"这个评价相当准确。

1922年,李济发表一篇文章《中国的若干人类学问题》,其中写道:"由于拼音语言过于飘忽流动,不能指望它作为保存任何稳定思想的工具",而汉语却处在拼音语系的对立面,简单、明了,"不会因任何风暴和巨变而改动"。"它保护着中国的文明已达四千余年之久。""汉语正如它所体现的精神一样是稳定的、充实的、优美的。"

虽然罗素不完全认同李济的观点,但他却赞赏李济的思考价值颇高。大名鼎鼎的罗素竟然在文中引用一位后生小子的大段文字,足见他对这位年轻人的欣赏与器重。二十六岁的李济也由此"一夜成名"。

父亲的"信条"与大学校长的"话"

李济的早年教育,得益于父亲的开明与睿智。在一篇回忆早年教育的文章中,李济笔锋略带感情地道出其父教育子女的两则基本信条:"(1)他是孟子的信徒,笃信性善说。他同意孟子的'人皆可以为尧舜''人皆可以为圣人'的说法,所以他教育青年子弟，注重启发……（2）他对于教育子弟的第二信条，可以说是自第一条引申出来的，即：使每一个儿童发展他的善性；也就是充分地培植儿童固有的品质（反过来说：就是不要摧残儿童的天性）。他讲道：'天命之谓性，率性之谓道，修道之谓教。'常在不同的场合用不同的教材，把上说的两项意思反复地、巧譬善喻地解说得淋漓尽致。"

教育幼年的李济，父亲没有死板地循规蹈矩，也没有粗暴地拔苗助长，而是采用儿童们"喜闻乐见"的方式，激发他的兴趣，培植他固有的品质，重启发，不压制。

李济坦言，他的早年教育得益于父亲进步的教育思想："概括地说，是为我不断地开辟了新境界。若是具体地详述，又可以分成若干小方面。例如（1）远在科举时代他就教我朗诵诗歌，教我听高尚的七弦琴音乐。（2）县立小学成立的初期，即将我送入，使我有机会学'格致''体操''东文'这些新玩意儿。（3）在宣统末年即毅然让我考清华。"

李济的父亲喜欢孟子，曾多次为李济讲解他的作品。李济入清华后，受老师影响开始攻读荀子。父亲知道荀子是孟子的对头，但他并未干涉儿子的阅读。对儿子兴趣的转移，父亲采取了放任的态度。对此，李济心存感激："他的心中，如今回想起来，大概也只是让我作自己的抉择；尽量地发挥自己的理性；这是与他的教育法相符的。"

李济一生远离官场，无意仕途，这也与父亲早年的教育有关。李济幼年时，父亲常告诫他，不要成为衙门里的官员，因为有操守的人往往尽不了责任；能干的人免不了贪污，而且"衙门总是诱人藏垢纳污的场所，最容易做伤天害理的事"。父亲这些话，李济听多了，就有了很深的印象："他的这些话，渐渐的养成了我对政治的一种偏见；所以有一个很长的时期，我总以为：政治这项职业是一门肮脏下流的事业；这一类的证据，不幸地是实在太多了。"

李济的早年教育受惠于父亲的"放任"与"启发"，而他的大学教育则得益于美国克拉克大学校长霍尔先生的一番话。李济告诉我们，霍尔一番关于读书方法的话对他影响甚巨。这番弥足珍贵的话是这样的："你们在大学的时候，不必也不可以把你们所有的时间都放在预备你们的功课上，你们应该保留一小部分的读书时间，到图书馆去，随便地浏览，自由地阅读，好像啃青的牛在那儿啃草一样，东啃一嘴，西啃一嘴；新到的杂志，架上的书籍，随便地翻，遇到高兴的就多看一点，遇着不愿意看的，放下去，再换本新的看。假如你每礼拜能有一个早晨做这类的事，你不但可以发现你自己的潜伏的兴趣，同时也可以发现你自己的真正的长处。"

李济就是遵循这种"东啃一嘴，西啃一嘴"的方法，经过三次改行，先攻心理学，后读社会学，最终找到安身立命的人类学。

当李济决定改读人类学时，他曾找业已赋闲在家的老校长霍尔请教。老校长支持他的决定，说："这个选择是根据一种深厚的天性而做的决定。"

明确目标,是成功的第一步,接下来,倘想有所建树,还得依靠"锲而不舍的热诚"和"精微的观察能力"。正如许倬云所说,这两点正是李济过人一等之处。

求真理不讲面子

1962年2月24日,在研究院第五次院士会议上,胡适说:"十几年来,我们在这个孤岛上,可算是离群索居,在知识的困难、物质的困难情形下,总算做出点东西。这次有四位远道来的院士出席,他们的回来,使我们感到这些工作,也许还有一点点价值,还值得海外朋友肯光临,实在是给我们一种很大的inspiration,希望他们不但这次来,下次还来,下次来时还多请几个人一同回来。"

与胡适的乐观相比,李济接下来的发言却显得悲观、消沉。李济坦言,对科学能否在中国生根这一问题,他的看法与胡适"不完全一样"。他认为,当时的最大问题是"科学思想在中国生根不成":"经过五十年提倡,今天我们的成绩如何?一切科学设备是向外国买来的,学生最后必须出洋去,我们有什么样的科学大著作?还比不上日本。我真不敢乐观,科学不能在这里生根,就觉得它是舶来品。"

胡适原本不打算发言了,但受李济这番话的"刺激"又站起来辩驳了几句,没想到因情绪激动诱发心脏病,倒地身亡。

如果说李济"固执己见"是故意和胡适唱反调,那就是冤枉他了。李济一直担忧科学不能在中国生根,对胡适乐观的论调自然不能认同。他一贯秉持的做人之道就是"直道而行",所以,不管在这么场合,面对的是谁,他都习惯有话直说,为此开罪许多师友,他也"直"心不改,秉性不移。

李济敬重梁启超,但他却在学生面前直言梁一篇文章中的"考古学"只能算是"中国人的考古学";李济也敬重陈寅恪,但当陈寅恪用对对子的方式考核学生时(一年级为"孙行者""少小离家老大回";二、三年级的为"莫等闲,白了少年头"),他对此大加讥讽,说:"对对子一类的传统国学,过于狭隘。对对子,以增加生活乐趣,启发美感,从中所得的快乐可能不亚于解答几何习题,二者从精神价值上讲,或许可以等同。但是'由欧几里得的几何学训练,就渐渐地发展了欧洲的科学,由司马相如的辞赋的学习,就渐渐地发展了中国的八股'。"李济感慨:"八股与科学真是人类文化一副绝妙的对联!"

李济为何不愿附和,不肯敷衍,而是选择有话直说?因为他对中国社会的"面子"心理深恶痛绝,他认为,正是这种根深蒂固的"面子"心理带来了虚伪,而在虚伪的废墟上,科学如何能够生根!

在一篇文章中,李济以手术刀般锋利的语句对普遍盛行的"面子"心理做了解剖。他说:"每一个人对于他的自己地位的自觉及希望别人对于他这种自觉的尊重,就构成了社会所公认的'面子'心理。中国人喜欢'装阔',一半是要维持自己的地位,一半是要别人尊重自己的地位;由此遂得了一种要求社会给他特殊待遇的一个理由:他比别人本来地位高、面子大。更进一层的演变,就是由地位的自觉,化为人格的自觉;这一心理的结合,可称为地位化的人格自觉心。这一自觉心的形成,实是'面子'心理最真实的基础。于是,作了皇帝的,当然就是圣人;作了方丈的,当然就是菩萨;作了神甫的,当然就代表上帝;作了社交妇人的,当然就是美人;作了学生的,当然就是读书人了。若是自己不如此想,或是任何别人不如此想,可就丢了面子了!"

对"面子心理"造成的危害,李济的分析一针见血:"最明显的一节,为一般地承认人类的行为与思想有表里两个标准,表面的标准重于里面的标准。以虚伪为礼貌,人与人相处互不真诚,尊之为世故;对公事公开的欺骗,名之曰官样。在这一类型的社会希望产生科学思想,好像一个人在养鸡的园庭想种植花卉一样,只有等待上帝创造奇迹了。"

正因了"面子"心理危害如此,李济才会反其道而行之,有话直说,从不顾及对方的面子。哪怕对方是亲朋好友,他也选择"直道而行""我口说我心"。

罗素欣赏李济,而李济也服膺罗素。对于"面子"心理的厌恶,李济与罗素可谓"不谋而合"。罗素曾说,讲面子与追求真理,有时是不相容的。并且,愈是讲面子,愈不会对于追求真理发生兴趣。既然李济义无反顾踏上"追求真理"的道路,他不能不对"讲面子"弃之如敝屣了。

朱家骅任研究院代理院长时曾提出把考古组与民族所从史语所中独立出来。李济则提出异议,他认为,台大已有考古人类系,不宜重复设立,另外,史语所安阳发掘蜚声中外,不应另起炉灶。碍于李济的声望，朱家骅不得不放弃主张，但李济却落下"拗相公"的恶名。其实，若我们能体会李济"拗"的深层动机——摒除虚伪，追求真诚，我们不但不会对他的"拗"心生不满，反而会充满敬意。

李济在南京时曾遇到一位老学者。这位令人尊敬的老者曾亲眼看见并且用手抚摸过乾隆的头盖骨。李济便问他："乾隆的牙，实际保存的，究竟有多少？"老者答："四十枚牙，都保存得很整齐。"李济吃惊地说："这不可能吧？"老者则言之凿凿："绝对的，没有错误，我曾数过。"李济便向他解释道："世界上的人——包括过去的化石人——一切野蛮人在内——没有一个人有40枚牙的呀！"老者仍然坚持，说："我曾亲自数过。"李济再次解释，说："这是不必辩论的；因为灵长目各科属动物，所具的牙齿数目，已是一件科学的事实。人类的牙——若是正常发展的——自从有生人以来，没有超过32枚的。一般的现代人，尤其是中国人，大多数的只在28枚至32枚之间。"

从这件事可看出，当"讲面子"与"求真理"发生冲突时，李济会毫不犹豫选择后者。至于因此得罪人，或落下"拗相公"的罪名，他才不会管哩。

李济的"直道而行"得罪了许多人，但也有人欣赏他的率直与真诚。丁文江就是一位。李、丁两人相识不久，李济就直言相告，说丁文江在昆明做过的人体测量中有些数字是错的。丁文江重新核查，才发现是因为自制的卡尺不精确导致了数据不准。丁文江没怪罪李济的唐突，反而欣赏他的"挑刺"。后来，有外国学者请李济参加他们的团队，从事考古工作，李济举棋不定，向丁文江征求意见。丁劝他参加，因为从事科学研究的人，有机会获得第一手材料，就不要轻易放弃；同时他建议李济，和外国人打交道，最好的办法是"直道而行"。

徐志摩是丁文江和李济的共同朋友。

徐志摩逝世后，丁文江在悼念徐志摩的文章中，说："志摩是一个好人，他向不扯谎。"丁文江去世后，李济在悼文中说："这（向不扯谎）不但是最恭维志摩的一句话，并可代表在君的人生观。"

其实，"向不扯谎"正是徐志摩、丁文江、李济共有的人生观。因为"向不扯谎"是"求真理"的必备条件。

梅兰芳竟然成了杨贵妃

20世纪30年代，李济和傅斯年有过一次闲谈。当时，傅斯年对午门档案整理工作有些失望。李济问他原因，傅斯年说："没有什么重要的发现。"李济反问："什么叫作重大发现？难道你希望在这批档案里找出满清没有入关的证据？"傅斯年听了哈哈大笑，意识到自己说了错话。作为历史学家，他当然听出了李济的弦外之音：史料的价值就在其本身的可靠性。

作为一名考古学家，李济深知史料，尤其是发掘出来的原始材料的重要性无与伦比。他曾说："一切的原始材料，只要能体现人类的活动，哪怕是残陶碎骨，只要是经过有计划的科学方式采集得来的，就能显现真正的学术价值。"

李济主持的安阳发掘工作,取得不少珍贵的原始材料,这些材料将中国学界的历史研究推向纵深。在《城子崖发掘报告·序》中,李济写道,发掘出的新材料将有助于历史学家们写出靠得住的中国上古史:

"考古工作是极有准绳的,至少我们应该以此自律。我们固不惜打破以中国上古为黄金时代的这种梦,但在事实能完全证明以前,顾颉刚先生的'层累地造成的古史'也只能算一种推倒伪史的痛快的标语;要奉为分析古史的标准,却要极审慎的采用,不然,就有被引入歧途的危险。

"殷墟发掘的经验启示于我们的就是:中国古史的构成,是一个极复杂的问题。上古的传说并不能算一篇完全的谎账。那些传说的价值,是不能邃然估定的。只有多找新材料,一步一步地分析他们构成的分子,然后再分别去取,积久了,我们自然会有一部较靠得住的中国上古史可写。"

李济还充满自信地说,地下发掘出的新材料已改变史学界的风气:"十余年前,旧一点的史学家笃信三皇五帝的传说,新一点的史学家只是怀疑这种传说而已;这两种态度都只取得一个对象,都是对那几本古史的载籍发生的。直等到考古学家的锄头把地底下的实物掘出来,史学界的风气才发生转变。"

历史学家翦伯赞承认,李济主持的考古工作,改变了历史学的研究进程:"人们开始由盲目的信古而进到疑古,更由消极的疑古,而进到积极的考古。"

科学手段有助于我们获得真实可靠的材料,但我们在工作时必须慎重，否则一不留神，材料就会"失真"。

20世纪20年代，李济曾和鲁迅等人一道去西安讲学。当时西安青年会正举行一次消灭苍蝇的动员宣传活动。贴标语，办展览，好不热闹。为了突出苍蝇的可憎面目，主办方（来自美国）将苍蝇放大十倍，制成图片贴在墙上。老百姓看后，啧啧称奇："怪不得外国人怕苍蝇怕得这么厉害，原来洋苍蝇比我们中国苍蝇大这么多！"

你看，一个失真的"材料"，只能起到令人啼笑皆非的效果。

1928年，李济在美国的一家博物馆参观，看见陈列室里有一尊杨贵妃塑像，穿戴齐整，栩栩如生。但李济凑近一看却心生疑窦。原来，"杨贵妃"穿的衣服很像戏服，而她的脸庞却酷似京剧演员梅兰芳。一打听，才知道，这个塑像脱胎于京剧《贵妃醉酒》。李济提醒主办者，说："那是戏啊！"对方却振振有词："难道这戏演的不是杨贵妃吗？"

这两件事让李济更加重视材料的可靠性。因为，一旦材料失真，也就没有了学术价值。试想，按梅兰芳的面貌塑成的"杨贵妃"，除了贻笑大方、贻误后人，还能有什么用？

终年辛苦等于烧了半吨煤

经济学家何廉是在国内引入市场调查指数的第一人。在南开的一次教授会议中，何廉强调统计数字的作用，校长张伯苓问他："你用这些数字干什么？你想发现什么？"何廉答："我的统计研究可以帮助我们用科学方法复兴中国。"

对于科学研究来说，数据非常重要，因为它能准确、直观地揭示问题的实质。和何廉一样，李济对统计数据也非常重视。在一次题为《如何办科学馆》的讲演中，谈到"节省人力，利用物力"时，他举了一个例子："记得三十年前，在天津南开大学教书时，有一位教物理的美国人告诉我说：他曾计算过中国苦力阶级每人每年能用的全部精力的总和，约等于半吨煤炭的燃烧力量，换句话说，一位劳动阶级的中国同胞，胼手胝足，终年辛苦，对社会所贡献的动力，等于烧了半吨煤的机器所做的工作；所以火车头烧了半吨煤的运输力量，就等于一个挑担子的中国人挑了一年的担子，一位拉人力车的车夫拉了一年的车。"讲到这里，李济提高声调说："这些事实若能用实物陈列出来，看的人能够无动于衷吗？"

为什么不会"无动于衷"，因为"半吨煤"这个数据将中国劳工的人力之微，人生之艰具体、准确、直观地表现出来，这才让人一听就懂，且印象深刻。

科学馆、博物馆是学习知识的好去处。李济强调，要想充分利用科学馆、博物馆，里面的实物陈列要"直观""科学"。1960年，李济在芝加哥，由老弟子许倬云、连战陪同参观动物园时，突然冒出一句话："若有动物园能按'进化树'的观念来排列动物，将会有何等教育意义！"

按"进化树"排列，就会让游人非常直观地了解生命演进的历史，一目了然，印象深刻——效果比上多少堂课都好。

百世不易之金针

李济做学问做事都坚守自己的原则。

1924年，美国弗利尔艺术馆邀请李济和他们合作，在中国境内进行考古工作。李济同意了，但提出两个条件：一、在中国的田野考古工作，必须与中国考古团体合作；二、在中国发掘出来的古物，必须留在中国。对方在回函中同意了这两个条件："你的条件，我们知道了。我们可以答应你一件事，那就是我们绝对不会让一个爱国的人，做他所不愿做的事。"

抗战时期，李济多次拒绝美国提供的职位，坚持为祖国效力。战争期间，缺医少药，他的两个爱女，相继夭亡。多年后，妻子因思念亡女，仍会含泪责怪丈夫没有远赴美国。妻子声泪俱下，李济垂首不语，待妻子感情平复，他才长叹一声："大难当头时，只能一起挺过去，总不能弃大家而去，总不能坐视孟真（傅斯年）累死！可是，我这辈子对不住两个女儿啊！"

为国家牺牲了两个女儿，李济心痛，但不后悔。从这件事可看出李济的风骨、风范与风格。

李济负责考古工作后，为考古组同仁立下一条规矩，那就是考古工作者不得购买、收藏古物。他解释说，立这条规矩，一来把自己与古物贩子、文物收藏者区别开来，同时也可减缓、扭转盗掘古物的风气。考古学家劳榦高度评价了这个规矩，认为这是"百世不易之金针"。李济的部下和学生，都终生守住这个规矩，比如大名鼎鼎的许倬云。

李济最担心的问题就是科学能不能在中国生根。如何让科学在中国生根，如何让研究者具备研究自然科学的真精神，李济给出的办法是：

首先，研究者要做到"无欲无恶"，不偏不倚："所谓研究自然科学的真精神者，至少应该保持如荀卿所说'无欲无恶，无始无终，无近无远，无博无浅，无古无今，兼陈万物而中悬衡焉'的态度。养成这态度最大的阻碍，自然是感情。尤其是在人文科学范围以内，感情最难抑制；结果多少总是'蔽于一曲'而失其真。"

弟子许倬云认为，他的老师李济做到了这一点："由于全人类是他研究的背景，他研究中国历史时，可以真正做到不偏不倚，诚实地追寻古史中最可能接近真相的面目，不受偏见的蔽围。"

其次，李济不认同"戴着有色眼镜"来研究问题。尹达在回忆中谈了这样一件事。当年，在殷墟发掘工地上，尹达正在标本室里看书，见李济进来，忙把书藏在枕头下，李济问：你在看什么书？尹达不便掩藏，就拿出那本小册子，是一本关于社会发展史的通俗小册子。李济翻了一下，说："我们作科学考古的人，不要戴有色眼镜啊！"

最后，对于科学研究，李济特别重视的是田野调查。傅斯年有句名言广为流传，那就是："上穷碧落下黄泉，动手动脚找材料。"李济和他持相同的观点：一个科学研究者，不能枯坐书斋，而要在广阔的田野上，"动手动脚"去实干。

谈到什么样的观念对中国人生活形态影响最大？一个洋神父这样说：

"我认为造成中国社会落后，有一个原因来自中国人受儒家思想的影响太大。孟子说：'劳心者治人，劳力者治于人；治于人者，食人；治人者，食于人。'这句话支配了中国知识分子的思想和行为，使中国人的知识无法实验，知识和技术无法运用在日常生活上。而西方的学者，往往是手拿钉锤、斧头的人。在西风东渐之前，中国学者是不拿工具，不在实验室中做工的。西方的知识、技术，却在实践的过程中获得不断的修正和突破。而中国人纵有聪明的思考力，精于算术，很早能发明火药、罗盘、弓箭，却没有办法推动科技，发展机械文明。因为，在儒家思想影响之下，高级知识分子的领导阶层，轻视用手做工。机器的发明与运用只限于末流的平民阶级，大大地阻碍了知识的发展。"

说到这里，这个洋神父突然停下来，加重了语气："其实，以上意见是李济先生说的，我不过是同意他的看法罢了。"

可知，在李济看来，"动手动脚"去田野调查，不仅是一种工作方法，更是一种观念的转变。这一观念能否转变，在李济看来，直接影响科学能否在中国生根。所以，只要有机会，李济就呼吁同仁们走出书斋，奔向田野。1948年1月，在纪念蔡元培的一次会上，他说："斯文赫定博士有一次告诉我说，三年不回到骆驼背上，就要感到腰酸背痛。这一句话最能得到考古组同仁的同情；他们却并不一定要骑在骆驼背上，他们只要有动腿的自由，就可以感觉到一种'独与天地精神往来'的快乐。"

李济在台大授课时，第一堂课都会问学生一个问题："在一片草坪上，如何寻找一个小白球？"学生一般都不敢贸然回答，李济便开始循循诱导："在草坪上，画上一条一条的平行直线，沿线一条一条地走过，低头仔细看，走完整个草坪，小球一定会找到。"李济用这个故事告诉学生：做人处事与读书治学，最笨最累的方法，往往最有效。

多年后，弟子许倬云仍然记得这个故事，并说这个故事对他影响深远："我自己读书做事，深受老师的影响，一步一脚印，宁可多费些气力与时间，不敢天马行空。"

李济对中国考古学的贡献有目共睹，他为同行立下的这些规矩，教给弟子的这些治学原则，也是一笔不可多得的财富。

顾随：人间重有情

"他在我幼小的心灵上撒下了文学爱好、研究以及创作的种子。"

1897年2月11日，河北省南部的清河县坝营集一户殷实之家，诞生了一位男孩。他就是后来享誉杏坛又倾心创作的顾随。他原名顾宝随，后改名顾随，字羡季，别号苦水，晚年号"驼庵"。

顾随祖父是当地的秀才，曾几次进城赶考，想中个举人，光耀门楣，但都事与愿违，名落孙山，遂把中举的希望寄托在儿子，也就是顾随父亲的身上。顾随的父亲虽然勤奋刻苦，娴于八股，但不久，科举取消了。中举这条路也就中断了。

顾随出生在远离都市的乡下，祖父、父亲从事的是农业与商业，但这个家庭读书氛围十分浓厚。

在课子读书方面，顾随父亲显得十分急切。儿子牙牙学语时，他就教他背诵唐人五绝，四五岁时正式入塾读书。私塾先生就是顾随的父亲。关于幼年读书，顾随有这样的回忆："自吾始能言,先君子即于枕上授唐人五言四句,令哦之以代儿歌。至七岁,从师读书已年余矣。"

父亲疼爱儿子,但在学习上要求十分严格。所讲授的四书五经、诸子百家及唐宋八大家文章等都必须熟读成诵,一天中,早晨、上午、下午不能离开学堂。顾随后来能成为学术大家,与这段时间的苦学密切相关。

当时父亲要求对所讲授的古典诗文,要能讲解,能背诵,而顾随十岁前就能做到这一切,七岁起开始做文言文,八岁即能完成三百字的短文,且无文法错误。

父亲严格但也开明。那时候,小说不登大雅之堂,读书人往往不屑一顾。但顾随父亲却喜读小说,也允许儿子读。顾随因此十岁前读了大量的古典小说。苦读四书五经,当然打下了坚实的国学功底,但那古奥生涩的词句,沉闷严肃的内容,对一个孩子的灵气与悟性往往构成一种不易察觉的伤害;而语言生动、情节活泼的小说能起到很好的调剂作用。受父亲的影响,顾随养成了爱读小说的嗜好,甚至在十五岁时萌发了当小说家的念头。成年后虽然拿起了教鞭,但顾随还是挤出时间创作了几篇优秀小说。

也许是常年用心苦读的缘故,也许是潜移默化、耳濡目染的作用,顾随在阅读古典诗词时显示了过人的理解力与感悟力。有一年的某段时间,母亲回娘家去了,父亲怕耽误儿子学习,没让年幼的顾随跟着一起去。白天读完四书五经,晚上父亲又为他讲颂古典诗歌。那晚读的是杜甫《题诸葛武侯祠》,读到"遗庙丹青落,空山草木长"时,顾随忽然觉得四周墙壁突然消失,自己置身在一片荒山野岭中,那时候的顾随还从未见过真正的山,只朦朦胧胧在文字和图画中见识过所谓的山。顾随把这一奇妙的感受告诉父亲,父亲微笑不语,沉吟良久,这一刻,他知道自己的儿子是难得的读书种子,因为儿子诵书不是用口而是用心。全身心地浸入文字,读书当然能读出一番天地。

顾随的身上,承担着父亲的热望;而他的成长,自然凝聚着父亲的心血。如果没有父亲的关心、呵护和引导,顾随的求学之路不会那么一帆风顺的。父亲恩重如山,顾随对此心知肚明。回忆父亲,他写下一段饱蘸感情的话:"我很感谢我的父亲,他在我幼小的心灵上撒下了文学爱好、研究以及创作的种子,使我越年长,越认定文学是我的终身事业。他又善于讲解,语言明确而又风趣,在讲文学作品的时候,他能够传达出作者的感情;他有着极洪亮而悦耳的嗓音,所以长于朗诵:这一些于我后来做教师、讲课都有很大的影响。"

十一岁那年,顾随在祖父的要求下离开了家庭私塾,入读县城的高等小学堂。高小毕业后又在中学读了几年。在当地,读完中学,读书算是读到顶了。但顾随父亲不甘心,他执意要送儿子进京考大学。作为过来人,他知道儿子待在乡下,虽说中学毕业但却无用武之地,读的那些书就浪费了,而一个年轻人,在偏僻的乡下,在灰暗的大家庭,很快就会颓唐下去。顾随父亲在这方面有切身体会,他决意送儿子进京考大学是不愿让儿子走自己的老路。

1915年,父亲送顾随进京报考北京大学。先步行三天到山东德州，从那里坐火车赴北京。正是酷寒的隆冬季节，一天晚上，父子俩住宿在一家条件简陋的小旅店。顾随年轻，奔波了一天，倒头就睡了。父亲却冷得睡不着。窗户纸没糊严，冷风直往里灌，父亲担心儿子被冷风吹，就向店家要来糨糊和纸，花了小半夜，把窗户糊严实。顾随一夜安眠，父亲却是一宿未合眼。

有一年因为闹土匪，顾随不能出外工作，就在家读闲书，没事时和孩子们打打闹闹，有些长辈看不惯，批评他越长越没出息了。可父亲却替儿子辩护，说："读书的人，总要有二三分呆气，才能到得好处。聪明外露，千伶百俐的人，读书决不会有成。"

思切实知心火爇，梦酣惟见脸霞红

顾随妻子徐荫庭出身大户人家，略识文墨，贤惠温良，精女红，善烹饪。顾随大学毕业后即在外教书，按当时的规矩，妻子只能待在乡下侍奉公婆。顾随和妻子聚少离多，但两人感情极深。

则长年孤身一人，他只能一次又一次把对妻子的思念倾注于诗句中，如《忍笑》：

> 心绪分明上两眉，浅深那复合适宜。
> 众中相别人前见，忍笑何如忍泪时。

如《昼寝》：

宝帘金凤小房栊，四扇纱窗晴日烘。
思切应知心火蒸，梦酣惟见脸霞红。
炉中烟袅香衾暖，枕畔叙横云鬓松。
水远山遥天漠漠，劳魂一任自西东。

他也一次次把对妻子的深爱填入词中，如《蝶恋花》：

仆仆风尘何所有。遍体鳞伤，直把心伤透。衣上泪痕新叠旧。愁深酒浅年年瘦。

归去劳君为补救。一一伤痕，整理安排就。更要闲时舒玉手。熨平三缕眉心皱。

如《八声甘州》：

嫩朝阳一抹上窗纱，依然旧书斋。尽朝朝暮暮，风风雨雨，有甚情怀。记得君曾劝我，珍重瘦形骸。不怨吾衰甚，如此生涯。

底事年年轻别，只异乡情调，逐事堪哀。看两行樱树，指日便花开。好遗君二三花朵，佐晨妆、簪上翠鸾钗。算同我、赋诗携手，共度春来。

每逢假期，顾随回到家中，与妻子久别重逢，妻子的欢喜自必说,常抱着孩子嗔怪丈夫:"你为什么才回家,我在家里等你两个多月了。"顾随听了心酸,解释道:"在外做事有苦处,难道你不明白?"妻子说:"你不会不做事吗?谁教你吃蜜似的赶着跑呢!"寻常的对话显露出夫妻之间的深爱。

妻子的父亲和弟弟不幸在一周内相继去世。顾随在致友人信中倾诉内心的哀伤:"曾一度夜深不寐,流泪湿枕","既痛死生靡常,又恐内子孱弱之躯,哀毁致疾"。

顾随赶回家,有心安慰、开导悲痛的妻子,但又怕自己的话勾起妻子的伤心,妻子也担心自己的悲戚加重丈夫的担忧,"两人都憋着一肚子话"。"这种滋味,真未免难堪。"

一次,顾随从某位亲戚的言语中觉察到家中的妻子应已分娩,但亲戚未向自己道喜,顾随猜想,这是亲戚以为新添的又是女孩,怕他失望。其实,顾随从未有重男轻女的思想,妻子也一样。想到思想守旧的家人可能会给妻子脸色看,让妻子难堪、委屈,顾随大恸:"不禁欲哭已!"

在给友人的信中,顾随多次表达了对妻子的深爱:

"今天下雨,枯坐无聊,很想念家乡,并且很想念'她'。我是一个何等的不长进的少年人啊!"

"昨晚大约是打牌受累,归来躺下之后,虽然遂即入睡,但在睡中却大做其梦,梦见荫亭君与小女儿;且一梦不已,而至于再,至于三……"

"我急于回家,看看荫庭去了。"

"脱稿尚不知何时,大约十日左右,可得端倪。尔时无论如何,必返故乡,与荫庭一聚。闲居甚念伊,只以写东西之故,遂尔割爱。"

虽只三言两语,但对妻子之爱可谓"浓得化不开"。

有年暑假,顾随既想留校用功读书,又想回家和妻子团聚,陷入两难境地。他想到上次回家度假,离家前夕,安慰妻子说:"再有四个月,我便来看你。"妻子正抱着小女儿,轻轻瞥了丈夫一眼,叹口气说:"你这个人啊,哪里靠得住。"想到这一幕,顾随当即决定回家过暑假,他对朋友解释:"我如暑假不回家,太对不起荫庭了。"

在顾随眼中,母亲是天下最善良最美丽最贤惠的女子,可是因为继祖母的折磨,母亲抑郁早逝。每每和妻子谈起母亲,顾随言语中的哀伤都让妻子眼含泪水。一次,妻子抱着刚满周岁的女儿对丈夫说:"这孩子要有她的祖母在着,够多幸福啊?!"

某年清明,顾随和妻子抱着孩子给母亲扫墓。妻子忽然变了脸色,泪水直流,直至控制不住呜咽起来。荫庭未见过婆母,但她从丈夫的诉说中感受到一个儿子对母亲的深爱,也体会到一个儿子失去慈母的痛。丈夫的爱与痛她感同身受。所谓知心爱人,这就是了。

顾随在辅仁大学教书时,一则授课任务重,二来饮食起居乏人照料,顾随身体越来越坏,竟染上咳血症。父亲获悉后,当机立断,顶着旧家庭的巨大压力,让儿媳带着孙女去北平和儿子团聚。在妻子的精心照料下,顾随的咳血症渐渐痊愈。

一家人在北平团圆后,徐荫庭夙夜操劳,精心料理丈夫的衣食起居，顾随这才得以全身心投入教学与著述中。对妻子的付出，顾随心知肚明，多次对女儿们说："我这一辈子做成的事，有一半是你娘给的，要是没有她，不用说做什么，恐怕人早就不行了！"

1942年，顾随失业，妻子病重，家中一片愁云惨雾。顾随赋诗一首，以示对病妻弱女的关切：

廿载同甘苦，清霜两鬓添。
药将愁共煮，贫与病相兼。
犹念理针线，所忧惟米盐，
剧怜娇小女，无语蹙眉尖。

1947年2月，顾随的弟子为庆贺老师五十岁生日，用墨绿松枝编了一个大大的"寿"字。顾随对弟子们说："今年我们老夫妇二人的年龄加起来整是一百，还是用'百寿'二字好。"此举显露了顾随对妻子的尊重与深爱。

叶嘉莹写的祝寿词是给老师的最好礼物："先生存树人之志，任秉木之劳。卅年讲学，教布幽燕。众口弦歌，风传洙泗。极精微之义理，赅中外之文章。偶言禅偈，语妙通玄。时写新词，霞真散绮。寒而毓翠，秀冬岭之孤松；望在出蓝，惠春风于细草……"

1959年12月18日，顾随在致弟子周汝昌的信中说："明年夏是述堂与山妻结褵四十年纪念，又，不佞教龄亦整整四十年。

马齿加长,事业无成,惟愚夫妇白首齐眉,可自慰且慰诸友好耳。"可见,在顾随心目中,与妻子白首齐眉是人生重大成就之一。

顾随走上读书治学之路,得益于父亲的引导;而他则将安心教书、著述归功于妻子的悉心照料。没有父亲的谋划与决断,没有妻子的辛劳与关心,顾随取得的成就定会大打折扣。

我有同心三五友,何时酌酒细言愁

顾随重亲情,也珍惜友情。他和卢伯屏、卢季韶兄弟俩以及冯至等人的友谊终生不渝,谱写了一曲动人的歌。

顾随和友人之间的大量书信见证了他们情同手足的友谊。在信中,他们探讨人生、交流思想、砥砺学问、诉说烦恼、分享快乐。

顾随给卢伯屏的第一封信就是建议好友读胡适名著《中国哲学史大纲》:"此书为胡适之惨淡经营之作,于吾辈研究文学、哲学或教育学都有辅助,望勿以等闲视之。"

在卢伯屏谋事难成,心力交瘁之际,顾随写信安慰:"研究学问是'从吾所好',做事是'随人转移'的。急不得只好等着,没有别的法子。你且莫着急,老天不负苦心人啊!"

他在信中夸卢伯屏为"尘世上第一等人物",理由是:"伯屏心太热,只好做尘世间人;心又太好了,所以为第一流人。"

和好友分别之后,他给伯屏寄去一首"口占",诗句朴素,感情真挚:

君已到京师,
曾见老冯未?(冯至)——
诗思长几许?
近可有新泪?

君弟字季韶,
我亦呼"四弟"。
素不好为兄,
今兹果何意?

幽谷有佳人,(老孙)
是君门弟子。
不枉教育家,
得此堪自喜。

闻道余幼臣,
沉幽富思想——
缘悭未识荆,
请君致向往。

当国事蜩螗,卢伯屏心烦意乱、焦躁不安时,顾随举歌德的例子加以劝慰:"拿皇破德时,德人若不能保朝夕。歌德却一头埋入故书堆中，研究东方文化。我辈何敢希此老于万一，存此志可耳。"

得知卢伯屏有熬夜的习惯，顾随深感不安，随即去信告诫好友"此等生活亦大非养生之道"，提醒他"第一必善保其身，始可以言有为"，批评他"若兄近日之生活，则直糟蹋戕贼而已，甚非所以自处"。

顾随在信中为好友提供了健康的生活方式："每日下午至湖边散步多时，以稍觉疲乏为度。归来进晚饭后，稍一舒散或偃卧，再起就位读书。至晚亦须在十二点以前入睡——是入睡不是就枕。烟要少吸，酒要少饮。至要，至要。"

顾随和朋友都热爱文学，顾随有时就借诗词和朋友探讨人生，比如这阕《蝶恋花》：

> 谁道聪明天也妒？谁道聪明，反被聪明误？谁道聪明无用处？聪明才好人间住。　　凭仗聪明寻出路；装得糊涂，真个糊涂否？此世不尝人世苦，今生不解人生趣。

如顾随所说，这是"以词之形式，写内心的话"，和朋友交流思想。

顾随因与卢伯屏结交而与其弟卢季韶也成为好友，并视之为弟。正如顾随在诗中说的那样："其弟我常视若弟，其兄我亦事如兄。君长燕南我赵北，论交敢与古人争。"相识不久，顾随就在信中指出季韶有两个缺点：乾，刚。

顾随解释，所谓"乾"，就是兴趣少，嗜好少。顾随说，"嗜好"在这里不是一个坏名词，因为一个人，嗜好到了最深的时候，才会抵达"昂头天外、脱身红尘"的境界。至于"刚"，顾随说，这本不算一种毛病，但"过刚则折"。为了维持"刚"而不至于"折"，顾随指点季韶要善于养"坚"："譬如铁是刚的，然而生铁最好折；熟铁却不然了。这就因为熟铁于刚以外，又加上一个'坚'字的缘故。"顾随解释道："这就是古人所谓'养气'的功夫。"

顾随还多次在信中建议朋友们把握当下，因为"人永远是惋惜着过去，而不会利用现在的。……现在我想把眼前的生活，过得切实一点，丰富一点；即使为将来的回忆打算，这也是值得过的事情哩！"

顾随还用一首《小桃红》表达了这层意思：

不是豪情废，不是雄心退。月下花前，才抽欢绪，已流清泪。只年来诅咒早心烦，也无心赞美？　　一种人间味，须在人间会：有限青春，葡萄酿注，珊瑚盏内。待举杯一吸莫留残，更推杯还睡。

顾随还特别解释说："我的意思是说，好好地爱惜我们的生命，好好地生活下去，有如把一杯好酒，一气喝干，待到青春已去，生命已完，我们便老老实实地躺在大地母亲的怀里休息，永远地，永远地。"

顾随曾有意在北京寻一合适小院落,"以清幽僻静者为最佳",作为他和卢伯屏的书斋,如此他们可朝夕晤谈,共研学问了。

顾随和卢伯屏原本在青州工作,后卢伯屏决定赴京谋事,临别之际,不胜依依,顾随以诗诉情《送伯屏晋京》:

一

伯屏要走了!
三个月的聚会,往来,
而今要分手了!

你到北京,见了季韶,
替我问候。
并且说:"老顾是我们的一个朋友。"

二

伯屏要走了!
三个月的聚会,往来,
而今要分手了!

你到北京,兄弟们联床谈心,
同案吃饭饮酒。

那时孤灯底下的我,
被成队的蚊子右咬一口,左咬一口!

三

伯屏要走了!
三个月的聚会,往来,
而今要分手了!

你到北京,便算到家。
可爱而难忘的家啊!难道我没有?
我家里有许许多多爱我的人;
然而绝没有和你一样的好友。

四

伯屏要走了!
三个月的聚会,往来,
而今要分手了!

"你到北京,常常给我来信",
这句话,我时时挂口。
我要说的,还有千言万语,
写在纸上,只有诗四首!

顾随致一位患病友人的信中说:"青岛樱花,能支持一月,此刻才开,来日方长。兄几日大愈,再命驾来青,亦不为晚。幸勿以此焦急。"

顾随明知樱花只开七日,为宽慰好友,才说"能支持一月"。在另一封信中,他写道:"樱花近日开得烂霞堆锦,中国花唯海棠差胜其娇艳。而逊其茂密。我日日往游,无间晨夕。唯近中情怀,凄凉益甚,每对好花——以及好月、好酒——辄恨无同心执友,同赏、同玩、同饮也。"

因无好友"同赏、同玩、同饮"而"凄凉益甚",足见友人在顾随心中占据怎样重要的位置。

顾随视友人为亲人,就连他的家人也视顾随之友为家人。顾随信中的一段话证明了这一点:

"最有趣的是我的家庭里,我的父亲、叔父们是不用说的了;就是我继母同荫庭(她们都是旧式的女子)每逢我回家来,总要问一问卢伯屏现在哪里呢?他的兄弟呢?冯君培呢?刘次箫呢?于是我也不厌其详地反复申说,她们也含笑地听着。实在地说起来,你同次兄在我的家庭里,简直是我的两位长兄,而非复在朋友的地位上,这是多么有趣的事情啊!"

1923年9月17日,顾随"病中无聊,得诗一首",吐露了他对友人的思念:

虫声四壁起离忧,斗室绳床真羁囚。
心似浮云常蔽日,身如黄叶不禁秋。

早知多病难中寿，敢怨终穷到白头。

我有同心三五友，何时酌酒细言愁。

师弟恩情逾骨肉　　匡扶志业托讴吟

顾随1920年大学毕业后，即赴山东青岛等地的中学任教，后经恩师沈尹默推荐，在燕京、辅仁等大学授课。中华人民共和国成立后，他本可以从事研究工作，但还是选择去天津女师做教师，理由是："我离不开学生。"

顾随学问好，口才好，甫一登上讲台就受学生欢迎。在给朋友的信中，顾随多次与朋友分享了课徒之乐。

　　学生曹淑英君作了一首小诗：

　　"如果你看见花草们将要枯落，你也不必再去管她们了。
　　你就算勉强去培植，心里也是不舒服呀！"

还有王素馨的一首：

　　"雨后郊野的绿草，
　　洗了脸还没擦似的含着些露水珠儿！"

　　老兄！您瞧这多像是我作的呀！
　　真是老顾的学生呢！

"学生甚活泼,但太能嚷——天津味儿也。一发问,则应者如雷。弟在青时,每作隽语,无一笑者——或不解,或不敢。此间则大异:隽语一出,笑声哄堂上震屋瓦。"

一天上课,顾随偶然在班上谈及宗教问题,说:"宗教中的'神'是信仰对象的虚拟物。——这定义未免太累赘。"学生问:"老师有信仰吗?"顾随答:"正在徘徊歧路。你们有信仰吗?"有学生答:"无。"也有学生说:"老师便是我们的信仰"。顾随笑了:"还到不了这个高度。"尽管学生的话未免夸张,但得到学生的认可,顾随还是打心眼里高兴的。

在顾随,教书不仅是一种职业,也是一种寄托;学生不仅是门生,也是朋友:"若我辈与女中二三子,岂止师生之关系而已?共患难,同哀乐,直友人耳,且求之于友而不可数数得也!"

在给友人信中,他承认自己是有"野心"的:"其实弟亦野心;即此野心,真害人不浅。教书本一吃饭道路,而弟则以为应当收相当之效。此念虽小,亦是一种野心。"

顾随在天津女师任教时极受学生欢迎,这段愉快的经历让他觉得自己的"野心"几乎实现了,"使我相信教育的效果"。当他即将赴燕京大学教书,不得不离开天津女师时,颇觉恋恋不舍。在给好友信中,他吐露了当时复杂的心绪:

"屏兄,倘使你到天津来,看一看我教的那三班学生作的文,你一定也替我高兴的。伊们敬畏我,亲近我,看我如'引路的明灯'、'旱天的甘霖'(此二短语皆学生文中批评我的话头)。我只恨自己没有深刻的思想和充足的知识。……但据近日调查所得，我在学生心里，又将成为偶像了。

"屏兄，我说你看了伊们的国文卷子高兴，并不是伊们如此地'捧'我；乃是说伊们的国文进步得是那样地快……伊们的青年气是那样十足，思想又是那样新颖而且刻入，致使我以为：中国的青年到底是有希望的；而且又使我相信教育的效果。一旦离此他去，我觉着有点儿舍不得。……但大原因却在伊们的心灵——那纯洁青春的心灵——十足地感动了我。"

在恩师沈尹默的推荐下，顾随在教了多年中学后首次站上大学讲台。为了在新环境下尽快立足，顾随下了苦功。他对子女说："我在大学里教书，没当过助教，一进门就是讲师，这全是靠了老师的力量，所以进了大学，不用说别的，为了不给老师丢脸，我也得好好卖力气！"说到这里，旁边的妻子插话道："你爸爸要不是因为'卖力气'，哪里至于累得吐血！"可见，为了把书教好，顾随真是拼了命。

备课，焚膏继晷；讲解，旁征博引；批改作业则一丝不苟。学生的每份作业都有评语，且绝不雷同。叶嘉莹是顾随最得意的学生之一，她一直保存着学生时代的作业，那上面老师批改的手泽凝聚着老师的心血与热望。

如叶嘉莹《鹧鸪天》末句："几点流萤上树飞"，顾随将"上"改为"绕"，并注明："上字太猛，与萤不称，故易之。"《春游杂咏》中"年年空送夕阳归"，顾随将"年年"改为"晚来"，并说明，"年年"与"夕阳"冲突。《寒假读诗偶得》"诗人原写世人情"一句,则被改为"眼前景物世间情"。对于老师的批改,叶嘉莹说:"一般来说,先生对我之习作改动的地方并不多,但虽然即使只是一二字的更易,却往往可以给我极大的启发。先生对遣辞用字的感受之敏锐,辨析之精微,可以说是对于学习任何文学体式之写作的人,都有极大的助益。"

作为老师,得叶嘉莹这样的英才而教之,顾随也是满心喜悦,忍不住在批改作业时大加鼓励:"作诗是诗,填词是词,谱曲是曲,青年清才如此,当善自护持。勉之,勉之。"

后来,叶嘉莹每当身处困境,心生倦怠时,想到老师的鼓励,便振作精神,在读书治学的路上奋力前行。

对于叶嘉莹这样的高徒,顾随当然有更高的期望,在给对方的信中,他明确表示不希望对方做一个"传法弟子",而要求对方"别有开发":

"年来足下听不佞讲文最勤,所得亦最多。然不佞却并不希望足下能为苦水传法弟子而已。假使苦水有法可传,则截至今日,凡所有法,足下已尽得之。此语在不佞为非夸,而对足下亦非过誉。不佞之望于足下者,在于不佞法外,别有开发,能自建树,成为南岳下之马祖;而不愿足下成为孔门之曾参也。"

周汝昌是顾随在燕大任教时的另一位得意门生,顾随在给友人信中称誉其"于中文亦极有根底,诗词散文俱好,是我最得意学生",对他,顾随也提出了同样的要求:

"近词数章,笔意清新,尤为可喜。如此猛晋,真乃畏友,苦水遂不欲以一日之长自居矣。呵呵!禅宗古德曰:'见与师齐,减师半德；见过于师，方可承受。'然哉，然哉！

"老僧廿年来登台说法，呵佛骂祖，年将五十乃得玉言，其发扬遗踪乃复过我，可畏哉，可畏哉！然而老僧却不免嫌玉言落入法障，从今以后，试将诗话、词话之类一齐放下，只一味吟咏玩味赏心会意之古作，养得此心活泼泼地如水上葫芦子相似，推着便动，捽着便转，自然别有一番天地，不知玉言然我言否？"

知徒莫若师，顾随知道，像叶嘉莹、周汝昌这样的大才，倘若固守师承，或许会浪费了他们的天赋。谈及诗歌创作的"创新与冒险"时，顾随说："名父之子多不成，便因其脑中有其老子，而他老子脑中前无古人，故能不可一世。此岂非狂妄？然欲一艺成名必如此，否则承师法，只是屋下架屋。儒家讲立志，不可不有'不可一世''前无古人'之志。"

顾随不让两位得意门生成为"传法弟子"，是希望他们能"见过于师""一艺成名"。这显露了顾随宽广的胸怀，也表达了对两位高足的殷切希望。

师者，传道、授业、解惑也。顾随希望弟子"见过于师"，考虑的是"道"而非老师的面子。如果学生能发扬光大老师所传的"道"，那越过老师有何不可！

"丈夫自有冲天志，不向如来行处行"，顾随喜欢这句诗，他认为，有出息的弟子就该有这样的"冲天志"。

叶嘉莹婚后随夫君南下谋职，顾随有诗相赠：

> 蓼辛茶苦觉芳甘，世味和禅比并参。十载观生非梦幻，

> 几人传法现优昙。分明已见鹏起北,衰朽敢言吾道南。此际泠然御风去,日明云暗过江潭。

那时候叶嘉莹新婚燕尔,尚未走上讲坛,但作为老师的顾随却预言一只鲲鹏即将展翅高飞了。叶嘉莹没有辜负老师的厚望,虽历经坎坷,却立足讲坛,传道授业,讲诗赏词,红遍中华,验证了恩师的预见。

叶嘉莹赴台后,顾随担心她客居异地,生计无着,就写信给老友台静农,请他设法为弟子谋一份职业:"辅大校友叶嘉莹女士系中文系毕业生,学识写作在今日俱属不可多得,刻避地赴台,拟觅相当工作。吾兄久居该地,必能相机设法……"

学问上,倾其所有;生活上,倾囊相助。在他眼中,学生如同自己的孩子。早在山东教中学时,顾随就曾资助过一位家境清寒的学生,在致友人信中,他说:"曹君依我,如娇女依母。本来伊来海上,举目无亲,所恃者惟弟一人,自不能不更加眷顾。弟亦当洗心革命,去尽旧颓废心情,视此子如吾亲生。"

一位词人的作品中有这样的词句,"文字因缘逾骨肉,匡扶志业托讴吟,只应不负岁寒心"。叶嘉莹将之改为,"师弟恩情逾骨肉,匡扶志业托讴吟,只应不负岁寒心,"并用以形容顾随和学生之间关系。

顾随填过一阕《卜算子》:

> 荒草漫荒原,从没人经过。夜半谁将火种来,引起熊熊

火。　　烟纵烈风吹，焰舐长天破。一个流星一点光，点点从空堕。

顾随执教数十年，就是要把文明的"火种"播入学生的心田，就是要以理想之"光"，引导学生不断前行。顾随虽为一介书生，心里有大爱，胸中有大志——前者是他半生任教的动力，后者是他数年育人的目标。

顾随教了半辈子书，对教书的甘苦深有体会，也积累了丰富的教学经验，当弟子也开始走上讲坛后，顾随会毫无保留地把"独得之秘"传授给弟子。在给弟子刘在昭的信中，顾随说：

"教书实在不容易，俗语有云，教书的得要说书的嘴、巡警的腿，此语大有味。讲书是得站着，而且最好不要动。走来走去，学生的眼睛也跟着晃来晃去，精神不易集中。师迩来衰老，往往偷懒，低着头只顾讲下去——这是错的。做先生的总得眼光笼罩住学生，所以说要熟，不可句句看着讲。书该拿在手里，离得远些，眼睛照顾着听讲的人。"

除了循循善诱的"技"的引导，也有语重心长的"道"的教诲："不惭愧地说我们在这里总有一些光，即令不是月亮，也总是一点萤火，如果连这一点光也没有，岂不漆黑了？"

顾随常年多病，但对教书一事从不懈怠，下面这首散曲道尽其为师之艰辛：

才挨完庭寒，又冒了朝寒。重伤风气管更发炎。有些儿气短。挟书包掂起了千斤担,登讲台爬上了连云栈,到归家生入了玉门关,腿如同醋酸。

尽管体质弱,"身如黄叶不禁秋",但一登上讲台,顾随便精神焕发,仿佛换了一个人,正如周汝昌说的那样"全副精神投入":"顾先生一上台,那是怎样一番气氛,怎样一个境界?那真是一个大艺术家、大师,他一到讲堂上,全副精神投入,就像一个好角儿登台,就是一个大艺术家,具有那样的魅力。"

古有誉儿者,吾今乃誉女

顾随前妻留下两个女儿,续弦荫庭又生了四个女孩。顾随常说:"男孩、女孩是一样的","我的女儿绝不会比别人的儿子差"。

三女之惠回忆说,小时候父亲常和她说起当年祖父送他进京赶考的事。之惠明白,父亲讲这件事就是提醒她读书的重要性。顾随性格温和,教育孩子从不板着面孔讲大道理,而是通过娓娓讲述一个个小故事,让孩子们明白,上学、读书,做一个有文化且对社会有贡献的人,就是他对孩子最大的期望。

顾随常年在外教书,家中许多琐事无暇过问,但对家中孩子上学、读书之事他看得很重,亲自去管,就连别人家的孩子,只要与读书有关的事他都关心。因为,"他深知一个国家若要独立、富强,提高人民的文化水平是不可缺少的,愚昧落后的民族在世界上总要处于屈辱的地位"。

不过在几个姊妹中间,顾之惠是最让父亲费心劳神的一位。七岁那年,当顾随牵着之惠的手,把她送到小学门口时,之惠死活不肯进校园。顾随没有责怪孩子,而是领着孩子在郊外转悠,还给之惠买了一缸小金鱼。可是之惠把小金鱼玩腻了还是不肯去上学。顾随就请了一位家教在家里教之惠读书。后来,在顾随夫妇及这位家教的耐心开导下,之惠十二岁那年终于愿意上学读书了,后来顺利考入当时的北京名校师大女附中。

之惠九岁那年,四女之燕诞生了。时隔九年,家中又有了可爱的婴儿,顾随心情大好,特意填了一阕词抒发内心的喜悦:

一片生机未可当。试看东海浴朝阳。清眸点水澄潭影,笑靥生花散乳香。 尘满面,鬓盈霜。生身谁不有爷娘。可怜往事思量遍,不记当初似汝长。

遗憾的是,顾随填此词六十五年后,之燕才首次读到这阕词,虽然她从词中体味到父亲的慈爱和期望,但父亲早已去世,她已失去亲口向父亲道谢的机会。

之燕回忆,父亲常和年幼的女儿玩游戏。一次,父亲和女儿们玩字谜:一个字抽出中间的一竖,团一团,搁在原来的字上面,又成了另一个字。顾随举了例子,比如"軍",抽出中间的一竖,团一团,放在上面就成了"宣"。之燕想了一会,想出一个"平"字,把中间一竖抽出来,团一团,放在上面就成了"立"。当时的之燕觉得这种猜字谜很好玩,后来才明白,父亲是通过这种游戏启发她们的思维。

之燕十二岁那年,因病休学,顾随忍不住在给弟子周汝昌信中吐露自己的担忧:"膝下今有六女子子,第四女今年方十二岁,比以心脏与神经衰弱病,废学三星期。其为人驯顺而聪慧,大似驼庵童时。山妻性沉着,甚不以之为然,驼庵证之自身生活经验,则甚以为悲也。"担忧过度,系因爱女心切。

五女之平上学后成绩一直很好,初中毕业前夕,父亲在之平的一本纪念册上写了一行字:天行健,君子以自强不息。之平后来感慨,如果自己的人生取得那么一点成就,应该归功于父亲这句题词对她的激励与鼓舞。

读大学时,之平某门功课考试时只得了四分(当时满分是五分),心里懊丧,忍不住给父亲写了封信吐露郁闷。父亲在回信中安慰她:"干么非得五分不可呢?要知道在考试的时候,谁也有个'神儿在,神儿不在'呀,况且四分和五分只差一个等级,有了四分就不愁五分。"对"神儿在,神儿不在",顾随作了注释:"这一句北京谚语的意思,用了辩证唯物论的逻辑来说,就是'偶然性'影响了'必然性'。"

父亲一句话化解了之平的沮丧。

大学毕业时,之平给父亲写信说:"有时觉得奇怪,也很高兴,怎么一下就都要大学毕业了,真的成了大人吗?"之平问父亲当年是不是也有这种感觉。顾随在回信中说:"旧社会、旧家庭,做父母的愿意他们的子女永远在自己手底下,而且永远是小孩子:这当然是一种错误的想头……现在很愿意你们长大起来,为人民，为国家做出一番事业来。在人民的队伍中，做一个'生力军'是光荣的；那么，这'生力军'的父母自然也是光荣的了：因为他和她将自己的孩子贡献给人民、给国家了。长大起来吧，成为大人吧，好孩子！（虽然'小'也是可爱的。）"

之平初中毕业时，父亲给她的十字"题词"让她终身受益；大学毕业前，父亲信中这段话则为她的人生指明了方向：为人民、为国家做出一番事业！

1956年，顾随得知最小的女儿已经入党，喜不自禁，逸兴遄飞，填了一阕《乳燕飞》，并在词前作了说明："吾有两女在津，三女居京。除夕元旦有两女自京来津，其最少者已于去岁被吸收入党，于其行也，赋此词以送之。古有誉儿者，吾今乃誉女。"

五十余年事。算何曾、胸罗万卷，路行万里。三客津沽身已老，旧学从头重理。愧伏枥、长嘶病骥。日日出门成西笑，望赤云天际峥嵘起。歌一遍，情难已。

暮有弱女非男子，慰情怀，一堂聚首，年头岁尾。最小偏怜偏进步，加入工人队里。全压倒、老夫意气。战斗精神知何限，共春花国运韶光里。搔白首，悲回喜。

顾随还在致爱徒周汝昌的信中抄录了这阕词，供爱徒欣赏，足见他当时的欣喜与激动。

顾随幼女顾之京说："生活中的父亲是一个最平凡的人，有平凡人的喜怒哀乐。在我的祖父祖母面前,是好儿子;妻子面前,是好丈夫;六个女儿面前,是好父亲;在学生面前,是好老师。同时,他有很多要好的师友,如沈尹默、沈兼士、周作人、冯至、杨晦以及卢伯屏、卢季韶兄弟等。"

在顾随,亲情、爱情、友情乃至师生情,"一个都不能少"。

二十四岁那年,顾随在一篇文章中写道,倘若有一天,人类物质生活水平大幅提高,人人无需工作也不愁吃穿,那样的生活是不是太无趣?那样平板一致的生活是不是让人不耐烦?顾随的答案是否定的:

"然而此时爱的发展非常厉害。不但范围扩大了;而且愈发的纯白,永久。

"人到了此时,只用爱情维持生活;并且一直生活在爱情里面,仿佛鱼儿生活在水里一样。

"两性的爱,和亲子的爱,便是爱的根基和爱的结晶体。

"人是有终的;爱是无穷的。人是有死的;爱是永生的。"

后来在课堂上,顾随把这种观点阐发得更为透彻、细致。

一次,带领学生们欣赏了《关雎》《桃夭》之后,顾随"曲终奏雅",画龙点睛:

"近人常说结婚是爱的坟墓。此话不然,真是一言误尽苍生。彼等以为结婚是爱的最高潮,也不然……结婚的爱是新的萌芽,也许不再继长增高,也许不再生枝干,但只一日不死,便会结出好的果实来。故《桃夭》之'其叶蓁蓁'是真好。"顾随进一步解释说,爱有多种,"爱,不只男女之爱……天地若没有爱,便没有天地；人类若没有爱，便没有人类。天没有爱，不能有日月；地没有爱，不能有水土。最高的爱便是良心的爱与亲子的爱。"

作为一个人，顾随是爱的实践者；作为一个老师，顾随是爱的传播者。

季羡林：最爱黎明前的北京

季羡林先生是国学大师，精通数门外语，堪称语言天才，然而这样一个蜚声海内外的学者，却十分谦虚、朴实，一再声称自己"鲁钝""平凡"，但其读书之刻苦，治学之严谨，均罕有其匹。季先生的言行使我想起胡适的一句话："凡是有大成功的人，都是有绝顶聪明而肯作笨功夫的人。"季羡林可谓"绝顶聪明"，又"肯作笨功夫"，终于修成正果，取得大成功。

最爱黎明前的北京

中华人民共和国成立后，季羡林长期在北大任教，且承担繁重的行政工作，每天上八小时班，有时还要加班加点。可他却写出了上千万字的著作。他写作的时间从何而来？原来，季羡林每天早上四点准时起床，一鼓作气写上三个钟头再去上班。可以说，季羡林对黎明前的北京非常熟悉。他曾写过一篇文章，标题就是：《黎明前的北京》。

在文章里，季羡林说："多少年来，我养成了一个习惯：每天早晨四点在黎明以前起床工作。我不出去跑步或散步，而是一下床就干活。"由于白天会多，只有黎明前，季羡林才能安安静静写作："我起床往桌子旁边一坐，仿佛有什么近似条件反射的东西立刻就起了作用，我心里安安静静，一下子进入角色，拿起笔来，'文思'如泉水喷涌，记忆力也像刚磨过的刀子，锐不可当。此时，我真是乐不可支，如果给我机会的话，我简直想手舞足蹈了。因此，我爱北京，特别爱黎明前的北京。"

季羡林怕开会，在他看来，很多会，谈的并非正事，却浪费了很多时间。开会，使得季羡林几乎没有完整的时间，无奈之下，他就挖空心思利用时间的"边角废料"。请看他的夫子自道："在这时候，我往往只用一个耳朵或半个耳朵去听，就能兜住发言的全部信息量，而把剩下的一个耳朵或一个半耳朵全部关闭，把精力集中到脑海里，构思，写文章。当然，在飞机上、火车上、汽车上、甚至自行车上，特别是在步行的时候，我脑海里更是思考不停。这就是我所说的利用时间的'边角废料'。"

时间对每个人都是公平的，成为时间的"富翁"抑或时间的"穷人"，完全取决于你会不会挤。

学外语的诀窍

季羡林精通多种外语，谈及如何学外语，他自然有发言权。关于如何学外语，季羡林的看法主要有三点：

首先，学外语无捷径可走。"俗话说：'天下无难事，只怕有心人。'所谓'有心人'，我理解，就是有志向去学习又肯动脑筋的人。高卧不起，等天上落下馅饼来的人是绝对学不好外语的，别的东西也不会学好的。至于'捷径'问题，我想先引欧洲古代大几何学家欧几里德对国王说：'几何学里面没有御道！''御道'，就是皇帝走的道路。学习外语也没有捷径，人人平等，都要付出劳动。市场卖的这种学习方法、那种学习方法，多不可信，什么方法也离不开个人的努力和勤奋。"

其次，学外语一定要"跳过这龙门"。"学习外语，在漫长的学习过程中，到了一定的时期，一定的程度，眼前就有一条界线，一个关口，一条鸿沟，一个龙门。至于是哪一个时期，这就因语言而异，因人而异。语言的难易不同，而且差别很大；个人的勤惰不同，差别也很大。这两个条件决定了这一个龙门的远近，有的三四年，有的五六年，一般人学习外语，走到这个龙门前面，并不难，只要泡上几年，总能走到。可是要跳过这龙门，就决非易事。跳不跳过有什么差别呢？差别有如天渊。跳不过，你对这种语言就算是没有登堂入室。只要你稍一放松，就会前功尽弃，把以前学的全忘掉。你勉强使用这种语言，这个工具你也掌握不了，必然会出许多笑话，贻笑大方。总之你这一条鲤鱼终归还是一条鲤鱼，说不定还会退化，你决变不成龙。跳过了龙门呢？则你已经不再是一条鲤鱼，而是一条龙。可是要跳过这龙门又非常难，并不比鲤鱼跳龙门容易，必须付出极大的劳动，表现出极大的毅力，坚忍不拔，锲而不舍，才有跳过的希望。这一点必须认清。跳过了龙门，你对你的这一行就有了把握，有了根底。专就外语来说，到了此时，就不大容易忘记，这一门外语会成为你得心应手的工具。"

这里，季羡林告诉了我们一个重要现象，学外语，到了一定的阶段，就好像走入死胡同，感觉学不下去了，而越是在这个时候，越要坚持，这就如同黎明前的黑暗，挺过去就是光明，倒下来就前功尽弃。

最后，学外语要像学游泳那样学。对于学外语的具体方法，季羡林提倡德国式的教学方法：学外语如同学游泳。德国的一位语言学家说过，教语言比如教游泳，把学生带到游泳池旁，把他往水里一推，不是学会游泳，就是淹死，后者的可能是微乎其微的。具体的办法是：尽快让学生自己阅读原文，语法由学生自己去钻，不再课堂上讲解。这种办法对学生要求很高。短短的两节课往往要准备上一天，其效果我认为是好的：学生的积极性完全调动起来了。他要同原文硬碰硬，不能依赖老师，他要自己解决语法问题。只有实在解不通时，教授才加以辅导。季羡林学俄语时，老师只教他念了字母，教了点名词变化和动词变化，然后就让他读果戈理的《鼻子》。结果，季羡林为此天天查字典，苦不堪言。但是他学习的主动性也因此完全调动起来。一个学期，不仅念了教科书，也把这部《鼻子》啃了下来，俄语也就基本掌握了。实践证明，用学游泳的办法学外语，是一条正道。

为了便于我们理解，季羡林把学外语的"诀窍"归纳为三句话：第一，尽快接触原文，不要让语法缠住手脚，语法在接触原文过程中逐步深化；第二，天资与勤奋都需要，而后者占绝大的比重；第三，不要妄想捷径，外语中没有"御道"。季羡林曾说过这样一句话："做人要老实，学外语也要老实。"这句话虽朴素,却意味深长,耐人咀嚼。

异域的引路人

1935年,清华大学与德国学术交换处签订合同,双方可互派研究生。当时任中学老师的季羡林经过选拔考试,获得赴德留学的机会。本来,学习期限为两年,后因二次大战爆发,季羡林不得不在德国滞留十年。他苦读六年,获得了博士学位,找到了终生跋涉的学问之路。

自由的学风使他能从容地选择攻读的方向。初入德国,季羡林发现,德国大学的学风非常自由,只要中学毕业,就可以随意进入某个大学某个系学习,没有入学考试。学生还可以不断转学,经过几年的转学,选中了满意的大学满意的系,这才安定住下,同教授接触,请求参加教授的研究班,经过一两个研究班的学习,师生互相了解,学生选中了教授,教授也满意学生,这时,教授同意给学生一个博士论文的题目。再经过几年的努力写作,教授同意了,就可以进行论文口试答辩。及格后可拿到博士学位。

在这样的自由的氛围中,季羡林凭兴趣选了一些课。经过一学期的比较、思考,他终于明确了攻读的方向——梵文。季羡林找到了自己毕生要走的道路,一直走了半个多世纪。

德国医学泰斗微耳和,曾给季羡林很深刻的启示。一次,微耳和口试一位学生,他把一盘猪肝放在桌上,问学生道:"这是什么?"学生瞠目结舌,半天说不出话来。他哪里敢想教授会在此场合放一盘猪肝呢?结果,此学生口试未过关。后来,微耳和对这位学生说:"一个医学工作者一定要实事求是,眼前看到什么,就说是什么。连这点本领和勇气都没有,怎能当医生呢?"另一次,微耳和在口试中,指指身上的衣服问考生:"这是什么颜色?"学生端详了一会,郑重地说:"教授,您的衣服曾经是褐色的。"微耳和大笑,说:"你及格了。"因为他不修边幅,一身衣服穿了十几年,原来的褐色变成了黑色。

季羡林说:"这两个例子虽小,但是意义却极大。它告诉我们,德国教授是怎样处心积虑地培养学生实事求是不受任何外来影响干扰的观察问题的能力。"

语言大师西克是季羡林的引路人。季羡林的博士论文指导老师是年轻的瓦尔德·施米特教授,二战爆发后,施米特应征入伍。年过七旬的西克教授,主动请缨替代瓦尔德·施米特指导季羡林。一位老人,不愿待在家中颐养天年,宁可承担辛苦的教职,其良苦用心,季羡林自然心知肚明:"老人家一定要把自己的拿手好戏统统传给我。他早已越过古稀之年。难道他不知道教书的辛苦吗?难道他不知道在家里颐养天年会更舒服吗?但又为什么这样自找苦吃呢?我猜想,除了个人感情因素之外,他是以学术为天下之公器,想把自己的绝学传授给我这个异域的青年,让印度学和吐火罗学在中国生根开花。"

西克教授主动要教季羡林吐火罗文,且不由分说,立即开班。季羡林除了感激外,只能以加倍的努力和热情来学好这门语言。当时,连季羡林在内,学生只有两名,真是一个特殊的班。

不过，老师教得认真，学生学得投入。另外，西克教授的教学方法也成功地点燃了季羡林对吐火罗文的兴趣。"西克教吐火罗文，用的也是德国的传统方法……他根本不讲解语法，而是从直接读原文开始。我们一起头就读他同他的伙伴西克灵共同转写成拉丁字母、连同原卷影印本一起出版的吐火罗文残卷——西克经常称之为'精制品'的《福力太子因缘经》。我们自己在下面翻译文法，查索引，译生词；到了课堂上，我同古勿勒轮流译成德文，西克加以纠正。这工作是异常艰苦的。原文残卷残缺不全，没有一页是完整的，连一行完整的都没有，虽然是'精制品'，也只是相对而言，这里缺几个字，那里缺几个音节。不补足就抠不出意思，而补足也只能是以意为之，不一定有很大的把握。结果是西克先生讲的多，我们讲的少。读贝叶残卷，补足所缺的单词儿或者音节，一整套作法，我就是在吐火罗文课堂上学到的。我学习的兴趣日益浓烈，每周两次上课，我不但不以为苦，有时候甚至有望穿秋水之感了。"

瓦尔德·施米特教授的治学严谨给季羡林留下终生难忘的印象。在晚年的回忆录中，季羡林披露了这一点。"瓦尔德.施密特教授的博士论文以及取得在大学授课资格的论文，都是关于新疆贝叶经的……这两本厚厚的大书，里面的材料异常丰富，处理材料的方式极端细致谨严。一张张的图表，一行行的统计数字，看上去令人眼花缭乱，令人头脑昏眩。我一向虽然不能算是一个马大哈，但是也从没有想到写科学研究论文竟然必须这样琐细。两部大书好几百页，竟然没有一个错字，连标点符号，还有那些稀奇古怪的特写字母或符号，也都是个个确实无误，这实在不能不令人感到吃惊。德国人一向以彻底性自诩。我的教授忠诚地保留了德国的优良传统。留给我的印象让我终生难忘，终生受用不尽。"

第四学期读完，教授就把博士论文的题目给了季羡林：《〈大事〉伽陀中限定动词的变化》，这里的《大事》就是佛典，是用"混合梵文"写成的，既非梵文，也非巴利文，更非一般的俗语，是一种乱七八糟杂凑起来的语言。研究《大事》里的这种特殊语言现象对研究印度佛教史和印度语言发展史都很重要。在撰写论文的过程中，季羡林偶然想到，应当在分析限定动词变化前写一篇有分量的长篇绪论，说明一下"混合梵语"的来龙去脉，并对《大事》作一点交代。他认为只有这样，论文才会洋洋洒洒看上去引人注目。于是，他开始做卡片，抄笔记，写提纲，花了将近一年时间，终于写出一篇长篇绪论。季羡林是怀着颇为自得的心情把绪论交给老师的。隔了大约一个星期，老师把绪论发还给季羡林，结果令季羡林大吃一惊：

"我打开稿子一看，没有任何改动。只是在第一行第一个字前面画上了一个前括号，在最后一行最后一个字后面画上了一个后括号。整篇文章就让一个括号括了起来，意思就是说，全不存在了。这真是'坚决、彻底、干净、全部'消灭掉了。我仿佛当头挨了一棒，茫然、懵然，不知所措。这时候教授才慢慢地开了口：'你的文章费劲很大，引书不少。但是都是别人的意见，根本没有你自己的创见。看上去面面俱到，实际上毫无价值。你重复别人的话，又不完整准确。如果有人对你的文章进行挑剔，从任何地方都能对你加以抨击，而且我相信你根本无力还手。因此，我建议，把绪论统统删掉。在对限定对词进行分析之前，只写上几句说明就行了。'"

教授这番话虽出乎季羡林的意料，但却让他心悦诚服。老师彻底否定了他费心费力所写的绪论，但他却不能不由衷地承认，老师的做法完全正确。由此，季羡林终于懂得：写论文就应该是这个样子！

无疑，施米特教授这次的言行对季羡林是一次打击，但后者却从这次打击中终生获益，他说："没有创见，不要写文章，否则就是浪费纸张。有了创见写论文，也不要下笔千言，离题万里。空洞的废话少说、不说为宜。"

后来，季羡林也成了教授，他无私地把从施米特教授那里得到的"金针"传给了自己的弟子。可谓"鸳鸯绣取凭君看，要把金针度与人"。

书生意气

李叔同:先器识后文艺

李叔同一生,经历丰富,身份多变。令人称道的是,无论做什么,他都那么认真与彻底,一丝不苟,一以贯之。做公子,风流倜傥;写文章,呕心沥血;传道授业,鞠躬尽瘁;弘扬佛法,死而后已。

无论在人生的哪个阶段,无论从事的是何种职业,他都全力以赴,力臻完美。终其一生,他以常人难以企及的赤诚与热情对待手头的每件事和身边的每个人。

正如其弟子丰子恺说的那样:"弘一法师由翩翩公子一变而为留学生,又变而为教师,三变而为道人,四变而为和尚。每做一种人,都做得十分像样。好比全能的优伶:起老生像个老生,起小生像个小生,起大面又像个大面……都是'认真'的原故。"

津门少年

当1880年10月23日,李叔同出生于天津三岔河口附近的一座三合院中时,他的幸运令人艳羡。追根溯源,这一切要归功于他的祖父李锐的长袖善舞、精明能干。清嘉庆年间,正是凭着过人的胆识和独到的眼光，李锐在天津的长芦盐场广置盐田，涉足盐业生意，并举家迁往津门，李家的生意才红火起来。

李叔同的父亲李筱楼读书成功，中了进士，后来辞官经商，也是左右逢源，风生水起。但李筱楼的三房太太似乎都未给他带来快乐，更不要说幸福了。

大太太姜氏，育有一子文锦，可惜文锦婚后不久就病亡了，留下的幼子也早逝了。二太太张氏育有一子文熙，可这孩子，身体孱弱，让人担心。三太太郭氏没有生养，干脆搬到后厢房独居，吃斋念佛，不问世事。

为了让偌大的家业有个可靠的继承人，李筱楼在六十七岁那年，迎娶了十九岁的王凤玲。一年后，未来的才子与大师李叔同诞生了。

老父给他取名为文涛，字叔同，乳名成蹊："桃李不言，下自成蹊"。七十二岁那年，李筱楼油枯灯灭，撒手归西，那时候李叔同刚满五岁。

父亲去世后，二哥李文熙成了"桐达李家"的当家人，也做了李叔同的启蒙老师。许是家风熏染的缘故，二哥李文熙也颇得其父风范，为人正派，乐善好施。他启蒙弟弟李叔同时，既注重知识的灌输，也不乏做人方面的开导。他曾把家中客厅的一副柱联指给李叔同看，让他记住其中的上联："惜食惜衣，非为惜财缘惜福"，并对他解释说："一衣一食当思来之不易，不能任意抛掷糟蹋了，要养成节俭惜物的好习惯。"这句上联，李叔同记了一辈子，并一直将其视为做人准则，严格遵守。

在二哥的指点下，他熟读《玉历钞传》《百孝图》《返性图》《格言联璧》《文选》。

哥哥对李叔同要求非常严格，稍有错误便加惩罚。这种严厉对李叔同来说可谓是双刃剑，一方面让他过早地失去了孩子的活泼，天性因压抑而变得有些扭曲；另一方面也让他养成严于律己的习惯。李叔同承认，哥哥的严格要求，对他后来养成严谨认真的学习习惯和生活作风起到了决定性作用。为此，终其一生，他对严厉的哥哥都怀有一颗感激的心。

十六岁那年，李叔同考入天津的辅仁书院，接受更为系统的国学教育。少年李叔同如同海绵吸水那样贪婪地吮吸知识。古代经典不用说了，就连偶然看到的一些课外读物，李叔同也会用心细读。山西恒麓书院某教师对学生的《临别赠言》给李叔同留下深刻的印象。后来，李叔同一直以《赠言》中"读书之士，立品为先"为圭臬。这句话像一束光照亮了他的人生之路。

李叔同的科考之路并不顺利。他写于考场中的这些充满独立思考的文章，显露出他的忧国情怀和对时事的关注，然而却不合考官的意。中举的愿望自然是落空了。当时正值康梁变法，热爱祖国的李叔同赞同康有为"变法图强"的主张，曾刻了一方闲章"南海康君是吾师"。在和别人聊天时，也多次慷慨陈词，强调："老大中华，非变法无以图存。"他的一些言论使人怀疑他是康梁同党，甚至遭到有关人士的警告。生母王氏为此担惊受怕，戊戌变法失败后，更是惶恐不安，再加上在大家庭中龃龉不断，便带着李叔同离津赴沪。

文采风流

1898年10月,李叔同在上海法租界卜邻里租房居住。当时华亭诗人许幻园在自家成立"城南文社",每月雅集一次,赋诗做文,诗酒唱和。"文社"还常常悬赏征文,以吸引更多的诗坛高手入会。李叔同投了三次稿,每次都获得第一名。他因此结识了许幻园,后者在城南草堂打扫了房屋,邀请李叔同全家移居过去。

因为志趣相投、性情相似,李叔同和"文社"中的许幻园、蔡小香、袁希濂和张小楼结为"天涯五友"。

李叔同曾填词一阕赠许幻园:

> 城南小住,
> 情适闲居赋。
> 文采风流合倾慕,
> 闭户著书自足。
>
> 阳春常驻山家,
> 金樽酒进胡麻。
> 篱畔菊花未老,
> 岭头又放梅花。

词中流露出对许幻园"文采风流""闭户著书"的羡慕。

1901，李叔同已经二十二岁了，却未能取得任何功名。恰逢南洋公学招特班生，李叔同随即报考，幸被录取。

特班先后招收了四十二名学生，主要学习外国语和经世各科，成绩优异者将保送经济特科。然而好景不长，由于当时南洋公学教育观念落后，不少教师不能平等地对待学生，对学生处罚过严，学生不服，引发学潮。校方不让步，学生不妥协，最终特班学生集体退学以示抗议，特班总教习蔡元培坚定地站在学生这一边，与学生共进退，也离开了南洋公学。南洋公学特班的四十二位学生，后来不少都成了名闻遐迩的大家，如黄炎培、谢无量、李叔同等。经谢无量的介绍，李叔同结识了马一浮，后者对李叔同的人生选择产生过重要影响。当然，那是后话了。

毋庸讳言，李叔同那段时间也曾寄情声色，厮磨金粉。他曾慨然为沪上名妓李苹香的传记《李苹香》作序。两人互赠诗词，交往甚密。早在天津时，李叔同与艺妓杨翠喜曾有过一段"说不清，道不明""剪不断，理还乱"的关系。南下上海，李叔同旧情难忘，曾借诗词传情。这段恋情未修成正果，却纯真而热烈。因为这段厮磨金粉的经历，李叔同曾被讥为"花丛中的白蝴蝶"，也有人理解李叔同此举显露他对歌妓的同情与悲悯，"正是李叔同身上发出的人性光辉"。然而李叔同之所以光明正大地流连风月场所，堂而皇之地诗酒酬唱，其实是因了他特立独行的新观念，那就是风月场所（所谓的乐籍）是滋生文明与思想的温床。在当时的李叔同看来，"乐籍（妓院）之进步与文明之发达"关系密切，故"考其文明之程度，观于乐籍可知也"。李叔同认为，身处乐籍,会"精神豁爽,体力活泼,开思想之灵窍,辟脑丝之智府"。他还以法国巴黎为例,说巴黎"乐籍之盛为全球冠",莫非其民族沉溺于此,"无复高旷思想矣"?然而欧洲为何有"欲铸活脑力,当作巴黎游"的谚语?

后来,当李叔同认识到这一观念大谬不然,便迷途知返,毅然决然斩断了和风月场所的所有联系。

李叔同曾说,他在上海的这几年是最幸福的时候。然而,1905年3月10日,李叔同的幸福时光戛然而止。这一天,他深爱的慈母因病去世。母亲缠绵病榻,他去街上购置棺木,等他办妥此事忙赶回家,母亲已撒手人寰。母亲病故,未能亲侍在侧,这是李叔同难以忘却的终生憾事。后来每每谈起母亲,他总是满脸悲戚,喃喃道:"我的母亲,他的一生是很苦的,很苦的。"母亲去世后,李叔同给自己取了一个新名字:李哀。

事实上,李叔同终生都未能化解因慈母去世而淤积在心中的哀伤。

李叔同五岁失怙,一直和寡母相依为命。母亲去世了,他对上海这个地方似乎再无依恋。那时候的李叔同虽然颇有文名,所谓"二十文章惊海内",但这些文章却不能带来实际效用。内,不能兴家;外,不能强国。李叔同已经二十五岁了,既没有正规的文凭,也没有正经的职业,成了家却未能立业。虚度年华与时不我待的感觉涌动在李叔同的内心,他意识到,是时候改变自己了。正如当下一句俗语说的那样,生活不只是眼前的苟且,还有诗和远方。远方的地平线总会引起年轻人的遐想与憧憬,李叔同也不例外。怀揣发愤图强的热望,李叔同决定出国深造。

艺海畅游

二十六岁那年,李叔同开始了他日本留学的生活。他暂住东京神田区某处,自修日语,温习美术与音乐,准备报考东京上野美术学校。李叔同刚到日本就雄心勃勃,想编印一本"美术杂志",由于缺少帮手,"美术杂志"胎死腹中。李叔同不甘心,于1906年2月8日,独立创办了《音乐小杂志》。这本袖珍杂志在东京印刷,五天后寄往上海,由李叔同上海友人代为发行。《音乐小杂志》是我国最早的音乐杂志,它的装帧、印刷均由李叔同一人包办,第一期的大部分文章也出自李叔同之手。李叔同为杂志撰写的《序》,以如诗如画、情理俱胜的五百字,生动形象地摹绘了音乐的美妙动人,要言不烦地阐述了他的音乐理论,且饱含深情地回顾了《音乐小杂志》的创办过程,还细致入微地刻画了他"独在异乡为异客"的孤寂凄凉。或许,他不辞辛苦,劳劳碌碌创办这份小杂志,既是为了推广他的音乐理念,也是为了慰藉他那颗孤寂的心吧。

李叔同的《音乐小杂志》创下了多项"第一"。这是中国音乐史上的第一份杂志。在这期杂志中,李叔同撰文第一次介绍了"比独芬"(贝多芬),并为贝多芬画了幅小像——这是中国杂志首次刊登西洋音乐家小像,这幅画像也是李叔同首次完成的西画作品。

李叔同赴日主要是学习音乐与绘画。1906年9月下旬,李叔同考入东京上野美术学校学习。

到日本后不久,李叔同就加入了日本诗歌社团"随鸥吟社"。1906年7月1日,诗社举行"副岛苍海以下十名士追荐会",李叔同即席赋诗二首:

其一

苍茫独立欲无言,落日昏昏虎豹蹲。
剩却穷途两行泪,且来瀛海吊诗魂。

其二

故国荒凉剧可哀,千年旧学半尘埃。
沉沉风雨鸡鸣夜,可有男儿奋袂来。

一方面表明了对祖国前途的隐隐担忧,一方面也流露出对拯救祖国之男儿的殷殷期待。

之后不久,李叔同又创作了一首《朝游不忍池》:

凤泊鸾飘有所思,出门怅惘欲何之。
晓星三五明到眼,残月一痕纤似眉。
秋草黄枯菡萏国,紫薇红湿水仙祠。
小桥独立了无语,瞥见林梢升曙曦。

如此感慨源自对祖国深沉的爱。日本诗人大九保湘南评价此诗"如怨如慕,如泣如诉,真是血性所发,故沉痛若此"。

李叔同在日本因观看日本的浪人戏而激发了对话剧的热情。好友曾延年对话剧有着和李叔同相同的爱好和热情。两人在日本发起成立了"春柳社"。

1907年,中国江苏发生水灾,灾情严重,很多贫民因衣食无着而面临绝境。春柳社闻讯后立即召开会议,商量对策,最后决定演出《茶花女》,为灾区难民募集资金。二十天后,话剧《茶花女》如期上演。李叔同男扮女装在剧中扮演女主人公玛格丽特。为了演出,他剃去了胡子,头戴假发,身穿银白色上衣,腰束裙带,一袭百褶裙长可曳地。舞台上的李叔同,眉头紧锁,眼波流动,充分表现出玛格丽特的妩媚和哀伤。

日本戏剧家松居松翁对李叔同的这次演出给予了很高的评价,他在一篇文章中写道:"中国的俳优,使我佩服的便是李叔同君。当他在日本时曾仅仅是一个留学生,但他所组织的'春柳社'剧团,在东京上演《椿姬》一剧,实在非常好。不,与其说这个剧团好,宁可说这位饰椿姬的李君演得非常好。……尤其是李君的优美婉丽,决非日本的俳优所能比拟。我当时看过以后,顿时又想到孟玛德小剧场所见裘菲列表演的椿姬,不觉感到十分兴奋,竟跑到后台和李君握手为礼了。"(松居先生这里说的《椿姬》,就是指《茶花女》)李叔同君确是在中国放了新剧的烽火。

《茶花女》连演数场,收入悉数寄回国资助灾民。

不久,清廷驻日本的大使馆,害怕春柳社以话剧形式宣传革命，严令留学生不允许参加任何演出活动：谁参加就取消谁的留学费用。在这种情况下，春柳社渐渐停止了活动。然而，受春柳社的影响，中国国内的话剧运动开始蓬勃发展，日益壮大，各种话剧团体如雨后春笋般诞生。迄今，回顾中国的话剧运动，我们不能不承认，李叔同和他的春柳社有首创之功。

后来，谈到日本留学生活，李叔同还是忍不住感慨：回忆起那段艺海生涯，总是有说不尽的乐趣！

春风桃李

1911年3月，李叔同自日本上野美术学校毕业，当即回国。不久，为养家糊口，李叔同前往杭州浙江两级师范学校（后改名浙江第一师范学校）教授音乐与图画。在浙江第一师范，李叔同度过了七年丰富而充实的生活。无论从教书育人还是文学创作方面来看，这七年在李叔同一生中都占据重要位置。

给学生上第一堂课，李叔同能准确叫出每个学生的姓名，因为此前他已熟读学生的名册。通过这件小事，学生们感受到老师的细致与热忱，并为此而折服。

在浙江第一师范，图画与音乐两门课学生原本兴趣不大，但李叔同任教后，这两门课却受到学生的热捧。夏丏尊分析，原因一半是李叔同"对这两科实力充足"，一半是他的感化力大。学生们是因为崇敬他佩服他才争先恐后去听他的课。

当时的学生丰子恺证实了夏丏尊的推测。

丰子恺说，那时他们每天要花一小时练习绘画，花一小时去练习弹琴,不以为苦,乐在其中,是因为"李先生的人格和学问"统制了学生们的感情,折服了学生们的心。弟子们真心崇拜李叔同,所以会自觉自愿听他的话,按他的教导去做。

如果说,李叔同在学生心目中的形象高大而完美,那是因为他的人格与学问让他们深深叹服。

从人格来看,李叔同当教师不为名利,全力以赴;从学问上看,他国文水平比国文先生更高,英文功底比英文先生更厚,历史知识比历史先生更多;书法金石,他是专家;中国话剧,他是鼻祖。丰子恺说,"他不是只能教图画音乐,他是拿许多别的学问为背景而教他的图画音乐。"

夏丏尊认为,李叔同好比一尊佛像,有后光,故能令人敬仰。

课堂上,李叔同多次向学生灌输"先器识后文艺"的思想,要求学生首重人格修养,再谈文艺学习。而他本人正是这样做的。

广博学识与高洁人品构成李叔同的"后光"。

丰子恺与刘质平是李叔同在浙江一师任教的门生。李叔同对这两位弟子的悉心指教与热诚相助,谱写了教育史上一段堪称绝响的佳话。

刘质平家境贫寒,学习刻苦,一次,他拿着习作去请教老师。李叔同对他说,晚上八点在音乐教室见。当晚突降大雪,刘质平顶着寒风准时赴约,却见教室门关着,里面黑漆漆的。他站在走廊里等。十分钟后,教室里的灯突然亮了,李叔同从里面走了出来。原来他在考验刘质平。

刘质平"考试"过关,李叔同决定每周额外指导他两次。

1915年,刘质平因病休学。李叔同去信宽慰弟子,说:"人生多艰,不如意事常八九。"鼓励弟子要"镇定精神,勉于苦中寻乐"。在信末,李叔同劝弟子多读古人修养格言,因为"读之,胸中必另有一番境界"。

在老师的宽慰鼓励下,刘质平边养病边读书,学业大有长进,病愈后听从老师的建议赴日本留学。

在李叔同眼中,刘质平"志气甚佳,将来必可为吾国人吐一口气",对他寄予厚望。尽管弟子不在身边,李叔同仍通过书信细心指点。在一封信中,他叮嘱弟子要特别注重以下六点:

一、注重卫生,保持健康,避免中途辍学。适度运动,早睡早起。

二、登台演奏要慎重,避免遭人嫉妒。尽量做到抱璞而藏。

三、慎重交游,避免是非。

四、要循序渐进,勿操之过急。

五、不浮躁不矜夸不悲观不急近不间断,日久自有适当之成绩。

六、要有信仰,以求心灵平静精神安乐。

信中,李叔同还抄录数则格言供刘质平吟咏学习。

因经济困顿，健康欠佳，刘质平留学期间，常感"愈学愈难"，甚至心灰意冷学不下去。这时候，李叔同的书信便如一缕春风吹散他心头悲观的雾霾。

在一封信中，李叔同开导弟子说："愈学愈难，是君之进步，何反以是为忧？"李叔同劝弟子切勿"忧虑过度，自寻苦恼"。李叔同指出，刘质平消沉灰心的根本原因是"志气太高，好名太甚"，所以他给弟子开出的药方是"务实循序"。

在另一封信中，李叔同叮嘱弟子要"按部就班用功，不求近效"，因为"进太锐者恐难持久"；另外，他告诫弟子"不可心太高"，因为"心高是灰心之根源也"！

家境愈来愈糟，刘质平终失去了家庭资助，眼看学业要中断。此时的李叔同尽管薪水不高、家累又重，仍慷慨解囊，决意资助弟子完成学业。在给弟子的信中，李叔同详细列出自己收入支出：

> 每月薪水105元；上海家用40元；天津家用25元；自己食物10元；自己零用5元；自己应酬费、添衣物费5元。如此，每月可余20元。

他表示，这每月20元可供刘质平求学所需。

他在信中叮嘱弟子记住几点：一、这笔钱是馈赠不是借贷，不必偿还；二、不要对外人说起此事；三、安心读书。

可见，李叔同资助弟子，完全出于爱才，出于内心的善良，绝非沽名钓誉。

老师节衣缩食资助自己读书，刘质平虽万分感谢，却于心不忍，所以他请老师设法为自己争取官费。李叔同找到主管问询，遭对方婉言拒绝。于是李叔同写信劝弟子，不必费神谋求官费了，自己不会辞职，一定会如约资助他完成学业。由于在信中涉及对他人的评价，李叔同要求弟子"此函阅后焚去"，因为"言人是非，君子不为"。

李叔同喜欢抄录格言供弟子学习，而刘质平则以大旱望云霓的心情渴盼老师寄来的这些精神食粮文化补品。一次他写信请老师再寄来格言"佳肴"，李叔同便将"近日所最爱诵者数则"抄录给弟子，这数则格言有一个共同的涵义——躬自厚薄责于人：

> 日夜痛自点检且不暇，岂有工夫点检他人。责人密，自治疏矣。
> 不虚心便如以水沃石，一毫进入不得。
> 自己有好处要掩藏几分，这是涵育以养深。别人不好处要掩藏几分，这是浑厚已养大。
> 涵养全得一缓字，凡语言动作皆是。
> 宜静默，宜从容，宜谨严，宜俭约，四者切己良箴。
> 谦退第一保身法，安详第一处世法，涵容第一待人法，洒脱第一养生法。
> 物忌全胜，事忌全美，人忌全盛。
> 世人喜言无好人，此孟浪语也。推原其病，皆从不忠不

怨所致。自家便是个不好人,更何暇责备他人乎?

  面谀之词,有识者未必悦心;背后之议,受憾者常至刻骨。

  李叔同因尝试"断食"而迷上佛学,终决意断发出家。入山剃度前夕,李叔同什么都放下了,亲情、友情、爱情,都已放下;唯独放不下的是远在日本的弟子的学费。他写信告诉刘质平,自己出家之前会借一笔钱做他的学费:"余虽修道念切,然决不忍置君事于度外。此款倘可借到,余再入山。如不能借到,余仍就职至君毕业时止。君以后可以安心求学,勿再过虑,至要至要!"

  这番话,体现出一诺千金的美德,更蕴含李叔同对弟子非同一般的深沉之爱。

  作为老师,李叔同对刘质平的物质资助,肉眼看得见分得清;而在刘质平的精神成长自我形成方面,李叔同所倾注的心血,虽肉眼难以觉察却弥足珍贵。正是从这个意义上,我们才会感慨:一日为师,终身为父。提起老师李叔同,刘质平会忍不住流泪:"老师和我,名为师生,情深父子。"

  如果不是李叔同的慷慨解囊,刘质平的学业会过早中断;而如果没有李叔同关键时刻的出手相助,丰子恺恐怕早被学校除名了。事实上,如果不是在人生的关键时刻遇见恩师李叔同,刘质平和丰子恺的人生将完全不同。

  丰子恺原本喜欢数理化,从未想过专攻绘画与音乐。因为听了李叔同的课，才渐渐喜欢上绘画和音乐。在丰子恺眼中，李叔同从不疾言厉色批评学生。有学生在课堂上犯了错，他只在下课后和颜悦色向对方指出，然后向这位学生鞠一躬，提示你可以走了。对老师的呵斥，学生们司空见惯也就麻木不仁了；对李叔同这样的彬彬有礼，学生们反而手足无措，消受不起。一位学生说："我情愿被夏木瓜（夏丏尊外号）骂一顿，李先生的开导真是吃不消，我真想哭出来。"

曹聚仁也是李叔同的弟子，他在回忆文章中说："在我们教师中，李叔同先生最不会使我们忘记。他从来没有怒容，总是轻轻地像母亲一般吩咐我们……他给每个人以深刻的影响。"

有些老师满足于学生口服，居高临下以势压人，不过色厉内荏，收效甚微；李叔同要的是弟子心服，动之以情晓之以理，反而不怒自威，令人敬畏。用丰子恺的话来说就是"温而厉"。

因为听从老师的指导，直接从石膏上写生，丰子恺的绘画进步迅速。当时丰子恺担任级长，经常为班级事向李叔同汇报。一次，汇报完了，转身欲走，李叔同喊他回来，对他说："你的图画进步很快，我在南京和杭州两处教课，没有见过像你这样进步快速的学生。你以后，可以……"

听到老师说出这样的话，丰子恺如同数九寒天突然置身于灿烂的阳光中，那份温暖与喜悦，令他微微有些晕眩。看着老师期待的眼神，他激动而郑重地说："谢谢先生，我一定不辜负先生的期望！"那天晚上，李叔同敞开心扉，和这位得意门生聊到深夜。在后来的回忆中，丰子恺说："当晚李先生的几句话，确定了我的一生。这一晚,是我一生中一个重要关口,因为从这晚起,我打定主意,专门学画,把一生奉献给艺术。几十年来一直未变。"

少不更事的年轻人,遇到一些突发事件,往往处理不好,遂因此受挫。丰子恺在浙江师范读书时也曾犯下大错。当时学校有位姓杨的训育主任,作风粗暴、性情蛮横。丰子恺因琐事和他发生口角,一言不合,竟动起手来,虽然只是推推搡搡,并未真正开打,但一向盛气凌人的训育主任哪肯善罢甘休,立即要求学校召开会议处理此事。会上,训育主任痛斥丰子恺冒犯老师忤逆不敬,主张开除丰子恺。这时候,李叔同站起来,说了一番话:

"学生打先生,是学生不好;但做老师的也有责任,说明没教育好。不过,丰子恺同学平时尚能遵守学校纪律,没犯过大错。现在就因了这件事开除他的学籍,我看处理得太重了。丰子恺这个学生是个人才,将来大有前途。如果开除他的学籍,那不是葬送了他的前途吗?毁灭人才,也是我们国家的损失啊!"

李叔同这番话合情合理,怒气冲冲的训育主任作声不得。接着,李叔同提出自己的主张:"我的意见是:这次宽恕他一次,不开除他的学籍,记他一次大过,教育他知错改错,我带他一道去向杨老师道歉。这个解决办法,不知大家以为如何?"

李叔同的建议得到大家一致赞同。丰子恺因此逃过一劫,保住了学籍。

李叔同宿舍的案头,常年放着一册《人谱》(明刘宗周著),这书的封面上,李叔同亲手写着"身体力行"四个字,每个字旁加一个红圈。

丰子恺到老师房间里去，看见案头的这册书，心里觉得奇怪，想：李先生专精西洋艺术，为什么看这些老古董，而且把它放在座右？后来有一次李叔同叫丰子恺等几位学生到他房间里去谈话，他翻开这册《人谱》指出一节给他们看：

"唐初，王（勃）、杨（炯）、卢（照邻）、骆（宾王）皆以文章有盛名，人皆期许其贵显，裴行俭见之，曰：士之致远者，当先器识而后文艺。勃等虽有文章，而浮躁浅露，岂享爵禄之器耶……"

李叔同把"先器识而后文艺"的意义讲解给丰子恺他们听，说这句话的意思是"首重人格修养，次重文艺学习"，简言之就是说"要做一个好文艺家，必先做一个好人"。李叔同还提醒几位弟子，这里的"贵显"和"享爵禄"不可呆板地解释为做官，应该解释为道德高尚、人格伟大的意思。

李叔同那晚的一席话给丰子恺留下深刻印象，他说："我那时正热衷于油画和钢琴的技术，这一天听了他这番话，心里好比新开了一个明窗，真是胜读十年书。从此我对李先生更加崇敬了。"

李叔同出家前夕把这册《人谱》连同别的书送给了丰子恺。丰子恺一直把它保藏在缘缘堂中，直到抗战时被炮火所毁。后来，丰子恺避难入川，在成都旧书摊上看到一部《人谱》，想到老师从前的教诲，当即买下，以纪念老师曾经的苦口婆心。

李叔同曾留学日本，他深知，倘想学画，赴日深造非常重要。于是，他像劝刘质平那样劝丰子恺去日本研究绘画，他说："最近日本画坛非常热闹。他们很注意兼收并取,从而创作出极有本民族特色的崭新风格。这种经验值得我们借鉴。你今后应该多读一些日本的艺术理论书籍,最好读原文。我从现在起教你日语。"

1918年春天,李叔同留学期间的老师黑田清辉带着几位日本画家来西湖写生。李叔同教学繁忙不能陪同,就让丰子恺做导游,一来可以让他向几位日本画家学习绘画,一来也可以锻炼他的日语。丰子恺后来听从师命赴日游学,虽然没有刻意去读一张文凭,但开阔了眼界,增长了见识。丰子恺后来重写意不重写实的画风形成,得益于游学期间对日本画家竹久梦二作品的揣摩与借鉴。

在李叔同的教导、帮助与勉励下,丰子恺才走上绘画这条路,并始终如一、精益求精地钻研画艺一辈子。

1948年11月,丰子恺结束了在台湾的画展和讲学,特意去泉州凭吊老师的圆寂之处——开元寺温陵养老院。在老师的故居和他手植的杨柳面前,徘徊良久,不愿离去。最后绘画一幅,题词曰:"今日我来师已去,摩挲杨柳立多时。"

丰子恺对老师的追慕与怀念,浓缩在这两句题词中。寥寥数语,胜过千言。

"桃李春风一杯酒,江湖夜雨十年灯。"作为学生爱戴的老师,李叔同关爱弟子的故事像酒一样芬芳而醉人;而他指点学生的话语则像不灭的灯,让暗夜中的他们,找到一条前行之路。

在浙江一师的七年,李叔同的多才多艺得以淋漓尽致地展现出来。他的艺术创作,在那一阶段,如同江南的春天,繁花似锦，生机勃勃。

在浙江一师任教之余，李叔同完成了一册《西洋美术史》，这是中国第一部西洋美术史，但由于李叔同不愿出版，原稿已散失。

1913年，李叔同还发表了《近世欧洲文学之概观》，虽然只是一篇文章，还不能称之为著作，但这却是中国人首次撰写的欧洲文学史。

另外，在推广版画、引进西洋画方面，李叔同所做的工作都是开创性的。

在诗词、歌曲创作方面，李叔同也迎来了爆发。他的一些流传至今的代表作，都创作于这个时期。

送别

长亭外，古道边
芳草碧连天。
晚风拂柳笛声残，
夕阳山外山。
天之涯，地之角
知交半零落。
一壶浊酒尽余欢，
今宵别梦寒。

长亭外,古道边,

芳草碧连天。

问君此去几时来,

来时莫徘徊。

天之涯,地之角

知交半零落。

人生难得是欢聚,

惟有别离多。

《送别》的歌词是李叔同所作,借用了美国通俗歌曲作者奥德威的作品《梦见家和母亲》的曲子。这首歌太有名了,它几乎成了李叔同的另一个名号,是李叔同标志性作品。当代歌手朴树曾翻唱这首名曲,他感慨,倘若这首歌词是他写出来的,他宁愿当场就死。这表明他对这歌词的喜欢到了何种程度。有位评论家对这首歌曲做了如下评价:"少年人听到这首歌,会沉醉于它的旋律与节奏。青年人听到这首歌,能体会到'为赋新词强说愁'的甘美与忧愁。中年人听到这首歌,会感受到半生劳苦的无奈以及岁月流逝的无情。老年人听到这首歌,会想到生命的倏忽与世事的沧桑。"总之,不论何人,不论在生命的何种阶段,"都能在这首歌中体认到怅怅不甘的人生意味"。

这首歌问世后风靡一时,一直到现在,大众对这首歌的喜爱也有增无减。事实上,李叔同仅凭这首歌就可以名垂青史了,如同"孤篇盖全唐"的张若虚。

萧公权:"以学心读,以平心取,以公心述"

"家庭教育",奠定了萧公权问学及为人的基础

1897年11月29日,萧公权出生于江西省中南部的泰和县。他出生一个月,母亲病逝。之后不久,因乏人照料,他被过继给远在四川工作的大伯父。十二岁那年,父亲亦病逝。父亲病逝前几天,对萧公权说:"大伯父要你过房承继,我当然很放心,但也很舍不得。我平日时常出门在外,不能多照顾你,我现在追悔不及。我望你好好做人,好好读书。你如愿意经商也好。无论读书经商,总要脚踏实地,专心努力去做。此外我望你将来成家立业,要看重家庭,看重事业,不要学我的榜样。我多年来东走西奔,没有成就,于人于己都无益处。"

父亲这番遗嘱对萧公权后来的生活多少产生了一些影响。

父母的病亡,并未使萧公权生活在不幸的阴影中,因为他诞生于一个家族意识浓厚的大家庭。他被过继给大伯父后,大伯父待他如亲生儿子。大伯父是个商人,办事精明,人脉丰厚,在商界颇有名气。他关心幼年萧公权的生活,但对他的管教也相当严

格。萧公权八九岁时很顽皮，时常在外面玩闹嬉戏。一次，大伯父严肃地对他说："这样没规矩，不像一个斯文人，将来只好去抬轿。"后来萧公权发愤学习，成绩突飞猛进，大伯父在背后夸奖他，说："可惜科举废了。否则举人进士这孩子应当有份的。"

萧公权二伯父在政界任职，退休后定居上海。他对家族中的晚辈关爱有加。家族中的晚辈在上海读书时，寒暑假都住在他家。萧公权在上海读书时，节假日就住在二伯父家。二伯父有四个儿子，又有六个侄儿在上海读书，一到节假日，家就成了学生宿舍。

二伯父不苟言笑，不怒自威，晚辈对他有些畏惧，但也有例外的时候。一次，二伯父的一个儿子在外面吃了点心，回家吃晚饭时，没吃几口就放下碗筷。二伯父不高兴了，说："平常骂人不中用，说这是个饭桶。假如一个人连饭都不能吃，那岂不是比饭桶还不如吗？"正在用餐的包括萧公权在内的十位年轻人听了，一言不发，但心里不约而同有了想法。当晚，二伯父的另一个儿子就提议："我们明天晚饭，一齐大显身手。"第二天晚上，二伯父大手一挥，说，"吃罢"。十位年轻人，端碗大吃，不到十分钟，风卷残云，一桌饭菜，全部下肚。二伯父心领神会，强忍住笑，吩咐厨师上饭上菜。

在萧公权的求学生涯中，二伯父的三儿子叔玉给予他很多帮助和指导。萧公权是在叔玉的指导和鼓励下，才考取上海基督教青年会中学；1918年夏天，又在他的鼓励下，以一个中学毕业生的资格考入清华学校的高等科三年级。如果不是叔玉的鼓励，萧公权不会报考，因为当年报考者均是大学一二年级学生，以中学毕业生身份报考，只萧公权一人。

叔玉为人热诚，治学严谨，后来他和萧公权都在美国密苏里大学求学，课余常在一起聊天。一次，萧公权谈话时用了"大概""差不多"等字眼，叔玉立即严肃地批评他，要他尽快改掉这种"国人不长进的习气"。萧公权后来说："我虽然不曾完全扫除思想上或言辞上模棱的毛病，他的规劝，却至今未忘，使我受益不少。"

萧公权考取了清华学校，二伯父十分高兴，听说他没有从上海到北京的路费，立即吩咐儿子给萧公权买好车票，还给了他一些零花钱。后来萧公权得以赴美留学，二伯父更高兴了，特意奖赏他一百元钱，在当时这不是一笔小钱。赴美那天，他还亲自把萧公权送到上海码头。

萧公权幼年即失去父母，但大伯父二伯父无微不至的关怀，让他一直生活在爱的阳光里。正因如此，五四新文化对旧家庭的攻击，萧公权不能认同，回忆自己的成长经历，他说过这样一段话：

"一个人的性格和习惯一部分（甚至大部分）是在家庭生活当中养成的。上面提到的尊长和弟兄在不同时间，不同环境，不同方式之下，直接地或间接地，有意地或无意地，给予我几十年的'家庭教育'，奠定了我问学及为人的基础。五四运动的健将曾经对中国旧式家庭极力攻击，不留余地。传统家庭诚然有缺点，但我幸运得很，生长在一个比较健全的旧式家庭里面。其中虽有不能令人满意的地方，父母双亡的我却得着'择善而从'的机会。因此我觉得'新文化'的攻击旧家庭有点过于偏激。人类的社会组织本来没有一个是至善尽美的，或者也没有一个是至丑极恶的。'新家庭'不尽是天堂，旧家庭也不纯是地狱。"

考取清华学校，应该感谢几位老师

萧公权的大伯父十分重视教育，萧公权幼年时即为他请了私塾老师。几位塾师中，使萧公权印象深、获益多的是何笃贞先生。何老师教了萧公权整整五年。萧公权说："在这五年当中，在何师教导之下，我才粗浅地认识了中国经史文学的轮廓，经验到学而时习的快感。"

作为教师，何笃贞先生的一个优点是，能针对学生需要，选用适当的教材，从而引发学生的求知欲，"领着他们在不知不觉间步步前进"。

考虑到当时萧公权年满十四岁，且不仅要学习古代经典，还要学习西方文化，何老师认为，在这种情况下让萧公权按部就班读完中国经典，已经不现实。所以，他要求萧公权涉猎《十三经》，但不必熟读成诵。他对萧公权的要求如下：1.熟读《诗经》《春秋左传》《礼记》《尚书》和《尔雅》；2.涉猎《周礼》《仪礼》《易经》和《孝经》；3.若有余暇，过目一下《公羊传》《穀梁传》。简言之，何老师是采用一种"速成"法让萧公权读完了《十三经》。对于史书，何老师要求萧公权重视"史实"，而不必注意对"史实"的褒贬。

对于何老师,萧公权一直心存感激,他说:"在那五年中近乎偷工减料地读经史,给予我不少'国学'常识,后来受用不尽。这不能不归功于何师。"

此外,何老师还时时鼓励萧公权读一些"合胃口"的杂书,"不限一家,不拘一格",培养了萧公权博览的习惯,让萧公权获益终生。

萧公权中学就读于上海的青年会中学,当时该校三有位老师萧公权最为敬重:程万里先生,何挺然先生,马瑞琪先生。

马先生的一次别开生面的考试让萧公权大受启发。那次考试地点在实验室,每位学生面前摆放了十个小瓶,里面是无色液体。考试要求就是让学生,用简单的"定性分析"法,验证出瓶中液体为何种物质。第一到第九瓶,萧公权都顺利分析出液体的性质,第十瓶,萧公权用尽办法,液体没有任何化学反应。绝望下的萧公权突然想到,难道这是一瓶蒸馏水?于是萧公权一面拿起这瓶液体,装作要喝下去的样子,一面偷窥马老师的反应,但马老师面无表情。萧公权有了答案,在考卷上写下:No.10—H_2O。萧公权的答案当然是对的。事后,萧公权对此次考试有如下总结:"我相信马先生让我们化验蒸馏水不是要寻开心,而是要启示我们探求科学知识固然不能完全依赖书本,也不可盲目地循着指定的途径去进行。"

国文教员叶楚伧先生一次布置了一道作文题《神人无功说》。萧公权在文末写道:"夫既无功,呼之曰人,斯为得矣。乃命曰神,不几失之辞费,沉浊而不可庄语乎。"叶老师对这个结论十分欣赏，对萧公权勉励有加。

萧公权说，1918年他能被清华学校录取"应该感谢中学的几位先生"，分别是上文提及的国文老师叶楚伧、英文老师程万里、数学老师何挺然。萧公权说："他们所教课程的内容好像是为我所投考清华的预备。"

何先生教中级代数时，一再要求学生"活用脑筋"，看到习题首先认真分析，决定了解答的途径或方法后再动笔做，否则盲目去做，可能白费功夫。那年清华代数题目出题者是海宴士（Heinz），所出十道中级代数题，有两题是不可解的。萧公权拿到试卷，先把十道题认真看了一遍，确定两道题不可解，就全力以赴去做其他八道题，规定的两小时不到便完卷。很多考生在那两道题上耗时太多，其他题目来不及完成。

英文题目是把一首诗改写成散文。萧公权读六年级时候，程老师就要求他们做"改写"的作业，这道题对萧公权来说驾轻就熟。很多同学不了解"改写"的意思，这道题只能得零分了。

国文题目更巧了。六年级最后一堂作文课，叶老师布置的作文题目和清华试卷的作文题目一样。那次作文，很多不成熟之处，叶老师都做了修改，萧公权也牢记在心。于是，萧公权只要凭记忆把经老师修改、润色过的作文誊写在试卷上即可。于是，他这一篇作文，不但"如出宿构"，而且"文不加点"。

萧公权中学时就是优等生，对老师每一句话每一道作业都认真对待，所以在考试中才会胜出。如果中学时他敷衍了事，即使遇到同样的考题，他恐怕也会束手无策。所以，我们不必羡慕他的"好运",我们要做的是像他那样认真,无论在人生哪个阶段,无论学习的是哪门课程。

跟着兴趣走

胡适1910年进康奈尔大学时读的是农科,学了三个学期后,胡适发现自己完全不喜欢这个专业,对各门专门课毫无兴趣。经过一番深思,胡适觉得自己学农是一个错误。一方面,他对这些课程了无兴趣;另一方面,他早年攻读的哲学文学书籍,所积累的哲学文学知识也派不上用处。胡适此时认识到,自己的兴趣还是哲学和文学,选择农学与自己的兴趣、性情完全不符。于是他果断作出决定,放弃农学,转入文理学院,改习文科。

胡适这一转变意义重大,如果他继续修农学,也许中国会多一位中规中矩的农科学者,却少了一位杰出的历史学家,少了一位推动文学革命的急先锋、一位"中国文艺复兴之父",白话文的推广很可能会因此推迟。

因为有切身体会,胡适后来在多次演讲中都强调,作为青年,要认识自己的性情,发现自己的兴趣,再根据自己的性情、兴趣选择主攻方向:

"社会上需要工程师,学工程的固不忧失业,但个人的性情志趣是否与工程相合?父母、兄长、爱人都希望你学工程,而你的性情、志趣甚至天才,却近于诗词、小说、戏剧、文学,你如迁就父母、兄长、爱人之所好而去学工程,结果工程界里多了一个饭桶,国家社会失去了一个第一流的诗人、小说家、文学家、戏剧学家,不是可惜了吗?"

胡适的结论是:"社会上需要建筑工程师,需要水利工程师,需要电力工程师,也需要大诗人、大美术家、大书法家、大政治家,同时也需要做新式马桶的工人。能做新式马桶的,照样可以发财。……因此选科择业不要太注重社会上的需要,更不要迁就父母、兄长、爱人的所好。爸爸要你学赚钱的职业,妈妈要你学时髦的职业,爱人要你学社会上有地位的职业,你都不要管他,只问你自己的性情近乎什么,自己的天才力量能做什么,配做什么。要根据这些来决定。"

当然,根据自己的兴趣、性情来选科择业,首先要认识到自己的兴趣和性情。

梁启超在一次讲演中,建议年轻人:"研究你所嗜好的学问。"他解释说:"嗜好两个字很要紧。一个人受过相当的教育之后,无论如何,总有一两门学问和自己脾胃相合,而已经懂得大概可以作加工研究之预备的。请你就选定一门作为终生正业(指从事学者生活的人说)或作为本业劳作以外的副业(指从事其他职业的人说)。不怕范围窄,越窄越便于聚精神;不怕问题难,越难越便于鼓勇气。你只要肯一层一层的往里面追,我保你一定被它引到'欲罢不能'的地步。"

萧公权成为杰出的政治学专家也缘于"跟着兴趣走"。

萧公权去美国密苏里大学一开始读的是新闻学。他对大部分课程比较满意,但一门"初级新闻采访"让他难以应付。这门课大部分时间要求学生去火车站采访下车的客人。这些客人行色匆匆，很少愿意接受学生的采访，即使有人愿意接受采访，他们回答来这里的原因也极其普通，比如来此看亲戚或访友。这样的回答当然没有新闻价值，无法刊登在《密苏里人》上（*Missourian*，新闻学院为学生实习所办的日报）。学期结束，萧公权这门课勉强及格。他做"无冕之王"的梦也碎了，于是知难而退，选择了自己一向兴趣浓厚的哲学专业，终成一代名家。

萧公权在一篇文章中表达了如下观点，那就是一个人想要学有所成，必须穷年累月，专心致志，亦即所谓的"好学不倦"，做到这一点的前提是，该学者对自己所选择的专业有强烈的兴趣。换句话说，如果对自己的专业没有浓厚的兴趣，即便埋头苦干，也很难取得满意的成绩。萧公权在政治学领域硕果累累，成就显著，就是因为，在关键时刻，他放弃了自己不擅长的新闻学，选择了兴趣浓厚的哲学作为主攻方向。

抗战结束时，老友蒋廷黻曾推荐萧公权担任上海《申报》主笔。萧公权学过新闻，深知报纸是讨论时事、宣传文化的重要阵地，但经过一番思考，他觉得自己的见识、文才、训练和修养等方面不足以胜任这项工作。事实上，抗战前夕和抗战中，萧公权在朋友的敦促下写过一些时论，那些文章都是他埋头苦思、一再修改下完成。既然自己没有"下笔万言，倚马可待"的捷才，萧公权知难而退，婉谢了老友的好意。

萧公权不入仕途，不当主笔，从根子里说，还是对从政、办报缺少兴趣。

萧公权后来在清华任教，要求学生完成研读报告时，也提醒

学生"以本人的兴趣为标准":

"我事先对学生说:作研读报告的意义,不在'应付功令',而在培养研讨的能力和取得写作的经验。选择专题应当以本人的兴趣为标准。撰写报告应当以写成的文字有日后参考的价值为目的。"他叮嘱学生,写一篇报告就是为以后的治学打基础,若想搭建学术"大厦",读书报告就是奠基的"一撮泥土,一块砖石",当慎重对待。

学术性文字的座右铭

何炳棣认为,20世纪炎黄子孙博士论文一出版即成国际名著只有两部,其中一部就是萧公权出版于1927年的博士论文《政治多元主义:一项当代政治理论研究》。伦敦大学政治经济学院权威拉斯基(Harold Laski)在书评中誉之为"学力与魔力均极雄浑,为政治学界五年来所仅见"。

萧公权能写出如此杰出的博士论文,得益于他在康奈尔大学读博时的两位导师,狄理教授和恺德林教授。狄理教授指导学生时,偏重启发而不是一味说教或灌输。狄理教授当然有自己的哲学观点,但他从不强求学生接受自己的观点,萧公权说:"他鼓励学生各人自寻途径,自辟境地。学生所见纵然不合他的主张,只要是'持之有故,言之成理',他也任其并行不悖。"萧公权得益于狄理教授的这种"教授法",后来只要有机会,他也宣传、推广这种"教授法",他认为,这种"教授法"不仅适用于指导哲学系学生,也适用于任何专业的学生。

1925年，萧公权着手写博士论文。狄理教授对萧公权说："关于政治多元论的种种，到了现在，你所知道的应当较我为多。我未必对你有多少帮助。何况这是你的论文，你应该根据你自己的心得去撰写。导师的职务不是把自己的意见交给研究生去阐发，而是鼓励他们去自寻途径，协助他们去养成独立研究的能力。"

萧公权撰写这部让其一鸣惊人的博士论文之初，因为过于重视，也犯了一次错。《论语》中有句名言曰：辞达而已矣。朱熹对这句话的解释是："辞取达意而止，不以富丽为工。"萧公权知道，这是做文章的最高原则，写学术论文尤应如此。撰写硕士论文时，萧公权小心谨慎，力求辞达而已。但在写博士论文时，萧公权突然觉得，既是博士论文，文字或应华美一些，于是在语词上狠下一番功夫，舞文弄墨，雕章琢句，完成了一篇将近三千字的导论，然后，不无自得地把导论交给狄理教授审核。过了几天，狄理教授把他叫入办公室，从书架上拿起他的"导论"，不客气地扔在桌上说，"这完全不行"，然后一言不发坐在椅子上生闷气。萧公权知道老师生气是因为失望。拿回稿子，他闭门思过，醒悟：导论被否决，完全是他违背了以前奉为圭臬的"辞达而已"的原则，刻意求工，弄巧成拙，只能另起炉灶。一番删繁就简，洗尽铅华，花了一个月时间，本着"辞达而已"的原则，重写了导论和第一章初稿。导师看了修改稿非常满意，说："这就是了。你放手写下去，不妨等全稿写完后拿来给我看。"

萧公权花了近一年时间完成了长达八万字的博士论文，狄理教授和其他几位指导老师对论文表示满意。恺德林教授第一时间把论文介绍到伦敦奇干保禄书局,书局当即将其列入"国际心理学哲学及科学方法丛书",准备出版。萧公权获悉后十分快慰:论文一字不改由英国一家重要书局出版;该丛书共有八十多种著作,都是名著,如梁启超《中国政治思想史》的英译本、罗素《物质的分析》、柯复嘉《心的生长》。博士论文的出版,让萧公权一夜之间跻身于世界顶尖的学者行列,他欢欣鼓舞、喜出望外,写作、研究信心也随之大增。

关于教学,章实斋说过这样一段话:"人生禀气不齐,固有不能自知适当其可之准者,则先知先觉之人,从而指示之,所谓教也……教人自知适当其可之准,非教之舍己而从我也。"萧公权认为,他在康奈尔大学读博时的狄理教授、恺德林教授就是按这种方法来教他的。萧公权由此认识到,大学教育的宗旨,不仅在于教师把已掌握的知识传授给学生,还包括一种引导,像前辈指引后辈一样:"使能各就其适可之准,向着学问之途,分程迈进"。

萧公权当老师后,把自己写论文的经验传授给学生。谈到治学方法,胡适有句名言:大胆的假设,小心的求证。萧公权对这句话做了补充,说,在假设和求证之前还要有一个"放眼看书"的阶段。萧公权告诉我们,这里的"书"不仅指普通意义的书,也包括与研究题目相关的事实、理论等。萧公权认为,经过"放眼看书",对于研究对象才能加深印象,提出合理的假设;有了假设,再向所看之书中去小心"求证",这样写论文,得出的结论才能稳妥、可靠。萧公权提醒我们,看书不作"假设",会陷入"学而不思则殆"泥淖;看书不多,轻率"假设",就落入"思而不学则怠"深坑。萧公权以"小时不识月,呼作白玉盘"为例,进一步阐述其中道理,说,如果"不识月"而大胆地把月亮假设成"白玉盘",再"小心求证"也于事无补。萧公权说,这个所谓"白玉盘"的假设,是文学想象,不管假设得对不对,于我们生活不会发生大的影响,但科学家、思想家的错误假设,则会伤筋动骨,重创社会,所以,必须慎之又慎。

关于"放眼看书",萧公权要求学生做到两点:"一是尽量阅览有关的各种资料;二是极力避免主观偏见的蒙蔽。"萧公权认为,对直接资料的研读,要"力求精悉";对简介资料的参考,要尽量广博。萧公权特别反对那种带着观点找资料的做法,他认为,对与自己观点不符的资料视若无睹、故意回避是极不可取的自欺欺人的下流手法。

荀子说过这样的话:"以仁心说,以学心听,以公心辨。"萧公权把荀子的话改为:"以学心读,以平心取,以公心述。"萧公权认为,经他修改过的这句话,可作为写学术文章的座右铭。

"有了这种态度,学术才能迈进"

萧公权曾在胡适主办的《独立评论》发表《如何整顿大学教育》一文,萧公权在文中认为,教育失败的直接原因,在于教育当局未能认清教育的性质和功用。萧公权指出,当时甚嚣尘上的"粗浅的实用主义"——教育的目的不是学问本身而是本身以外的"用"(如"扬名声,显父母")——导致当时的中国"虽有长期的教育史,而无科学的产生"。

在萧公权看来,把全部的大学教育认为仅是实用教育,把高等普通教育与专门或职业教育混为一谈,是教育失败的根本原因。基于以上分析,萧公权提出整顿大学教育的三个原则:

明确大学教育的功用是培养治学人才,与职业教育划清界限,两不相妨;

确定治学人才的出路;

培养"学以求知"的科学精神,放弃"学以致用"的科举观念。

所谓"学以求知"的科学精神,就是要有"为读书而读书"的态度,不要把"读书"当作敲门砖。他认为,如果我们所做的事是兴趣所在,就会把做事本身当作目的;对所做的事毫无兴趣,就会把所做之事当作一种手段。萧公权以中美商人为例指出两者之别:

"我们不妨以商人为例。中国商人以赚钱为目的,以经商为手段。二者是截然两事,所以他们对于商业本身并不真感兴趣……他们的理想是发一笔财,退休养老,做'封翁',享'清福'。美国的商人往往发了百万千万的财,到了六七十岁应当退休的时候,仍然继续不断地工作。他们诚然是想致富而经商,但他们对于商业的本身也有兴趣。换句话说,经商是手段,同时也是目的。到了发财以后,他们继续工作,显然不是为了赚钱而是为工作而工作。中国商务落后,原因不一。商人的从业态度,可能是其中之一。我以为缺乏为工作而工作的'敬业'精神,是中国'国力'不充实的一个主因。有了这种精神,国力才会增长。如果国人能够忠实地为做官而做官,为当兵而当兵,为读书而读书,为游戏而游戏——如果多数人有这样的工作态度,全国的事务必然好办多了。"

萧公权建议,培养这种态度,最好从所谓知识阶级做起:"号称最高学府里的师生应该有为读书而读书的态度。有了这种态度,学术才能迈进。"

所谓"为读书而读书"的态度,就是一种"纯粹的科学精神",萧公权认为,教育当局在高等院校应该倡导这种精神。

除了上述看法,萧公权还提出,让教育在适宜条件下,自力生长,是教育走上正轨的一个根本办法。在《论教育政策》一文中,萧公权亮出自己的主张,他说,教育文化是一种前进的努力,"愈是自由,愈能发展"。因此,他建议,把地方自治的原则应用于教育机关。萧公权说,教育作用之一是培养优良品德,而政府管制在这方面所起作用有限。在萧公权看来,培养学生道德品质的最有效方法是"以身作则,潜移默化",所以,如果师长、父兄,乃至社会人士树立了做人的榜样,当局就无须三令五申,过度干涉了。萧公权告诫人们,不适当的干涉会使文教生机枯萎。萧公权说,当局当然要对教育予以必要的指导与监督,但这种指导与监督要局限在一定范围:"国家把教育的责任交给学校,交给教师,而向他们责取应有的成绩,这才是合理的监督。"

生活中常有人抱怨工作枯燥无味、单调刻板。萧公权认为,这是因为他没有对所做的工作产生兴趣,陷入荀子所谓"事业所恶也，功利所好也"的泥潭。萧公权在一篇文章中分析，一旦人觉得工作不是自己兴趣所在，乏味无比，"他们在工作的时候必不能够鼓舞精神，全力以赴"。这样一来，工作肯定会受到影响：

"在工作可以停止的时候他们自然弃之如敝屣，悠然而逝，别寻快乐。于是电影院、大舞台、跳舞场平添了无数的主顾……或者叉麻雀，推牌九，打扑克，夜以继日，精神百倍。纵然磨到头昏眼花，腰酸背痛的地步也毫无怨言。等到必须工作的时候已是精神颓丧，意兴索然。为了'饭碗'关系，只得勉强敷衍过去。呵欠之余。再来一声'生活苦闷'！"

如何改变这种状况，如何从工作中获得快乐，萧公权给出了办法：改变我们对工作的态度。萧公权以"艺术工作"为例，指出艺术家对工作的两种基本的心理："第一，他对于他的工作有真挚而长久的兴趣。第二，他的工作就是他自己的主要目的，而不只是达到另一目的的工具——它不只是取得金钱和名誉的代价。"那么，如果任何人都能对工作产生兴趣，都把工作当目的而非手段，他就可以"聚精会神去推进、去改善、去完成他的工作"。萧公权说，在这种心理下，"非艺术的工作人也可以享受艺术创造的快乐"。一番细致分析之后，萧公权呼吁人们要完成一种"心理建设"，那就是以艺术的态度去工作："我们要把工作看成娱乐！我们要拿看戏的兴趣去看书，用打牌的精神去办事！"如此，当然不会感觉工作的痛苦，而能从工作中得到快乐！

关于大学教育，关于如何对待自己的工作，我们当然不必照搬萧公权的观点，但如果本着"取其精华，弃其糟粕"的原则，对萧公权的若干建议予以"批判地吸收",并非无益。

"知新不弃故的婚姻之路"

1921年,一位中国女子来密苏里大学读书,早就在此求学的萧公权熟悉当地环境,对这位中国同胞给予了不少帮助:为这位女孩找住处,指点她如何注册选课,并领她去图书馆借书等。因为交往密切,两人自然而然产生了友谊。1922年,该女生赴纽约哥伦比亚大学深造,萧公权与她书信往来,保持联系。1923年,萧公权去绮色佳康奈尔大学读博,次年,那位女生和一位女同学结伴来绮色佳度夏。萧公权尽"东道主"之谊,领两位女生游览观光。在一些熟人眼中,萧公权与那位女生似乎在谈恋爱。但萧公权出国前,家中长辈已为他说定一门亲事。堂兄叔玉听说萧公权和一位女生来往密切,担心他移情别恋,就写信给他,建议他和国内未婚妻通信,当然是委婉提醒他已有未婚妻,和其他女性交往要保持适当距离。萧公权接受了堂兄的建议,开始和国内未婚妻通信。

萧公权有位族侄也在美国读书,曾来绮色佳游玩。这位族侄劝萧公权不要受传统的束缚,要敢于自由恋爱,追求自己的幸福。

萧公权和这位族侄做了一次长谈,详述自己对婚姻的看法,他对族侄说:"你的看法我很了解。就见识、性情、容貌各方面说,她确是一个动人的女子。她和我虽有浓厚的友谊,却并不会踏进恋爱的境界。她早知道我已订婚。承她看重我,愿意跟我做朋友，我当然引以为幸，极力珍重她的友谊。一般人看见两个青年男女来往甚密，便不假思索，断定这两人互相恋爱，准备结婚。这诚然是常见的事实。但凡事都有例外。女朋友不一定要改做未婚妻。"

族侄劝萧公权顺应时代潮流，解除旧婚约，追寻新式的以自由恋爱为基础的婚姻，萧公权婉谢了族侄的好意，说，你有这种看法，是基于一种前提，就是长辈包办的婚姻不会幸福，自己选择的婚姻一定美满。萧公权说，他知道自由恋爱在五四之后的知识分子中很流行，但他本人却不完全认同。萧公权告诉族侄，男女自由恋爱，也存在一定风险，青年人因一时感情冲动而结婚的不在少数，这样的婚姻虽是自己的选择，但结局不一定让人满意；而父母包办的婚姻，当然也有风险，但不表明，所有包办的婚姻结局必然糟糕。他提醒族侄："婚姻是否美满，主要关键在当事人是否有志愿，有诚意，有能力去使之臻于美满，而不在达成的方式是自主或包办。"

交谈中，萧公权和族侄提到伍廷芳，说有外国人在伍廷芳面前讥嘲中国的包办婚姻，伍反唇相讥，说："中国人结婚是爱情的发端，西方人结婚是爱情的终止。"萧公权对族侄说，伍廷芳这话听上去似乎是开玩笑，实则很有道理，有位叫毕尔士的西人也说过类似的话："爱情是可由结婚而治好的暂时疯狂病。"萧公权还对族侄解释，中国家长为子女包办婚姻，并非只考虑"传宗接代"，也会顾及"郎才女貌""一对璧人"这样的理想标准，至于儿女的幸福也在家长考虑之列。所以，萧公权强调，除非长辈为自己挑选的配偶有重大缺陷，否则，作为子女，没有必要非得反对长辈为自己选定的配偶。他还对族侄表明，即使自己要和国内未婚妻解除婚姻，也应该在刚来美国时就提出，不能等十年后自己有了更适合的追求对象再写信解除婚约。

族侄听了萧公权这番长篇大论，连忙告饶，说："你有你哲学家的道理，我既无法领会，更不敢辩驳。"

萧公权后来读胡适的书，惊讶地发现，胡适对中国式婚姻的看法与自己不谋而合。

胡适在日记中提及他曾为中国"旧俗"辩护，大意是：吾国旧婚制实能尊重女子之人格。女子不必自己向择偶市场求炫卖，亦不必求工媚人悦人之术。

针对人们关于包办婚姻无爱情可言的怀疑，胡适在日记中提出异议："此殊不然。西方婚姻之爱情是自造的，中国婚姻之爱情是名分所造的。订婚之后，女子对未婚夫自有特殊柔情。故偶闻人提及其姓名，伊必面赤害羞；闻人道其行事，伊必倾耳窃听；闻其有不幸事，则伊必为之悲伤；闻其得意，则必为之称喜。男子对其未婚妻，亦然。及结婚时，夫妻皆知其有相爱之义务，故往往能互相体恤，互相体贴，以求相爱。向之基于想像，根于名分者，今为实际之需要，亦往往能长成为真实之爱情。"

萧公权认为，留学生不能因为在外国遇到心仪的对象就轻率、自私地悔婚，胡适也在一次演讲中，对中国留学生婚姻上的喜新厌旧做了抨击："近来留学生吸了一点文明空气，回国后第一件事便是离婚。却不想想自己的文明空气是机会送来的，是多少金钱买来的。他的妻子要有这样的好机会,也会吸点文明空气,不致受他的奚落了。……这种不近人情的离婚,是该骂的。"

萧公权在北京任教期间读到胡适上述文字,非常高兴,大有"吾道不孤"之感。

包办婚姻确实酿出不少苦酒,造成不少人间悲剧,但包办婚姻也有修成正果的,比如胡适、萧公权等。萧公权认为,作为新文化开路先锋,胡适为当时的年轻人开辟了一条"知新不弃故的婚姻之路"。萧公权走的正是这一条路。

萧公权的婚姻虽属包办,却十分美满,他写给妻子的三首祝寿诗便是明证:

一

来归十六载,忽已近中年。
身为勤劳瘦,居频丧乱迁。
苟逃无米爨,愧乏买山钱。
困顿吾何恨,亲朋赞妇贤。

二

不将脂粉浣,妆俭拟荆钗。
宽厚容僮仆,艰难计米柴。
家寒和有乐,情笃老堪偕。
中馈辛劳甚,平居鲜涉街。

三

壶内君专理，一家安乐窝。
清贫同度日，小诤不伤和。
灯幔夫妻话，书窗子女歌。
祝卿康且寿，嘉福后来多。

萧公权留学归国不久，就和长辈为她选定的未婚妻举办了婚礼。不久，他接到博士论文即将由英国伦敦的保禄书局出版的喜讯，接着又被南开大学聘为教授，他对妻子说："你来了，书要出版了，南开大学请我去任教。这是三喜临门，比'双喜临门'还更令人开心满意。"

何炳棣:"看谁的著作真配藏之名山!"

何炳棣,毕业于清华大学,后赴美攻读英国史,获哥伦比亚大学史学博士学位。何氏学识渊博、视野辽阔,是海外中国学界公认的中坚人物。1965年至1987年何炳棣任芝加哥大学历史系汤普逊讲座教授,是被聘为讲座教授的首位华裔史家。何炳棣坚信卓绝必出自艰苦。他的功成名就完全来自他的坚忍不拔和自强不息。

敬始慎终,磨炼意志

何炳棣曾说:"身教言教对我一生影响最深的莫过外祖母张老太太。"外祖母在他幼年时所说的一句话,他终生铭记在心。小时候,每次吃饭时,外祖母就会对他说:"菜肉能吃尽管吃,但总要把一块红烧肉留到碗底最后一口吃,这样老来才不会吃苦。"何炳棣认为,外祖母这句话让他终身受益。直到晚年,想到外祖母的教训,他仍大为赞叹:"请问:有哪位国学大师能更好地使一个五六岁的儿童脑海里,渗进华夏文化最基本的深层敬始慎终的忧患意识呢?!"外祖母这句话,使何炳棣一生都不敢有丝毫的懈怠，不论何时，不论做何事，他都要做到敬始慎终，一丝不苟。当然，要做到这一点，必须有坚强的意志。所以，幼年起，何炳棣就有意识地给自己加压，磨炼自己的意志。一年除夕，全家都去剧院包厢看戏，何炳棣平素也是个戏迷。那天晚上，临动身前，他突然想考验一下自己的意志，能不能在大年三十的晚上，放弃享乐，坚持读书？于是，他决定不去看戏，而是独自待在家中，背诵林肯的著名演说，一遍又一遍，直至背熟。这一次的磨炼成功，不仅让他养成了自我加压自我磨炼的习惯，也让他对自己克服惰性战胜困难有了足够的底气和信心。

考取清华后，第一次月考，何炳棣的西洋通史考了八十九分，最高分是九十一分，按理，这样的分数不算低了，换了旁人，或许很满足了。但何炳棣却对自己不满意。他对此次考试做了如下的自我检讨："分数并不太重要，最重要的是自我检讨——何以如此用功而不能获得应有的报酬；读书思维习惯如不认真改善，将来怎能应付全国竞争的留美或留英考试。"检讨之后，何炳棣决心就以这门西洋通史作为磨炼意志的对象，"此后务必先求彻底牢记消化基本教科书中的大问题和细节，然后抽读较高层次参考书中的精华"，争取在考试答题时既准确无误又富有深度。果然，第二次月考，何炳棣得了九十九分，为全班之冠。这次的成功，让何炳棣懂得，读书、治学，只能"扎硬寨，打死仗"，不能存半点侥幸心理，也根本没有什么捷径可走。

后来，何炳棣决定培养自修的习惯。所谓自修，是指课程以外的有用知识和自我培训工作。一年暑假，他和父亲偶然聊天时,父亲说:"你初中毕业那年暑假曾翻点过《史记》一二十篇列传,今后是不是也应该读点英国'太史公'?英国有没有类似太史公的大史学家?"何炳棣答:"英国最有名的历史家恐怕是18世纪的吉朋,他的不朽巨著是《罗马帝国衰亡史》。"

何炳棣原本想大学毕业后再啃吉朋这部巨著,经父亲提醒,他索性决定大二就利用课余时间攻读这部大著。由于历史知识的欠缺,外语程度不够,何炳棣攻读这部大著可谓吃尽苦头,但却获益甚多,他说:"吉朋那种对人性具有深刻了解、富于哲理的观察论断,绚丽堂皇、铿锵典雅而又略含讽刺的词章短语,偶或不易真懂;可是,凡能真懂的卓思妙句却对我七年后的中美庚款考试发生出乎意料的积极作用。"

何炳棣参加的是第六届留美考试。第二大题是在西洋史学的三大名著中选一部加以评估。三部中的两部何炳棣并不熟悉,但其中吉朋的《罗马帝国衰亡史》他在大二期间已经精读数遍,他可能是唯一读过这部大著的考生。他知道此书最精彩之处就在开头十几章,尤其是头三章,综合描述了罗马帝国全盛时期的版图、军事、政制、首都和地方的关系、民族政策、社会、经济、文化、宗教信仰,分析、阐述了罗马长达几十年全盛的各种因素;另外,第十五章,专谈早期基督教屡受压制而终战胜各种势力成为国教的过程与原因,也是全书精华所在。因为对这部书了如指掌,何炳棣答题时驾轻就熟,一挥而就,且把全书中最精彩的一段话一字不漏默写出来:

"流行于罗马帝国寰宇之内的各式各样的[宗教]信仰

[和膜拜]，一般人民看来，都是同样灵验；明哲之士看来，同样荒诞；统治[阶级]看来，同样有用。"

后来在芝加哥大学的一次讲演中，何炳棣即兴背诵出这句名言，指出基督教胸襟之狭窄，并分析吉朋之所以写出这段流传至今富有理性的名言，是因为18世纪西欧一流的哲人深受古代中国人本主义的影响，也就是说，吉朋这句名言，语言是英语，但表达的精神却是中国的，而非基督教的。何炳棣的简短发言，赢得了包括芝加哥大学校长在内的众多听众的认同与赞赏。

意志坚强的人，不但能经受挫折的打击，还能从挫折中获益。何炳棣就是这样的人。

何炳棣赴美攻读，取得西洋史博士学位后，想把研究目标从西洋史转向中国史，一位饱学的学长提醒他，从高深的西洋史研究转向中国史研究大约需要五年的过渡期。然而，何炳棣只花了三个月时间，就写出了长达一万五千字的关于中国18世纪商业资本研究的学术论文。何炳棣写这篇论文，是受到另一位学长的启发。一个偶然的机会，何炳棣看到这位老学长所写一篇研究"商籍"的短文，他因此了解到清代的"商籍"并不指一般商人，而仅仅指两淮等几个盐区为盐商子弟考生员所设的专籍。此文让何炳棣眼界大开，他由此联想到，古老的中国，历代制度上的若干专用名词不能望文生义，这些专门名词的真实内涵和演变过程值得认真梳理、考辨，于是，他确立了研究对象——两淮盐商。能从一篇短文中获得重大启示，说明何炳棣目光之敏锐，但倘若没有广博丰厚的历史知识，没有对历史的长久而深入的思考，敏锐的目光从何而来？这篇论文很快被著名的《哈佛亚洲学报》采纳，这表明何炳棣已成功转向。三个月时间就能"跳过龙门"，与其读书治学的"扎硬寨，打死仗"有很大关联。

人人都有惰性，都有懈怠的时候，何炳棣也不例外。但何炳棣却用一种"自我诅咒"的办法摧毁自己的惰性。在北京上学，听戏很方便，何炳棣自小是个戏迷，现在近水楼台，自然心痒难耐，一到周末就想去看戏，然而每次想去看戏时，何炳棣就开始"自我诅咒"："在清华读书期间如果进城去听一次京戏，留美或留英考试就必名落孙山。"这样一"诅咒"，看戏的念头也就吓跑了。其实，偶尔看一次戏，并无多大害处，但何炳棣认为，看了第一次就想第二次，看了杨小楼就想看郝寿臣，惰性就像野草，疯长起来就"野火烧不尽"了，于是他来个"斩草除根"，杜绝了第一次，也就杜绝了懒惰、松懈的源头。何炳棣在美国求学，几乎长年躲在图书馆里找资料、做笔记，这样的日子极其枯燥。为了坚持下来，每天晚上，图书馆闭馆后，何炳棣走到大街上，会深深吸一口清新的空气，内心里大吼一声："看谁的著作真配藏之名山！"他就是用这样高远的目标激励着自己，战胜艰辛与懈怠，从而写出厚重的影响深远的学术著作。

做学问"扎硬寨，打死仗"，这个习惯何炳棣坚持了一辈子。快退休的几年里，何炳棣决定自修西方经典哲学和当代哲学分析方法，在先秦思想史方面也扎起硬寨。为考验自己的毅力与精力，他决定在自己一直从事的研究领域再打一次硬仗，终获凯旋，完成了长文《南宋至今土地数字考实》，接连两期刊载于

1985年《中国社会科学》。此文极具原创性,视野开阔,考证缜密。著名地理历史学家谭其骧给予很高评价:"覃思卓识,远逾前修,钦佩无量。"

当时葛剑雄是谭其骧指导的第一位博士生,谭还请何炳棣协助指导葛剑雄。

"尽人事,听天命"

人生中总会遭遇一些不期而至的变故,这时候,是逆来顺受束手就擒,还是挺身而出勇敢面对?何炳棣选择的是后者。1940年,何炳棣首次参加留美公费生考试,结果铩羽而归。他以最短的时间调整了心态,又投入紧张的复习当中,决心在下一次考试中脱颖而出。不久,有消息说,教育部调整了公费留学考试的科目,西洋史专业被取消。这对厉兵秣马的何炳棣来说,无异于当头一棒,因为,他报考的正是西洋史专业。倘若临时改别的专业,那既非他的专长,且时间也不允许了。经历了最初的惊慌、沮丧之后,何炳棣迅速冷静下来,他想,教育部取消西洋史专业,应该要经过行政院例会通过,那么自己何不给行政院写信,请他们在取消专业时一定要慎重呢?于是,他给时任行政院政务处处长蒋廷黻先生写信,表明了自己的看法,也就是取消任何专业,要深思熟虑,不能草率盲目。结果,他的努力奏效了。西洋史专业最终未被取消。何炳棣获悉后,庆幸之余,忍不住对妻子说:"如果这次我考取,十九应归功于'尽人事、听天命'的华夏古训。"

在临近考试时，何炳棣又从一位学长那里听到一个让他心烦的事。原来，这位学长成绩很好，但在以前的一次留学考试中却名落孙山。他告诉何炳棣，他落选的原因是中国通史的题目太偏。那年考中国通史，有一道大题目是解释名词：白直、白籍、白贼。对于中国通史这门基础课来说，这样的题目委实太琐细太偏了。听了这件事，何炳棣沉吟良久，想，用这么偏这么怪的试题决定考生的命运，实在有点偏颇，于是他再次上书清华评议会，请求慎选中国通史命题人。他的这次提议再次被接受，命题委员会决定以明清史取代中国通史，这样一来，由于范围大大缩小，出偏题怪题的几率也就大大减少。何炳棣两次上书都取得效果，说明他的建议非常合理。遇到突如其来的难题，听天由命，无动于衷，既是消极的，也有损人的尊严；正确的选择是，冷静沉着，努力化解，这样，即使结果不如所愿，也可以问心无愧，坦然接受了。

古话说，否极泰来。其实，所谓的"泰"是不会从天而降的。何炳棣说："'否极'之所以'泰来'，多半要靠人为的努力。"而"尽人事"，就是要充分运用人的力量和智慧，求得转机的到来。当然，"尽人事"，也许不一定能更改事情的结果，但至少可以让你拥有一个精彩的过程。

"有本事到外边大的世界去做天王"

除了外祖母，父亲对何炳棣也产生过重要影响。小时候，何炳棣既聪明又用功，常常受到师长的夸奖，何炳棣也难免飘飘然。不过，父亲的一句话却让他再也不敢得意了。父亲用犀利的语气告诫他："狗洞里做天王算得了什么，有本事到外边大的世界去做天王，先叫人家看看你是老几。"这句话对何炳棣产生了深远的影响，每每在人生的关键时刻，他都会想起这句话。父亲的当头棒喝，让他在人生的各个阶段，都以一流的标准要求自己。

攻读博士学位时，他首先弄清哪些史学专家代表世界最高水平，然后以他们的水平作为自己的努力标准，并尽快尝试让自己的研究成果刊登在世界顶尖学术期刊上。经过艰苦不懈的努力，他的愿望实现了。何炳棣是在清华度过其大学生活的。当时，清华的师资是一流的，学生是一流的。有名师指点，有同窗砥砺，何炳棣的学业突飞猛进，更重要的是，在"清华精神"的浸润下，何炳棣追求一流的信心和底气倍增！那么，何为"清华精神"呢？何炳棣认为，毕业于清华大学的应用数学大师林家翘对他所说的一句话最体现"清华精神"。一次，在朋友家中，林家翘偶遇何炳棣，他握着何氏的手说："咱们又有几年没见啦，要紧的是不管搞哪一行，千万不要作第二等的题目。"赴美攻读博士学位时，哈佛名教授费正清也曾对何炳棣说过类似的话："第一等大课题如果能做到八分成功，总比第二等课题做到九分成功要好。"

取法乎上，所得乎中；取法乎中，所得乎下。没有大志向，哪来大气魄大胸襟大手笔，哪能抵达大境界。何炳棣是在纽约的哥伦比亚大学攻读博士学位的。世界名都纽约更是让何炳棣见识了何谓一流。正如他自己说的那样:"半个多世纪后反思,纽约对我最深最大的影响是帮助培养我形成一种特殊的求知欲——不是对任何事物都想知道,而是对自己有兴趣的事物力求知道其中最高的标准。"然后全力以赴争取达到这个标准。幼年,父亲把追求一流的种子播进何炳棣的心里;及长,清华大学为他追求一流提供了肥沃的土壤;后来,大都市纽约又给予他追求一流的广阔空间。所有这些,终让他取得卓越的学术成就,无愧一流学者的头衔。

父亲除了要求何炳棣做学问要追求第一流之外,还教会了他如何写作。何炳棣高小时在家练习作文时,父亲一再强调:"文章贵能割爱。"父亲不厌其烦向他解释"割爱"的重要性,渐渐地,何炳棣明白这个道理:"文章的主题本身是一个单元,主题之下,章节段落一般是为发挥主题意蕴的,也可能是有关主体的较小单元。尽管作者有天大学问,所论如不贴切主题而强行搀入,必会破坏文章的单元,反成全文之病。"

何炳棣承认:"父亲这项教导对我日后重要的考试和写作都大有裨益。"

好学深思,从中获益

1943年,身着戎装的徐复观初次去勉仁书院拜见熊十力,请教熊氏应该读什么书。熊氏叫他读王夫之的《读通鉴论》。徐说那书早年已经读过了。熊十力不高兴地说,你并没有读懂,应该再读。过了些时候,徐复观再去看熊十力,说《读通鉴论》已经读完了。熊问,有什么心得?徐便接二连三地说出他的许多不同意的地方。熊十力未听完便怒声斥骂道:"你这个东西,怎么会读得进书!任何书的内容,都是有好的地方,也有坏的地方。你为什么不先看出他的好的地方,却专门去挑坏的;这样读书,就是读了百部千部,你会受到书的什么益处?读书是要先看出他的好处,再批评他的坏处,这才像吃东西一样,经过消化而摄取了营养。比如《读通鉴论》,某一段该是多么有意义;又如某一段,理解是如何深刻。你记得吗?你懂得吗?你这样读书,真太没有出息!"

这一骂,骂得身为陆军少将的徐复观目瞪口呆,脑筋乱转:"原来这位先生骂人骂得这样凶!原来他读书读得这样熟!原来读书是要先读出每一部的意义!"徐复观感慨:"这对于我是起死回生的一骂。"他还强调:"恐怕对于一切聪明自负但并没有走进学问之门的青年人、中年人、老年人,都是起死回生的一骂!"

何炳棣或许不知道这个典故,但他读书却能像熊十力要求的那样"读书是要先看出他的好处"。除了精读本专业的各种经典外,他还认真读过19世纪俄国几位小说大家,对陀思妥耶夫斯基的小说兴味最浓,他说,陀氏小说对他最大的作用是大大丰富他的人生的"间接"经验,使常年生活在书斋的他,认识到宇宙之大,体会到人的性格与心灵何其丰富且复杂,"于是有效地增强我对'人'的了解与'容忍'"。

在西南联大期间,何炳棣受潘光旦影响,读了一些性心理学方面的书,他说,读这方面书,作用略同于读西方小说:"丰富了人生'间接'经验,加深了解宇宙之大、品类之繁、无奇不有,因此感到'太阳之下,并无新事'。"他在回忆中分析道:"这种阅读协助培养我对人生若干问题的'容忍'与'同情';但另一方面也激化我对伪道学、'装蒜者'(尤其是学术上的)的无法容忍与憎厌。"何炳棣反思,后一趋向对他做人与治学影响甚巨,因为他性格中的反抗欲是很强的。对引导自己阅读性心理学的潘光旦先生,何炳棣心存感激,说:"在联大'闲散'岁月里,很幸运能有像潘先生那样'雍容宽厚、中正谦和、乐天知命'的'儒者'做我偶或的'顾问'(毋宁说是'同情静听读书报告者',帮助我保持情感理性间的均衡)。"

潘光旦一番关于学英文的话,何炳棣十分佩服,且终生难忘。一次聊天中,潘光旦告诉何炳棣,无论学哪种专业,想知道自己英文是否"够用",必须要问自己两个问题:"(1)写作的时候是否能直接用英文想?(2)写作时是否能有'三分随便'?""随便",就是带有几分"游刃有余"的意思。

何炳棣赞叹:"我觉得潘先生论英文才是真正的'行家'话。师友中指出英文写作时必须用英文想的尚不乏人,可是只有潘先生向我提出'三分随便'能力的重要。"何炳棣说:"在海外半个多世纪的学院生活中,我无时无刻敢忘潘先生的话,至少经常以他所提的第一标准用来检讨自己和窥测海外华人的英文写作。"

读书如此,阅人何尝不如此?

何炳棣就读清华和联大时,学业优良。他的一大长处是准确领会老师学问的高妙之处并从中获益。他当时最尊敬最服膺的是雷海宗老师。他说:"回忆清华和联大的岁月,我最受益于雷师的是他想法之'大',了解传统中国文化消极面之'深'(如'无兵的文化'及其派生的种种不良征象)。"何炳棣进一步分析道:"当时我对国史知识不足,但已能体会出雷师'深'的背后有血有泪,因为只有真正爱国的史家才不吝列陈传统文化中的种种弱点,以试求解答何以会造成千年以上的'积弱'局面,何以堂堂华夏世界竟会屡度部分地或全部地被'蛮'族所征服,近代更受西方及日本欺凌。"

何炳棣尊敬热爱雷老师,不仅仅是一种礼貌,更是为雷老师的真知灼见所折服。

好学深思,不仅是说读书要思考,也包括和人交往时,对别人的言行也要思考,并从中获益。

何炳棣预备赴美留学前偶遇钱端升先生。钱先生特意把他喊到办公室交谈一番。钱先生说:"你们这一辈学问基础在国内就已打得比我们(在国内时)结实,而且你们出国的时候就比我们那时要成熟得多。所以你们出国深造前途不可限量。要紧的是,不要三心二意,一边教书,一边又想做官。你看蒋廷黻多可惜,他如果不去行政院,留在清华教书,他在外交史方面会有大成就。我希望你能专心致志地搞学问,将来的成就肯定会超过我们这一辈的。"

钱先生作为长辈的这一番临别赠言让何炳棣十分感动,并由此引发一番关于做人方面的思考:

"最难得的是这样一位自视甚高,受人尊敬的前辈学者,不但对后辈黾勉有加,而且敢于追认自己一辈早期学习的不够成熟,进而坦诚宽厚地预测后辈必有青出于蓝者。事后我越回味钱先生的话,越感到他治学为人之可敬;因为只有真正具有安全感的人才敢于讲出自己之不足,才有胸襟容纳、欣赏成就业已或行将超过自己的人。"

胡适的一番话也令何炳棣终生难忘。

1960年8月一天傍晚,胡适很严肃地对何炳棣说:"炳棣,我多年来也有对你不起的地方。你记得你曾对我说过好几次,傅孟真办史语所,不但承继了清代朴学的传统,并且把欧洲的语言、哲学、心理,甚至比较宗教等工具都向所里输入了;但是他却未曾注意到西洋史学观点、选题、综合、方法和社会科学工具的重要。你每次说,我每次把你搪塞住,总是说这事谈何容易……今天我非要向你讲实话不可:你必须了解,我在康奈尔头两年是念农科的,后两年才改文科,在哥大研究院念哲学也不过只有两年;我根本就不懂多少西洋史和社会科学,我自己都做不到的事,怎能要求史语所做到?"

何炳棣听了这番话,对胡适更加敬佩了:"使我深深感觉到胡先生这人物要比我平素所想像的还要'大';唯有具有十足安全感的人才会讲出如此坦诚的话。"

何炳棣非常善于摄取对方的优点来给自己进补!

北大秘书长郑天挺先生特别善于处世。一次北大校长蒋梦麟夫人与邻居周炳琳闹矛盾,双方个性都很强,谁也不服谁,冲突激烈到双方都要求郑天挺在两家之间筑一高墙,互相隔绝,永不来往。郑多次劝解,无效;最后同意筑墙,但只筑了一半,任凭双方如何施压,郑天挺说什么也不肯把墙砌高。结果,不到半个月,双方都羞愧难当,要求郑秘书长把这道矮墙拆了。郑天挺的做事策略赢得何炳棣的激赏,他说:"只有毅生先生才具有儒、道两家智慧的结晶!"对这件事,郑天挺既做到了"有所为",也做到了"有所不为",正所谓儒道互补!"有所为",就是筑墙筑了一半,因为不如此,双方就会不依不饶;"有所不为",就是只筑一半,倘若真筑一道高墙,双方也就结下了仇,再想化解,难!而恰恰是只筑了一半的墙,却收到了效果,因为这畸形的矮墙正好"象征"了两家关系的畸形,正好强烈地暗示双方,筑墙行为是多么丑陋多么荒唐!于是,很快,双方都感到羞愧,一致要求拆掉矮墙。郑先生是靠一种"儒道互补"的智慧化解了两家的矛盾,解决了一个棘手的难题。受此启发,何炳棣在后来的生活中,也充分运用这样的智慧,把握住"有所为"和"有所不为"的分寸。

何炳棣认为,他的同级同学丁则良是那一届最杰出的学生。他曾对何炳棣说,我们不要学林语堂,搞学问专以美国人为对象;我们该学胡适之,搞学问要以自己中国人为对象。这句告诫,何炳棣终生难忘,并付诸实践。

杨联陞是何炳棣的学长,他夸何炳棣的论文"坚实明快,文精悍如其人",但他也提醒何炳棣对西方某学人误释明代人口数字的批评,不可太厉害。杨联陞说,老虎也有打盹时,一旦自己的小辫子被别人抓住,也很难受的。这句忠告,何炳棣毕生谨记。

何炳棣曾在胡适的寓所做客六天,六天的朝夕相处,何炳棣获益良多。一天早上,有位来客递名片求见,胡适看名片时流露出对此人的不满,但略一思索,他还是决定见客。当客人进客厅时,胡适朗声说道:"这好几个月都没听到你的动静,你是不是又在搞什么新把戏?"说完,两人同时笑起来。这件事对何炳棣很有触动,他后来回忆说:"可以想见,这才是胡先生不可及之处之一:对人怀疑要留余步;尽量不给人看一张生气的脸。"见识了这样的涵养和气度,何炳棣当然会意识到自身之不足,从而在以后的生活中尽力修炼自己、完善自己。

何炳棣和哈佛有过几次不快的交往,谈到哈佛,他会不自觉地话中带刺。一次,在和友人谈到哈佛最近五年聘请的经济学人才不及芝大和哥大,何炳棣说:"这大概是由于哈佛习惯上的自满和近亲繁殖的传统。"旁边的舒尔茨先生(后出任美国国务卿)插话道:"哈佛确有自大自满的积习,也确有某期间某方面人选并非第一流,但是,哈佛迟迟发现了某些错误之后,往往会下最大的决心,不惜工本尽力延聘相关方面真正杰出的学人恢复优势。"何炳棣听了这番话,大为震动,说:"如此深刻、客观、平衡、睿智的按语使我终身不忘。"

由此,何炳棣懂得,有一颗包容的心才会有平和的态度,对他人的短处喋喋不休反而暴露了自身的狭隘和苛刻。和人交往时,总能发现别人的长处,总能吸收别人的优点,这样,就能荟萃他人之精华,熔铸完美之自我。何炳棣正是这样的智者。

前辈引导后辈

萧公权在康奈尔大学读书时的受业老师是狄理教授。狄理教授教学时注重启发,不偏向灌输,他鼓励学生自寻途径,自辟境地。萧公权认为,这种"教授法"不仅适宜指导哲学系的研究生,也适用于其他任何学生。

章实斋曾说:"人生禀气不齐,固有不能自知适当其可之准者,则先知先觉之人从而指示之,所谓教也。教人自知适当其可之准,非教之舍己而从我也。"萧公权认为,大学教育的功用不只是教师把已得的知识传授给学生,"而是前辈指引后辈,使能各就其适可之准,向着学问之途,分程迈进。"

何炳棣在芝加哥大学任教时也是按上述方法指导学生的。

当时李政道长子李中清慕何炳棣大名想去芝大读本科。何炳棣思考一番劝阻了他。何炳棣打电话给李政道,说知道李中清学习用功,成绩超群,自己愿意做他的研究生导师。但他建议李中清不要来芝大读本科,因为这里偏僻、安静,年轻人在这里待四年太寂寞了,会影响学习的热情,耶鲁那里相对热闹一些,年轻人在那里读四年本科更合适。李政道接受了何炳棣的建议。

李政道父子曾突然造访芝大,其目的就是想听一下何炳棣的课,以决定是否来这里读研究生。因为李氏父子的到来,何炳棣改变了原来的授课计划,在没有任何准备和资料的情况,着重谈了中国古代的年代问题,中心问题是关于武王伐纣的年代考订。

何炳棣在课堂上指出，董作宾考订的年代不确，因为他用的材料不具权威性，同时指出董氏把东周的洛阳与西周的丰镐两京弄混了。这堂课听完，李中清对何炳棣说："何先生，你讲的比耶鲁深多啦！"后来，尽管耶鲁给李中清提供丰厚的奖学金，但他还是选择赴芝大，跟随何炳棣读博士学位。

还有一位叫马泰来的学生攻读图书馆学博士，请何炳棣做导师。这位学生提出想研究明代书院与东林运动。何炳棣建议他第一步查阅明、清、民国各省府州县的地方志，梳理其中关于明代书院的资料，按年代和地方制成纵横两表，从中必然得出有价值的结论。马泰来按这种方法去做，只花两个月，就做出了书院纵横统计表，再根据其他资料，取得了令人赞叹的成果。

一位名叫马克的学生向何炳棣表示想专攻中国中古史，何炳棣劝他放弃。他告诉这位学生，研究中国中古史必须懂梵文。这位学生说，那就先学梵文。在何炳棣的帮助下，这位学生得以赴北京、台北等地学习梵文，终在中古史研究领域获一席之地。他在后来给何炳棣的一封信中，详细回顾了何炳棣对他的指点与帮助。他说在大学最后一年选修了他的明清史课程，获益甚多。他说，那时候，无论在教学或研究方面，何炳棣已然成为他心目中的偶像。马克还感谢何炳棣介绍他去柏克莱学习语言学，赴香港师从严耕望学习汉朝的碑文。所有这些都为他后来的学术研究奠定了坚实的基础。在信的末尾，马克写了一段饱蘸感情的话：

"我在剑桥期间，出版了两本书并完成了第三本的著述。在这段期间，我俩仍保持联络，我对您有关早期中国的论文非常感兴趣。虽然您对明清的社会史和人口史的研究早成经典,您早已是在国际上享有应得崇高声誉的学者,但您对新知识的追求,即使在您事业的后期仍一如以往般狂热,就算在退休后也十分积极及著述良多。这足以成为后之学者一个绝佳的典范。我真的希望将来我可以像您一样。"

能得到学生这样的评价,足以证明何炳棣的教学生涯圆满而成功。

童书业：一个历史学家的爱与痴

顾颉刚的私淑弟子

童书业1908年出生于浙江宁波。祖父中过进士，点过翰林，对作为长孙的童书业非常疼爱，读书方面要求也很严。当时很多地方推行新学，孩子们大多进入学堂接受新式教育。祖父作为老派读书人，恪守传统习惯，延请先生，让童书业接受私塾教育。十四岁之前，童书业跟随私塾老师读完了《诗经》《左传》《书经》《易经》《孝经》等国学经典，打下了坚实的国学基础。迫于形势，童书业也曾就读于新式小学环球小学，并在圣舫济英文专修学校短暂进修，均断断续续，没有系统。1936年，为取得一张像样的文凭，二十八岁的童书业入京华美术学院就读，最终拿到一张肄业证书。这是童书业唯一一张学历证明。

十八岁之前，童书业一直过着无忧无虑、悠游自在的读书练字习画的风雅生活。父亲是个精明的商人，生意场上运筹帷幄，左右逢源，家产日渐丰厚。作为富二代，童书业完全可以倾心书画，不谋衣食的。但身为商人的父亲，不重文化重金钱。童书业刚满十八岁，父亲就逼他在自家开办的会计事务所做练习生。童书业志不在此，只能一边做着会计事务所枯燥烦琐的工作，一边读自己热爱的古代经典，还挤出时间习画。后经人介绍，童书业又赴南京财政部做了一个小职员，不久遭人排挤失业。之后几年，童书业辗转换了好几个工作，最终在浙江图书馆谋得一份校对工作。就在这段时间，他开始撰写学术文章，这些文章陆续发表在当时颇有名气的《浙江图书馆馆刊》上。其中一篇和顾颉刚商榷的文章引起了顾的注意。两人由此相识，并开始了一段被传为佳话的师生缘。

顾颉刚请童书业赴京做他的私人助理。顾自掏腰包五十元作为童书业的月薪。当时五元可买一担米，五十元的薪水足够童书业养家了。童书业的工作主要是帮顾颉刚搜集材料，两人合写论文，一般提纲、观点两人商讨，执笔则是童书业，发表时一般署老师的名。这里要说明一下，顾颉刚是通过这种方式来培养弟子童书业，而绝不是像现在某些博导是为窃取研究生的成果，一旦他觉得弟子羽翼已成，就令弟子写文章出书均署其本人的名字。顾颉刚在北大、燕大讲授《春秋史》时，用的讲义就是童书业代写的。后来这部讲义有机会出版，顾颉刚就要求童"用你一人名义出版罢"。

顾颉刚觉得，一个图书馆的校对员有如此扎实深厚的国学根底，且能心无旁骛埋头钻研，实在难得。当老师，得英才而教之自有一种挡不住的诱惑。作为私淑弟子，童书业不仅在学问上承袭了老师的衣钵，老师的做人风范自然也一并继承。

虽然经历了风风雨雨，顾颉刚、童书业这对师徒能一直以礼相待，未生丝毫嫌隙，完全因为两人是师徒，更是学问上的知音。当名重一时的学术大家顾颉刚接到一位校对员的论学书札，他未因对方地位卑微而不屑一顾、置之不理，而是为对方的功底深厚与求学精神所打动，在回乡奔母丧烦乱而悲哀的那段时间，抽空去看望这个一心钻研学问、全无半点世故的年轻人。他的青睐与鼓励对身处困境的童书业堪称雪中送炭。他的爱才如渴、礼贤下士童书业一辈子也忘不了。1949年后，顾颉刚夫妇曾赴青岛疗养，童书业当时任职于青岛的山东大学，那段时间，他每天陪老师听戏，吃馆子——这位生活自理能力极差的人，侍候老师却是无微不至，体贴而周到。

顾颉刚对这位爱徒也是知根知底，他知道这是个爱学问爱较真的书呆子，敬重老师但绝不会讨好老师，事关学问，这个弟子绝不会马虎敷衍。

童书业对老师敬重归敬重，但老师的不足他也毫不客气地当面指出。一次，师徒两人聊天，童书业说："现在人所作历史研究文字，大都经不起复案，一复便不是这回事。其经得起复案者只五人：先生、吕诚之、陈寅恪、杨宽、张政烺也。但吕先生有时只凭记忆，因以致误。陈先生集材，大抵只凭主要部分而忽其余，如正史中，只从《志》中搜集制度材料，而忘记《列传》中尚有许多零星材料。"说到这里，童书业看了一下老师，补充道："先生您也是这样，不能将细微资料搜罗净尽，因此有些结论不够正确。"弟子的直言并未让顾颉刚感受到不快，反而"闻之心折"。弟子直言无碍,老师闻过心喜。这样的师徒关系在当下恐绝无仅有了。

因为器重信赖童书业,顾颉刚委以重任,让他主编《古史辨》第七册。童书业出色地完成了任务,赢得老师的赞赏:"这一册的文章讨论得最细,内容也最充实,是十余年来对古史传说批判的一个大结集。"童书业也因为主编这一册,成为后期"古史辨派"的代表人物。

博闻强志的背后

没进过新式学校,没有像样的文凭,完全凭自学成为史学界耀眼的明星,努力固然必要,而没有天分恐怕也不行。童书业本人也毫不谦虚地说自己"有相当的天分"。事实确是如此。

和钱锺书一样,童书业也有过目不忘的超强记忆力。多年的私塾苦读,很多古代经典都印在他脑海中。在北京作为顾颉刚助手参与禹贡学会时,一次在官员张国淦家晚宴上,张国淦偶然问起《尚书》中的几个字,童书业如数家珍,指出这几个字在书中出现了多少次,且各是在哪段哪篇中出现的。在座的均是学界名流,一个个听得目瞪口呆。他们算是领教了童书业的神奇。

在山东大学任教期间,有教师不太相信童书业能背诵整本的"十三经",童书业让他当场翻开"十三经"中任一本任一段,只要他说一句,童书业就滔滔不绝背下去。童书业指导的学生向他请教问题,他基本不须翻书,完全凭记忆来回答,有学生查《辞海》,只要翻开部首索引,找到那一部,童书业能脱口而出要查的字在哪一页。童书业喜欢开夜车写论文，引文注释完全凭记忆，第二天核对，基本无误。

华岗任山东大学校长时，童书业当他的面背出《苏联共产党党史》第四章第二节，华岗惊为天才，委以重任。作为校长，华岗经常做报告，台下的童书业听一遍就能完整复述。恩格斯的《家庭、私有制和国家的起源》，童书业读了几遍就能背诵。

山东大学曾流传过这样的歌谣："腰酸背斜肌肤瘦，长夜攻读至白昼。问君何苦自折磨，矢志十年赶上童教授。"可见，童书业在山大的名气有多响。

记忆力这么好当然是天分，但与他读书专注也有很大关系。从孩童起，童书业几乎不问世事，唯书是读。因为专心念书，童书业人情世故完全不通，生活自理能力极差。二十岁时洗澡还需别人帮助。在南京财政部工作时，每天都由佣人帮助叫人力车，并支付车资，他则只顾坐车去办公室。偶尔一个人坐人力车回来，家人一个个由衷赞叹："真能干，能自己叫车了。"洗脚、刷牙、铺被子这些生活琐事一概不会。在讲台上授课，里面衣服长外面衣服短也全然不知。在家中看书，对面炉子烧着水，但水开了他却视而不见，因为整个人完全陷入书中。晚上出门经常找不到家，只好跑学生宿舍求助，说："我叫童书业，历史系教授，迷路了找不到家，请送我回家。"在图书馆看书经常被锁在里面，因为沉浸在书中，哪里记得下班的时间。

看书时眼中只有书，不看书时脑子想的还是书，做旁的事就魂不守舍、笑话百出了。一次，童书业去学校开会，恰逢发工资，财务科就把当月工资给了他。他出门遇见一家商店，进去买包烟，顺手把刚发的工资全给了人家。店员喊他回来还他钱，他竟懵懵懂懂，一头雾水，反问："怎么，钱还不够？"

因为专注于书本，童书业闹出的糗事可谓一桩又一桩。但话说回来，若深谙世故、熟悉人情，且在日常起居方面花费大量精力与时间，又哪有时间读书呢？思想不集中于案头书，又怎能把书读熟读懂？有得必有失。生活自理能力差正是他有超常记忆力的代价。

只知读书不问其他，童书业才会把恩格斯《家庭、私有制和国家的起源》读了一遍又一遍，读得滚瓜烂熟也就读出其中的深意了。童书业对弟子说的一番话告诉我们，他的创见与其读书勤读书细密切关联：

"关于春秋末年吴越国都的所在，一般人都沿用传统的说法，以建都时的地望当之，认为吴都苏州，越都绍兴，一南一北纵向相对。我在整理春秋史料时，联想起《吴语》里伍子胥因遭吴王夫差猜忌而自杀前说的话：'以悬吾目于东门，以见越之入、吴国之亡也。'又想起《史记》里的话：'臣请东见越王'，'悬目'与'东见'所示的方向都是由西指东，与吴越南北相对的说法恰好相反，这里肯定有问题。东汉时《吴越春秋》的作者大概发现了这个问题，所以把'东门'改为'南门'了。殊不知问题不出在《吴语》，我考证的结果，认为春秋末年吴曾徙都江北扬州一带，越在太湖流域，正是东西之国，《吴语》、《史记》没有错。"

宽厚的长者

作为家长和老师,童书业对子女、弟子的要求虽然不能说不严,但他从不耍家长威风,从不摆老师架子。他的孩子和学生都能感受到他宽厚的长者之风。

童书业常年在外工作,只有过年时才能回家和家人团聚。按当地风俗,过年时,晚辈须给长辈叩头,但童书业却免了孩子的叩头之礼。一个女儿因不愿考文科就称病在家休养三年,童书业也不强迫她去读自己不喜欢的专业,而是尊重她的选择。后来这个女儿因患有轻微肺结核只允许考文科,童书业则从百忙中挤出时间辅导她。

在弟子黄冕堂眼中,童书业宽容温厚,具有"兼容并包的美德":

"童先生是胡适派核心人物之一顾颉刚的门徒,当然属经派成员。但童先生对海派学术也不是一概排斥。经派与海派的主要分歧之一是:在治学道路上如何读书?读哪些书?记得我毕业留校任助教之初,教研室的老先生曾专门开会讨论如何对我进行培养的问题。童先生考虑我在开头的几年最紧迫的任务是准备开课,晋升讲师,主要还不在研究方面。所以,他主张我多读近人论著和《通鉴纪事本末》等二类文献,避免走弯路。而其他的老先生则几无例外地都强调要直接阅读正史或《资治通鉴》等最原始和最可征信的文献。"

黄冕堂补充说:"实际上,童先生也不是不主张阅读最原始的文献,他仅只认为后一种阅读可暂缓一些时间,其读书法实际上包容了海派学术的积极成分。因此,童先生的学术思想是宽宏的,确乎存在着一种不主先入和兼容并包的美德。"

作为教师,童书业毫无保留地把自己的读书经验与体会传授给弟子。他曾告诫弟子徐连城,读书贵精,在精读的基础上再求广博。他强调对于经典作品:"不是读一遍,而是重读好几遍,甚至十几遍,所读之书往往能背诵。"如此,才能吸收精华,融会贯通,"读到别人所读不到,知别人所不能知,得别人所不能得,事半功倍"。

童书业上课时喜欢现身说法,注意培养学生的学术兴趣。有段时间,童书业和唐兰就钟鼎文展开讨论。上课时,他会把自己的文章和唐兰文章的主要观点介绍给学生,双方的分歧和辩论过程也一并介绍。学生们便不知不觉步入学术氛围,对学术论争的起因、过程、特点与意义也有了感性认识。

童书业是自学成才,他的一些读书方法完全是自己摸索出来的。一次,一位学生问:"我想提高阅读古代史料的能力,应该看些什么书好呢?"童书业答:"先看看《聊斋志异》吧。"学生虽不以为然,但既是老师的吩咐也就硬着头皮去做了,结果,看了两遍《聊斋志异》,不仅提高了阅读古文的水平,小说结尾的"异史氏曰"也提高了他评判历史的能力。

强迫观念症患者

童书业的强迫观念症系内因与外因合力而成。内因当然是童书业天性敏感，胆小怕事；外因则是时代的动荡不安与世事的风云突变。1949年之前，童书业一直没有稳定的工作，居无定所，四处漂泊，所以特别怕失业。一旦他感觉到有某种因素危及其饭碗，在别人看来是杞人忧天，在他却足以诱发宿疾。1949年之前，他为何流离失所、朝不保夕？当然是因为战争。所以，他特别怕战争。1954年，童书业从报上得知丘吉尔再度出任英国首相，就害怕第三次世界大战随时爆发，于是跑到校长华岗的家，对校长说："我有个问题，你不必分析，给我一个结论。丘吉尔上台了会不会爆发第三次世界大战？"华岗说："不会！"校长的回答让童书业吃了颗定心丸。"药"到病除，童书业的强迫观念症霍然而愈。

因无意间被别人盗取过自己的学术观点，童书业老担心自己的学术成果被盗，写毕文章后总是一层一层包好，交给一个自己信赖的人才放心。就连老师顾颉刚对此也十分不解，在日记里写道："丕绳神经有病，常疑心其稿子将被人盗窃，虽理智知其不然，而此念纠缠弥甚。"

童书业祖父与父亲都是患癌症死亡的。童书业便特别怕癌。每次喝水，都怕杯底有致癌物，每天都密切关注自己的小便颜色，稍有异样就心惊胆战。

作为世家弟子，童书业也深知自己的弱点，不会应酬，不谙世事，手不能提，肩不能挑，而且，胆小怕死，经不住考验。童书业发病时，一方面意识到自己病了，一方面却无法控制自己胡思乱想。这时候他就运用意志力来控制自己的大脑，感到难以自制时会祈祷一样喃喃自语："上帝在上，不许再想，少想、少挂念，顺利。如再想，不利。"

为治愈自己的强迫观念症，童书业看过医生，自学过精神病学。在头脑清醒时，他曾写信给为自己看过病的医生，客观冷静地分析自己的病情。凭借惊人的毅力，童书业刻苦钻研精神病学，完成了《精神病与心理卫生》一书，成为这方面的专家。了解了"强迫观念症"的来龙去脉，运用意志和药物双管齐下，童书业到底还是战胜了病魔，其实也是战胜了自我。后来他对女儿说，完全可以用意志战胜病魔。女儿1963年患神经衰弱，童书业给她讲巴甫洛夫的神经系统兴奋、抑制原理，并鼓励女儿，神经衰弱不可怕，可以用意志来克服，当然要辅之以一定的药物。女儿按父亲的话去做，服用了父亲开的药，顽固的神经衰弱居然痊愈了。女儿后来说："父亲的教导使我终身受益无穷，它不仅缓和了我的神经衰弱，更使我树立了一个信念：人的意志的能量远比自我意识到的要强烈得多，只要有坚强的意志和自信，就可以走出一些看似无法逾越的困境。"

童书业写过一篇《枞阳先生传》：

> 先生不知何许人也，亦不详其姓字，尝寓枞阳，因以为号焉。先生性孤僻，好独坐著书，然健于谈，谈辄尽昼夜。先生治甲乙两部之书，疑古成癖，亦能适世情，时有新见。于春秋左氏传，有杜预之好。著书立说。能画，并能著论。先生教授城乡间，多启发。不治家事，悉以委内助。好诗

文,惟为之甚少,时有灵秀句,为同侪所称。先生出世族,弱冠后困累殊甚,有文名,多撰述,年周花甲,乃思退休,其后不知所终云。

当时的童书业身染结核病就在写这篇《枞阳先生传》后不久,病情加重,在被抬往医院的途中溘然长逝。

一位史学大家走完了他坎坷而曲折,充满艰辛却也硕果累累的一生,赍志而没。

张荫麟：自云"素痴"，谁解其味

张荫麟是民国史上罕见的史学天才，他的未竟之作《中国史纲》，文笔优美，论述流畅，特色鲜明，不仅是历史系学生案头必备之书，也是史学爱好者口口相传的畅销读物。

张荫麟三十七岁就因病去世。在民国天空中，他像一颗流星，那么短暂，那么耀眼。直到现在，我们依旧能感受到那束炫目的光。

1923年，十七岁的张荫麟考入清华学堂，当年，他就在《学衡》发表《老子生后孔子百余年之说质疑》，毫不留情也毫无畏惧地和史学大师梁启超唱对台戏。接下来几年，他发表了数篇重要论文，严谨扎实，见识不凡。1929年，张荫麟从清华毕业，此时，他在历史学领域已声名鹊起。张荫麟并未满足于取得的成绩，而是选择赴美深造。

在美国斯坦福大学按计划读完四年后，张荫麟回国任教于母校清华。"教授中的教授"陈寅恪极为欣赏、器重这个年轻博学的史学新星，誉之为："庚子赔款之成绩，即在此人之身也。"

说张荫麟是史学天才，当不为过。但一个人，在某个领域是天才，在其他领域则会表现出惊人的愚笨与无知。张荫麟也不例外。张荫麟耽溺书海，钻研学问，无暇也无力去通晓人情世故。对此，张荫麟也是心知肚明，干脆给自己取了个笔名曰"素痴"。因不谙世故，不娴人情，被世人目为"素痴"，当然并非好事，但张荫麟既然执着于求知，醉心于学问，那也只能"痴"心不改了。

学痴

自十七岁给梁启超"纠错"后，张荫麟又多次撰文和一些史学大家商榷。

张荫麟讲过一个"笑话"：

柏拉图一次派人到街上买面包，那个人空手而回，说没有"面包"，只有方面包、圆面包、长面包，没有光是"面包"的面包。柏拉图又说，你就买个长面包吧。那个人还是空手而回，说没有"长面包"，只有黄的长面包、白的长面包，没有光是"长面包"的长面包。柏拉图再说，你就买一个白的长面包吧。那个人还是空手而回，说没有白的长面包，只有冷的长白面包、热的长白面包，没有光是"白的长面包"的白的长面包。后来柏拉图就饿死了。

冯友兰后来授课、讲演时讲到"抽象"，总是会引用张荫麟说的这个"笑话"。因为这个"笑话"亦谐亦庄，四两拨千斤，深入浅出地道出"抽象"的重要性。

尽管冯友兰很赏识张荫麟，但张荫麟对冯友兰《新对话》所阐释的"理"予以批评,还从逻辑概念的角度质疑冯友兰的道德论。

顾颉刚因"疑古"而暴得大名,张荫麟却对顾颉刚的"疑古"提出质疑:

"吾人非谓古不可疑,就研究之历程言,一切学问皆当以疑始,更何有于古;然若不广求证据而擅下断案,立一臆说,凡不与吾说合者则皆伪之,此与旧日策论家之好作翻案文章,其何以异?而今日之言疑古者大率类此。"

张荫麟指出,顾氏"疑古"的结论,来自"默证"。而西方历史学家早就说过,"默证"只适用于很小的范围。经过细密的论证,张荫麟认为,顾颉刚在其一系列的论著中过度运用了"默证",得出的结论自然不可靠。既然顾颉刚"疑古"的结论十分可疑,他借此获得的名声理应大打折扣。

20世纪初,郭沫若也是历史学重镇之一。张荫麟尊重这位历史大家,但也曾撰文指出郭沫若译著、论著中的错漏与缺陷。

张荫麟在一篇文章中花很多篇幅将郭译《浮士德》的错译、误译一一指出。对郭沫若《中国古代社会研究》的批评更是一针见血、釜底抽薪。张荫麟指出,郭沫若这本《中国古代社会研究》所依据的理论是摩尔根的《古代社会》,而《古代社会》已经成了人类学史上的老古董,其中的结论已被人类学者所摈弃。那么,根据一个过时的理论而写成的《中国古代社会研究》,其学术价值就十分有限了。

一个初出茅庐的年轻学者,一再撰文批评不止一位学术前辈，当然是不明智的。但张荫麟这样做，不是想通过"酷评"引人注目，而是因为学问上的"洁癖"，看到错处，必欲指出而后快。在张荫麟眼中，只有学术的硬规矩，哪管学界的"潜规则"。当然，这种反常规的做法，显露了他身上的那股"痴气"。这股"痴气"蕴含的正是一种真诚与勇气：追求真理，无所畏惧；钻研学问，坦荡无私。

张荫麟认为，阻碍中华民族前途的一大障碍就是"三讳主义"：一、为尊者讳；二、为亲者讳；三、为贤者讳。他指出："三讳主义的含糊，就是三讳主义的力量。"在文章中，张荫麟痛批"三讳主义"，生活中，也身体力行，将"三讳主义"这个障碍一脚踢开。他给"尊者""亲者""贤者"指错，表明了他试图挣脱"三讳主义"的勇气和决心。

书痴

张荫麟沉迷学问，无暇交游，再加性格内向，他的朋友少之又少。不过，一旦你有幸成为他的知交、密友，他和你的交往又那么不拘形迹，忘形尔汝。

张荫麟和吴晗是同事，两人的研究室只隔一道墙。有时他读书累了就找吴晗聊天。一屁股坐在椅子上，双脚架在桌上，海阔天空，无所不谈。吴晗倦了，径自休息，张荫麟则自作主张帮吴晗改文章，改毕，还帮他投稿。吴晗开玩笑说他好为人师。他则一本正经地说，假如你去年选我的课，我不就是你的老师吗？

一次，张荫麟和吴晗逛书摊，吴晗看见一本《中兴小纪》，记清同治史事,版本罕见。张荫麟不由分说一把抢了过去,吴晗也不愿错失宝贝,两人争了半天,张荫麟提出用十种明清文人作品集交换。回去后,吴晗找张荫麟要书,结果张荫麟在书架挑了半天,怎么也舍不得,只拿出两本书应付吴晗。一开始,吴晗也恼怒张荫麟的"自私"与"小器",但后来还是原谅了这位密友。他想,张荫麟就是一位"书痴","书痴"遇到书,就像登徒子遇见美色,两眼放光,饿虎扑食,那是免不了的。

贺麟、张荫麟、陈铨三人因共同编辑《清华周刊》而结下深厚友谊。贺麟本不善写诗,但为纪念三人不同寻常的友谊却勉力写了一首诗:

> 四海寻畏友,所得惟两人。一是东莞张,一是富顺陈。
> 张脑有如金刚石,钻研精透无比伦。
> 陈心好似大明镜,万事万理无遁形。
> 张口默如磬,终日静沉沉,不叩永不鸣。
> 陈言利似刃,斩金截铁解纠纷,判析毫芒惊鬼神。
> 我思本混沌,资质亦鲁顿,自得二君后,神志渐清明。
> 性懒喜浅尝,不欲探幽深,切磋砥砺余,勇气觉倍增。
> 好友相挟持,欲罢也不能。

张荫麟看重他和贺麟的友情,但绝不因对方是朋友就放弃或改变自己的学术观点,争论起来,照样是锋芒毕露,寸步不让。1926年夏天,贺麟正准备赴美深造,一天晚上,他和张荫麟因某个问题意见不同争论了很久,结果是各执己见,不欢而散。贺麟担心此次争论或许会影响两人的交情,哪知隔了一日,张荫麟一大早给他送来了一首诗:

> 人生散与聚,有若风前絮。三载共晨昧,此乐胡能再。
> 世途各奔迈,远别何足悔。志合神相依,岂必聆馨欬。
> 折柳歌阳关,古人徒吁慨。而我犹随俗,赠言不厌剀。
> 毋为妁妁态,坚毅恒其德。君质是沉潜,立身期刚克。
> 温良益咸重,可与履圣域。为学贵自辟,莫依门户侧。
> 审问思辨行,四者虑缺一。愧缀陈腐语,不足壮行色。

贺麟一直珍藏着这首诗,而这首诗也见证了两人终生不渝的友谊。

在张荫麟,唇枪舌剑割不断友谊的纽带,深情厚谊也化不了学术的分歧。让友情归友情,让学术归学术,如此泾渭分明,足证张荫麟对学问的执着,对友人的真诚。而在常人看来,如此恪守原则,不善变通,恐怕也是一种"痴"吧。

张荫麟有海外留学的背景,有出类拔萃的学识,如果他愿意,他可以轻而易举步入仕途的康庄大道。事实上,一位国民党高官有意将他引入政府的高层。但张荫麟看不惯官场的尔虞我诈,坚定地回绝了这位高官的美意。学而优则仕,这是中国绝大多数读书人梦寐以求的事,而张荫麟告别高官厚爵时,显得那么风轻云淡、自然而然。

远离灯红酒绿,固守青灯黄卷;无意飞黄腾达,甘作一介书生。在俗人眼中,张荫麟的选择当然是"痴"气大发,然而,正是这种"痴"显露了一个知识人应有的操守和良知。

张荫麟坚守书斋,但并非"两耳不闻窗外事",而是热切地关注现实关注社会:官场腐败,他怒火填膺;社会混乱,他痛心疾首;黎民困苦,他忧心忡忡;民族未来,他牵肠挂肚。

张荫麟认为,开明政治只要做到八个字即可:任贤使能,赏功罚罪。而这八个字,又可浓缩为一个"公"字。什么是公?把政事本身当作一目的,而不把它当作达到任何个人目的的手段,便是公。

对于政治的瘫痪,张荫麟"把脉"也相当精准:"什么是政治的瘫痪?上层的意志无法贯彻于下层;法令每经一度下行,便打一次折扣,甚则'损之又损,以至于无';一切政治上的兴作和运动有形式而无精神,多耗费而少功效;巨蠹重弊。在上的人知之甚明而不能禁,禁之甚严而不能绝,这便是政治的瘫痪。"

言简意赅,振聋发聩。

张荫麟敏于观察,勤于思考,像一个高明的医生,总能透过纷繁复杂的表象,看到病根所在。

情痴

问世间情为何物,直教人生死相许?虽为天才,张荫麟也不免为情所困,而且至死,恐怕也未能参透"情"之奥义。

一个偶然的机会,张荫麟结识了当时还是位学生的伦慧珠。

对这位美丽纤弱、多愁善感一如林黛玉的少女，张荫麟一见钟情。他火热的表白和急切的倾诉证明他不仅是名副其实的"书痴"，也是当之无愧的"情痴"。然而落花有意，流水无情。伦女士回绝了他的一腔真情。怀揣一颗破碎的心，张荫麟踏上远赴美国的求学之旅。在异国苦读的岁月，伦慧珠的倩影会不时在张荫麟的脑海闪现。他忘不了自己的初恋，也不甘心这段感情就此结束，于是他再次以笔代舌，让绵绵的情话漂洋过海抵达伦慧珠的案头。精诚所至，金石为开。终于，他一封封书信，如同一缕缕春风，吹开了伦慧珠禁锢的心扉，也催红了那枚名叫爱情的果实。四年留洋生活结束，当张荫麟乘坐的邮轮抵达香港时，伦女士亲自去接了他。

沐浴在爱河中的张荫麟也有了几乎脱胎换骨的变化。

一次，他和伦女士在北京游玩，中午如约赶至友人家。一向病弱的伦女士累坏了，到了友人家后几乎站立不稳。张荫麟赶忙掏出随身携带的药物，让伦女士服用。他照顾女友显露出的细腻与娴熟与昔日的粗心与笨拙形成鲜明对照。

他和伦女士很快走入婚姻的殿堂。倘若身处和平年代，这对郎才女貌本该过上安稳恬静的幸福生活；然而战乱却使张荫麟不得不抛妻别子远赴云南，任职于西南联大，妻子则带着孩子困守在老家东莞。

张荫麟从未想过要背叛妻子，也从未滋生过婚外寻情的念头，然而，在他和妻子分居的日子里，昆明的一位Y女士一直向他表示自己的倾慕。理智上，他能让这位知己的表白穿耳而过；

感情上，他却不能将这个年轻的红颜拒之门外。他和她有了一段隐秘的恋情。他后来向好友贺麟坦白了这段恋情，声音颤抖，眼神迷离。他还特别告诉贺麟："她早已订婚了，她的未婚夫在北平，我劝她回北平与他结婚。"

对于他的这段恋情，贺麟这样评价："我知道他是一个富于感情的人，我也知道他们两人间已有十年以上的友谊，他们之发生爱情是毫不足怪，异常自然的事。同时，凡是了解近代浪漫精神的人，都知道求爱与求真，殉情与殉道有同等的价值。我实在板不起面孔，用狭义的道德名词世俗眼光来责备他警告他唤醒他迷恋女子的幻梦。"

也许为了弥补对妻子的愧疚，也许是想借助外力终止这段隐秘之恋，张荫麟致信妻子让她带孩子来昆明团聚。妻子带着孩子、母亲和一位亲戚来到昆明，一大家人十分热闹，张荫麟却失去了做学问必须的宁静。婚姻总是琐碎而庸常的。夫妇两人因各种琐事纷争不断。终于，在一次激烈口角之后，妻子一怒之下，带着老人和孩子回老家去了；而那位Y女士也迷途知返，去北京寻找自己的归宿。重新沦为孤家寡人的张荫麟，心绪之恶劣可想而知。昆明成了他的伤心地。不久，张荫麟也离开昆明去了贵州的遵义，任教于设在那里的浙江大学。

张荫麟对伦慧珠的爱是真诚而热烈的。只是在步入婚姻的围城后，他似乎还不愿从浪漫的云端回到务实的土地上。伦女士由恋爱中的"仙女"还原为婚姻中的"主妇"后，张荫麟也毫不遮拦地显露出大失所望。两地分居，让爱的风花雪月趁隙而入；不再完美的婚姻,则让这段隐秘之恋得以蔓延。

作为史学天才,遨游上下五千年,张荫麟手挥目送,应付裕如;面对小家庭,却手忙脚乱,顾此失彼。张荫麟将纷繁的历史梳理得井井有条,靠的是理性;而在处理婚恋时,他却完全感情用事,于是,婚姻之舟便穿行在惊涛骇浪中,随时有倾覆的可能。

到贵州后,张荫麟闭门思过,意识到自己所犯的错,也认识到婚姻家庭的可贵,他再次致信妻子,请她原谅自己,带孩子来贵州团圆。妻子伦慧珠也舍不下对丈夫的爱,决定和丈夫和好。然而,老天却没给他们机会,不久,张荫麟被肾病夺去了生命,年仅三十七岁。夫妇俩重归于好重新开始的愿望终是落空。张荫麟去世后,伦慧珠致信贺麟,表达了她的悔恨与伤痛:

"……荫麟的死耗,我在廿七日《大公报》看到,当时晕过去有十多分钟。醒来后我希望这是一个梦。但可惜却是一个永远不能挽救的事实。它所给予我的悲哀与创痛,是在今生的任何事都不能填补的了。无论如何,在他的生前,我曾经爱过他,恨过他。爱曾一度消灭,但因他的一死,恨也随之而逝。到现在我依然爱他。"

伦女士后来为张荫麟守孝三年,足见她对张荫麟的爱浓烈而绵长。

作为早慧的天才,张荫麟对自己的学术使命早有谋划。留美期间,张荫麟在给友人的信中曾表达了他的志向:"国史为弟志业,年来治哲学治社会学,无非为此种工作之预备。从哲学冀得超放之博观与方法之自觉。从社会学冀明人事之理法。"

张荫麟从事学术工作,往往准备充分,目的明确。因痛感中国历史教科书大多雷同而粗率,张荫麟决定着手写一部既具学术性也有可读性,让人耳目一新的历史教材。作者动笔之前就明确了目标:"一、融合前人研究的结果和作者玩索所得,以说故事的方式出之。"不参入考证,不引用或采用前人叙述的成文,即原始文件的载录亦力求节省;二、"选择少数的节目为主题,给每一所选的节目以相当透彻的叙述。"这些节目以外的大事,只概略地涉及以为背景;三、"社会的变迁思想的贡献和若干重大人物的性格,兼顾并详。"

张荫麟这部呕心沥血之作,就是广受好评,畅销至今的《中国史纲》。

研究历史,光有才华是不够的,还必须下苦功。张荫麟读书之多,写作之勤,几无人能比。战争年代,生活环境恶劣,但他却以顽强的斗志,昂扬的精神投入历史研究中。他曾这样激励友人:"当此国家栋折榱崩之日,正学人鞠躬尽瘁之时。"

对于从事教学与研究的人,张荫麟提出这样的要求:"夫生命之发皇无在而非创造,然艺术哲学之创造,以至事功上之创造,非人人时时所能为力也。有一种创造焉,为人人时时所能者,即以自我创造自我,由一切庸德之实践,以恢宏其人格,而宇宙亦于以日新而日富,所谓成己而成物者,其在斯乎?其在斯乎?"

是的,倘若教师与学者,不能"创造自我",没有"恢宏人格",又如何去教书育人、著书立说?

张荫麟身染重病后,仍旧苦读不休,而且读的还是艰涩深奥的学术著作。去世前不久,他还高声朗诵庄子的《秋水》,那琅琅的读书声,显露一股刚正之气,蕴含一团生命之光。

吴宓对中国学界只服两人,陈寅恪与钱锺书。他说,只有这两位是"人中之龙",其他人不过尔尔。而在这两位"人中之龙"眼中,张荫麟才是真正的"龙"。

张荫麟去世后,陈寅恪以两首挽诗寄托自己的哀思:

其一

流辈论才未或先,著书何止牍三千。
共谈学术惊河汉,与叙交情忘岁年。
自序汪中疑稍激,丛编劳格定能传。
孤舟南海风涛夜,追忆当时倍惘然!

其二

大贾便便腹满腴,可怜腰细是吾徒。
九儒列等真邻丐,五斗支粮更殒躯。
世变早知原尔尔,国危安用较区区。
闻君绝笔犹关此,怀古伤今并一吁。

钱锺书也破例做了一首长诗回顾两人的交往,悼念这位史学英才:

清晨起读报，失声惊子死。
天翻大地覆，波云正谲诡。
绝知无佳讯，未忍置不视。
赫然阿堵中，子占一角纸。
大事记馀墨，为子书名字。
厥生固未荣，死哀斯亦止。
犹蒙稽古力，匪然胡及此。
吴先斋头饭，识子当时始。
南荒复再面，阔别遂万里。
赋诗久忆删，悲子亦不起。
凤昔矜气隆，齐名心勿喜。
舜钦负诗字，未屑梅周比。
时人那得知，语借颇中理。
忽焉今闻耗，增我哀时涕。
气类惜惺惺，量才抑末矣。
子学综以博，出入玄与史。
生前言考证，斤斤务求是。
乍死名乃讹，荫蔓订鱼豕。
翻成校雠资，待人辨疑似。
子道治子身，好还不少俟。
造化固好弄，非徒夺命尔。
吾徒甘殉学，吁嗟视此士。

龙场丞有言，吾与汝犹彼。

早在清华读书时，人们就把张荫麟、钱锺书、吴晗、夏鼐并称为"文学院四才子"。凭张荫麟的天分和努力，假以时日，他取得的成就当不在陈寅恪、钱锺书之下，但无情的病魔却让这位年轻的大家赍志而殁，诚可谓"才如江海命如丝"。

程千帆：台上一分钟，台下十年功

1957年，著名文史学家程千帆被下放农场，放牛为生。跌入人生低谷，程千帆没有消沉绝望，反而立下雄心壮志，要以一己之力撰写数百万字的中国通史。

程千帆当时的住处简陋局促，墙壁上贴着一幅他手书的小诗："一寸光阴一寸金，寸金难买寸光阴。移山岂改愚公志，伏枥宁忘万里心！"凭着砸不烂的"愚公志"，依仗击不垮的"万里心"，程千帆终走出冰天雪地的岁月，步入春暖花开的暮年。

那段时间，他白天放牛挖土，晚上挑灯夜读，每天还坚持写满三千字。后来，程千帆坦言，他之所以没有被命运击倒，一靠不服输的个性：既然别人要打倒我，我偏要发愤做出成绩。二靠对中国传统文化，特别是儒家文化的深厚感情：我要焚膏继晷，给儒家文化延续香火。晚年，程千帆这样回忆："在沙洋农场，图书室没别的书，正好有一套中华书局校点的《晋隋八史》，我白天劳动和挨斗，晚上就把这些书看了一遍。这包含了自私的个人信念，也包含了对祖国文化的热爱的信念，二者很难区分。"

1978年，南京大学慧眼识珠，重新起用了"奉命退休"的程千帆，那时他已是六十五岁的老人。他以惊人的意志和顽强的精神，在人生的秋季，迎来事业的春天：培养了十九名研究生，其中包括中华人民共和国第一位博士莫砺锋；出版了皇皇十五卷学术著作。

老骥伏枥，志在千里，已属不易；人生暮年，老树开花，更加可贵。

"每堂课都要准备一两个精彩例子"

程千帆对教师这个身份十分重视，他总强调，自己先是一个教师，然后才是一个学者。到南大以后，他为培养学生付出了大量心血，还特意定下两个原则：一是少出去开会；二是把培养学生放在第一位，把自己的研究放在第二位。

弟子莫砺锋的话验证了这一点："一般来说，一个学者在被耽误二十年后，最着急的事当然是整理自己的学术成果，完成名山事业。然而程先生复出之后，却把培养学生放在第一位，他常常引《庄子》的话说：'指穷于为薪，火传也，不知其尽也。'在他看来，弥补'文革'所造成的损失，让光辉灿烂的中华文化后继有人，这是重中之重、急中之急。于是，程先生不顾年老体弱，亲自为本科生上大课，后来又转以培养研究生为主要的教学任务。"

正因为把培养学生放在第一位，程千帆特别重视上课。他的课，放得开收得拢，开合自如又丝丝入扣，严肃庄重也不失幽默诙谐。课堂上引用的诗文，他都能脱口而出，背诵如流。一个学生好奇地问他,您怎么背了这么多作品,而且背得这么滚瓜烂熟?程千帆微微一笑,老实坦白:"我备了课。明天上什么课,晚上都已设计好,所引用的作品也先背熟,到课堂上就应付裕如了。"学生这才明白,老师课堂"显贵",是因了课前"遭罪"啊。程千帆还告诉这位学生:"每堂课都要准备好一两个精彩例子,听的人才会印象深刻。"

程千帆的弟子们对老师准备的精彩例子都"印象深刻",难以忘怀。

一次在校雠学课堂上,程千帆讲了这样一个故事:有人请了私塾先生,报酬不菲但有附加条件:教错一个字扣半吊钱。学期结束,先生将束脩交给师娘,师娘发现少了两吊钱。先生就解释说:"一吊给了李麻子,一吊给了王四嫂。"给李麻子师娘还能接受,给王四嫂师娘不干了,就追问缘由。原来,这位先生教《论语》时将"季康子"说成了"李麻子";教《孟子》时将"王曰叟"念成"王四嫂",所以,扣了两吊钱。

程千帆就用这个有趣的例子说明了校雠的重要性。

一位博士生不敢早定学位论文的题目,怕定早了和别人"撞车"。程千帆就开导他:"撞车当然不好,但如果你估计大家水平差不多,那就不要紧,可以比一比。'君子无所争,必也射乎。'你做你的,我做我的。你是破汽车怕撞,要是坦克还怕撞吗?当然,如果别人已做出相当的成绩,估计不可能超过,或不可能有大突破,那就罢了。莫砺锋本来要作《朱熹研究》,后来听说钱穆写了一本《朱子学案》,就将题目改了,撞钱穆是撞不过的。"

一个巧妙的比喻就化解了弟子的困惑，亦庄亦谐，举重若轻。

研究生毕业前准备论文时，程千帆会对他们说这样一番话："研究生的三年学习，要拿出自己最满意的学位论文，好比是摘下你最满意的果实，奉献给老师、学校和国家。这首先要有目标，志存高远，奋力摘取最满意的果实，不是随手捞一个来交差；二是要有眼光，善于发现树上最好的果实（选题）；三是集聚实力，发挥你最大的潜力，使出你最大的劲，跳得最高，跳得最好，跳起来摘取最丰满、最新鲜、最满意的果实。"

研究生要写出怎样的论文，如何写，是一个复杂而抽象的问题，程千帆却用一个常见的比喻轻松道出，形象生动，一听就懂，过耳难忘。

研究生毕业前最后一堂课，程千帆常会讲这样一个故事：

> 德山宣鉴禅师去拜访龙潭信禅师，在龙潭住了一段时间。一天晚上，宣鉴禅师在信禅师身边侍立良久。信禅师说："时候不早了，你为什么还不走呢？"宣鉴禅师刚出门又回头说："外面很黑。"信禅师点上蜡烛交给宣鉴禅师，对方刚伸手要接，信禅师又"噗"地将蜡烛吹灭。宣鉴禅师大悟，纳头便拜。

宣鉴禅师悟到了什么？程千帆未说。但弟子们已听懂了故事的寓意：毕业后，路要靠自己走了。

程千帆只讲故事，并未对故事做一字说明，但弟子已然获得重要启示。可谓，不立文字，直指人心。

在和弟子私下交流时，程千帆也喜欢打比方。一次，谈及文章的写法，他对弟子张宏生说："写文章不要说废话。语言多，并不等于丰富。我们不必要求数量上的多，而是要追求准确，一句是一句。古人的文学批评用诗话的形式，往往高度凝练，今天一般都不用了，但是否就要以多取胜？要惜墨如金，遣词造句要准确。就比如打排球，砸到空挡里，就打死了；如果砸到人家手里，就会被接起来。不要二句当作三句说，明明一言可以解决，偏偏要作二言、三言。另外，要注意结构的层次，这牵涉到逻辑思维。打个比喻，就像是国宴招待外宾，要把元首让在首位，主人在下首相陪。如果乱七八糟，把外交部长让在首席，元首却在一边，那就不行了。社会活动如此，写文章也是如此。哪些摆在前面，哪些摆在后面；是直接讲出来，还是绕个弯子再讲，都有讲究。"

程千帆之所以用了一个打排球的例子，是因为张宏生酷爱排球，是南大校排球队主力成员。这样，程千帆信手拈来的一个比喻，张宏生自然心领神会。

1980年代，不少大学的研究生经常出外开会，程千帆的几个弟子看了眼热，也提出想出外开会。程千帆对他们的要求不置可否，却讲了个《世说新语》的故事："谢安石隐居东山时，兄弟都做了官，他夫人对他说：'大丈夫不当如此乎？'谢安石捂着鼻子说：'但恐不免耳。'你们也是，他年恐不免耳。"弟子们听了,哈哈大笑。笑声中自然接受了老师含蓄而诙谐的批评。

程千帆上课,时间把握,不差分毫。每次步入课堂,即侃侃而谈,几个问题结束后,下课铃适时响起。弟子们叹为观止,啧啧称奇。其实,程千帆为了达到这样"神奇"的效果,在背后不知下了多少功夫。"台上一分钟,台下十年功",这句话用在追求尽善尽美的程千帆身上,绝不为过。

"治学、做学问,就是要创新"

莫砺锋是中华人民共和国第一位博士生,他就出自程千帆门下。当时教育部对如何指导博士没有明确规定,程千帆只能"摸着石头过河"。实践出真知,在指导莫砺锋的过程中,他渐渐明确了对博士生的要求,那就是:"敬业,乐群,勤奋,谦虚"。

程千帆曾对弟子说:"做教师不能只是教书匠,教书匠是为了培养人,培养人首先要不断提高自己,所以还要做学问。"另外,程千帆在南大的主要工作是指导研究生,教会学生做学问,是他的本职工作。

做学问的第一步是读书,怎么读书,读哪些书?这些方面,程千帆都有明确的指导。

对于刚入学的硕士生,第一学期,程千帆布置他们精读《唐宋文举要》和《古诗笺》,作业是写札记,做补注。为了让学生重视读书,程千帆要求每位学生至少背熟三百首古诗,否则不予毕业,他说:"我提一个要求,要多读、多背,三年后不背熟三百首,就不能毕业。有些学生说诗词格律不懂,就是因为作品读得太少,就不会有两只知音的耳朵。汉时司马相如说读了一千篇赋,就学会了写赋。三国时的董遇把他的读书经验概括成'读书百遍,其义自见'八个字。"这番话如同暮鼓晨钟,给每位弟子留下深刻印象。

程千帆还特别强调,"治学、做学问,就是要创新"。他认为,"要真正做到思想解放,也要靠自我摆脱经学的重压,才有可能使学术前进"。

对每位弟子遇到的具体问题,程千帆则会具体诊断,开出"药方"。弟子陈书录的硕士论文是研究明代"前后七子"的。当时程千帆因病住院,但仍坚持在病榻上给弟子的论文进行"学术诊断",指出其中的缺陷:只注意研究明代"前后七子"的文学理论与文学批评,却忽视了"前后七子"的文学创作。他向弟子指出:"这实际上是本世纪(20世纪)50年代以来,中国古代文学理论研究中一个突出的倾向或弱点,也可以说是一种'通病',研究者往往将古代文学创作与理论批评强行割裂开来,只注重古代文学理论的研究,以理论阐释理论,脱离了文学理论的基础即血肉丰满的中国古代文学创作的历史,出现了'一条腿走路'的'通病'。"他安慰弟子说:"染上这种'通病'的不只是你陈书录一个人。"

程千帆始终认为,古代文学研究要学会"两条腿走路",也就是既注重批评,也注重文献;既要研究理论,也要研究创作。程千帆将之命名为"两点论"。一次讲座,他专门谈了古代文学研究方法——"两点论"。

讲座开始,程千帆说了一个关于吕洞宾的故事。说的是吕洞宾在某人家住了很久,临走时他问主人想要什么,主人没回答,吕洞宾就把手一指,一块石头变成了金子,主人却不要。吕洞宾又把一块更大的石头变成金子,主人还不要。吕洞宾问主人到底要什么,主人开口了,说要点石成金的那根手指。说到这里,程千帆对故事做了分析:"从一方面来看,主人贪婪,品德不好;另一方面,从做学问来看,又是很聪明的办法,他不是要某个学问,而是要做学问的方法。"

程千帆以此故事说明了方法的重要性。而他给学生的方法,就是"两点论":形象与逻辑并重,创作与理论共抓。

为了说明创作的重要性,程千帆又举例说明:"这里有两个姑娘:一个是专业学校毕业,分配在幼儿园带小孩,她可以根据老师讲的很好地照顾小孩;另外一个姑娘没有经过专业训练,可她结了婚,有了孩子,对孩子护理得可能比那个专科毕业的姑娘更为仔细,经过不懂到懂,非常有经验,是个好妈妈、好老师。"说到这里,程千帆言归正传:"我们研究文学,自己完全没有创作经验,就像那个没有当过母亲的老师一样。"

至此,弟子们完全明白并相信,对于文学研究者而言,创作经验弥足珍贵。

"退一步想,则心自安"

倘想了解程千帆的人生情怀、价值取向,他的一番夫子自道不可不知。在给朋友的信中,程先生说:"我始终是个儒家,也信马克思主义,但儒家是本体。我相信人与人之间的关系是一切的根本,人活着就得做一点对人类有益处的事。就凭这一点,我在十八年的'右派'生活中活了下来。老子主张守静,庄子主张达观,我不羡慕荣华富贵,也不想和别人计较(虽有时也不免)。我同陶芸结婚后生活很安静,根本的一条是知足,我刻了一方图章叫'残年饱饭'。"

程先生是一位儒家,这一点应该毋庸置疑。作为一名饱受儒家文化熏陶的恂恂儒者,他的人格修养、治学态度、处世方法无不深深打上儒家文化的烙印。他对弟子们关于做人方面的指导,也往往符合儒家思想。

程千帆的"儒风"之所在,也体现在他对人际关系的敏感上。

在给弟子杨翊强的信中,他多次强调人际关系的重要性。如:"来信收到。能到荆师,最好。如果实现,希望做到下列三句话:多做事,少说话,不吵架。(极重要)(能容于物,物亦容矣!)"如:"业务上要争气,人事上要和气。"这是正面的指点,也有反面的批评。如:"你对李先生提出比赛,完全是书呆子,不通世故,徒然增加不必要的坏印象。不策略之至!"

那么,怎样才能搞好人际关系呢?程千帆认为,必须能忍,不争,大度,谦虚谨慎,不计前嫌。在给弟子张宏生的信中,他说:"你在客中,饮食起居要自保重。近来一切很顺,要接物待人谦冲自牧,不独显示个人,也代表师承也。"在给弟子蒋寅的信中,程先生说得更具体:"照目前看来,你的生活住宿存在着一定的困难,这要有一些书呆子气才能抗得住。孔夫子说,士志于道,而耻恶衣恶食者,未足与议也……如果人事处采取的办法不合你的意,千万不要和他们争执,切记切记。才来一个单位,要给人事部门留一个好的印象。"

杨翊强是程千帆的老门生,此人也曾被打成"右派",经历坎坷,为人戆直,最不擅处理人际关系。对这位弟子,程千帆可谓不厌其烦,反复开导,一再提醒他要大度,要向前看。如:"到了新地方,往事一笔勾,要绝口不发牢骚,显得有气度。"如:"一切过去了的,让它过去吧。世界永远属于乐观的现实主义者、实干家。"

程千帆说的这番话,使我们很自然地想起孔子的教诲,所谓"成事不说,遂事不谏,既往不咎"。由此可知,程千帆是按照孔子的教诲来处理人际关系的,并且,直到晚年,他还认为自己的所作所为与孔夫子的要求相差甚远:"人际关系乃一门'终身由之而不知其道'的大学问,我到快要向孔二先生报到时,才意识到他老人家所说的'有一言而可以终身行之者乎?''其恕乎!己所不欲,勿施于人。'实在是极平凡,极伟大。有点知道,仍然不能实践,这实在是人生道路上的一种永恒的悲哀。"

说"有点知道,仍然不能实践",这当然是程先生的谦虚了,其实,在"忠""恕"两方面,程先生已做得相当好了。

程千帆一再要求弟子要忍,要不耻于恶衣恶食,要待人和气,然而想做到这一点,何其难也!不过,饱经忧患的程先生知道,不管什么事,再难忍也得忍,所以,他常以苏东坡一番话聊以自慰。在给弟子杨翊强的信中,程先生说:"昔东坡谪居惠州,人以为苦,坡曰:'譬如原是惠州不第秀才。'其地缺衣少药,坡曰:'京师国医手中死人尤多。'祖棻之祖父自号退安,或问其义,则曰:'退一步想,则心自安也。'与吾弟共患难时,亦尝借此思想度厄。"

由此可见,"退一步想,则心自安"正是程千帆化解忧愁、除却烦恼、忍受厄运的首选妙方。程先生在南大工作时,住房狭小简陋,但因为能"退一步想",对此他也就"心自安"了。在给弟子吴志达的信中,提及自己的住房,他说:"我住二楼,两间房,约三十平方不到一点。这是暂时的,听说以后要调整。胜牛棚多矣,士志于道,则不耻恶衣恶食。随缘吧!""我在南大十五年,只是在退休后三年,乃分得一劣宽之屋,亦不如弟今所舍。先贤有云:退一步想则心自安,幸善自葆爱。"

当弟子遇到类似的问题,他授之以同样的"药方"。程千帆认为,对住宿上的困难要"抗得住",对他人的褒和贬也要"抗得住"。程先生在给弟子的信中,多次引用了庄子的一句话来开导他们:"呼我为马,则应之以马。呼我为牛,则应之以牛,斯可已矣。贬者如此,褒者亦然。"表面上看,这是逆来顺受,骨子里却透着一种自信。"内省不疚",别人的褒和贬也就无关痛痒了。

程千帆先生安贫乐道,与世无争,但这并不表明他是个无原则之人,并不表明他对什么都可以忍,对什么都无可无不可。倘若事关人格尊严,事关学术大义,他也会毫不妥协,绝不让步。

粉碎"四人帮"后,某大学欲返聘程先生,程先生则毫不犹豫一口拒绝:"前时武大邀复职,以积三十年之经验,觉此校人情太薄,不能保余生之清吉平安,已峻拒之。"后来南京大学邀其复出,他则慨然允诺,其原因是南大的领导能待人以诚,用程先生的话来说就是"相待以礼以诚"。在给他人的书信中,程先生一再提及南大对他的知遇之恩:"此间相待以礼以诚,大异武汉,想来可在此间以著述终老。""当事者以礼相待,或可老死于此矣。"感激之情溢于言表。

孔子曰:"君使臣以礼,臣事君以忠。"看来,程千帆舍武大就南大,做出这样的选择完全是儒家文化熏染的结果。

在一次谈话中,程千帆告诉弟子们,哪些事要看淡,哪些事要抗争:"至于物质生活,我希望你们首先认识到,世界上有比金钱和金钱所能获得的物质生活更有价值的东西。钱是需要的,是好的,关键是'不义而富且贵,于我如浮云'。认识并坚信这一点,不仅不会羡慕别人,而且会过得很快乐。应该坚信你们本身的价值是会被肯定的。不是说现在的环境就蛮舒服的,就令人满意了,目前环境对知识分子来说还是很困厄的。如果你心里老想着别的,一心以为鸿鹄将至,做学问就挺苦的。我不仅要求你们学问出人头地,也非常希望你们'大德不逾闲,有义利之辨'。对不公正的待遇,要始终坚持抗争。做学问要顽强,做人也要顽强,当然是要讲道理的顽强。"

程千帆先生虽终身潜心学术,但他并不是一个"两耳不闻窗外事,一心只读圣贤书"的"隐士",相反,从他写给弟子、朋友的书信中,我们可看出,程先生其实是一位密切关注现实的"猛士"。正如其弟子莫砺锋所说的那样:"程先生在日常生活中显得恂恂如也,相当的平易近人,可是其内心却刚强不可犯。"

香雪文丛书目

刘世芬《毛姆VS康德：两杯烈酒》　　　　　　定价：62.00元
夏　宇《玫瑰余香录》　　　　　　　　　　　定价：68.00元
汪兆骞《诗说燕京》　　　　　　　　　　　　定价：68.00元
方韶毅《一生怀抱几人同——民国学人生平考索》　定价：66.00元
王　晖《箸代笔》　　　　　　　　　　　　　定价：68.00元
周　实《有些话语好像云朵》　　　　　　　　定价：58.00元
魏邦良《传奇不远——一代真才一世师》　　　定价：72.00元
刘鸿伏《屋檐下的南方》　　　　　　　　　　定价：68.00元

// 集木工作室

投稿邮箱：jimugongzuoshi@163.com
微信公众号：集木做书